DEUDA EN EL INFIERNO

LOS MISTERIOS DE LA DETECTIVE KAY HUNTER

RACHEL AMPHLETT

CAPÍTULO 1

La oficial de policía Kay Hunter se inclinó sobre el asiento del copiloto de su coche, sacó un par de viejas botas de cuero del hueco de los pies y maldijo tanto al desafortunado conductor que había perdido el control de su vehículo como al inspector Devon Sharp por llamarla a la una de la madrugada para que acudiera al lugar del accidente.

—Reúnete conmigo en el lugar en treinta minutos —había dicho él, antes de que la línea se cortara.

Se retorció en su asiento hasta que pudo quitarse los zapatos planos, los cambió por las botas y abrió la puerta del coche antes de ceñirse la chaqueta encerada, jadeando cuando la lluvia le azotó el rostro.

Entrecerró los ojos ante los faros de los vehículos de emergencia alineados en el arcén de la autopista, las luces azules de una ambulancia parpadeaban a través de la constante lluvia torrencial y se reflejaban en las ventanillas de los coches patrulla que se utilizaban para acordonar el lugar del accidente. Más adelante, dos bomberos regresaban de su camión, con rostros sombríos mientras pasaban por encima de los restos de la barrera de acero y desaparecían de la vista por el terraplén.

Parpadeando para quitarse los últimos restos de sueño de los ojos, se metió las manos en los bolsillos y comenzó a buscar a su superior.

Cuando el inspector Devon Sharp la había llamado, el agudo tono de su teléfono móvil la había sacado de su sueño y había hecho que su otra mitad, Adam, maldijera en voz alta antes de darse la vuelta y tirar del edredón sobre su cabeza.

Sus ronquidos le habían llegado mientras ella se escabullía por la puerta del dormitorio.

Ahora, deseaba haberse puesto otra capa de ropa mientras caminaba por la carretera.

Un viento feroz azotaba la sección elevada y expuesta de la autopista, y los campos circundantes no ofrecían protección alguna contra el cambio de estación.

Al acercarse a la ambulancia, vio a un agente de policía uniformado de pie junto a las puertas traseras abiertas, con el rostro atento a las actividades a su alrededor. Kay se dio cuenta de que el equipo estaba dentro y se asomó, curiosa.

La pareja trabajaba como un equipo bien ensayado, una mujer mayor y un hombre más joven que se inclinaban sobre su paciente, con voces entrecortadas.

Más allá, en la parte delantera del vehículo, una radio crepitaba; la voz de un hombre de su centro de control en Ashford, tranquila y eficiente, transmitía información al equipo.

El olor a desinfectante llegó a Kay mientras los observaba trabajar, sus ojos recorriendo el equipo antes inmaculado mientras se preguntaba cuánto tiempo les llevaría limpiar el vehículo cuando finalmente regresaran a la base al final de un largo turno.

—Tuvieron que sacarlo de los restos del vehículo.

Kay se volvió al oír la voz de Sharp. —¿Qué posibilidades tiene?

—Trauma craneal. Sufrió un paro cardíaco mientras lo subían por el terraplén en una camilla. Así que no son buenas.

Kay se protegió los ojos de la lluvia y las luces brillantes y miró a lo largo de la autopista.

Un flujo intermitente de camiones transcontinentales y algún que otro coche pasaban por el cordón, su velocidad reducida por las señales de advertencia mostradas en los pórticos varios kilómetros antes del lugar del accidente.

El agua de la superficie se rociaba bajo sus ruedas, acumulándose en el borde de la carretera donde Kay estaba de pie. A pesar de saber que el cordón se había erigido a una distancia segura, dio un paso atrás cuando un gran camión pasó, la corriente descendente sacudiendo su delgada figura.

—¿Hay otros vehículos involucrados?

—No. Los uniformados están tomando la declaración de un camionero allí; estaba estacionado en el arcén cuando ocurrió el accidente.

Ambos se volvieron ante una llamada desde la ambulancia, y el más joven de los paramédicos se agachó para poder hablar con ellos.

—Lo tenemos estabilizado. Nos vamos ya.

—Gracias —dijo Sharp—. ¿A dónde lo llevan, a Maidstone?

—Sí, es donde nos han dicho que lo llevemos. —El paramédico bajó al suelo y se preparó para cerrar las puertas traseras—. Aunque yo no tendría tanta fe de que sobreviva.

Sharp dirigió su atención al joven agente uniformado. —Ve con ellos. Si habla, quiero saberlo.

—Jefe.

El paramédico esperó hasta que el policía hubiera subido, luego se dirigió a la puerta del conductor.

Kay y Sharp se apartaron mientras el vehículo maniobraba para alejarse del cordón antes de partir por la autopista, sus sirenas sonando para abrirse paso entre los camiones.

Kay lo vio desaparecer en la distancia, luego pisoteó el suelo y se volvió hacia Sharp.

El ex militar estaba impecablemente vestido a pesar de la hora. Solo sus ojos soñolientos daban alguna indicación del hecho de que también había sido despertado en medio de la noche.

Kay entrecerró los ojos al darse cuenta de que incluso llevaba corbata.

Se sentía desaliñada en comparación.

—Ven a echar un vistazo —dijo él, sin notar su incomodidad, y la guio hacia el borde del terraplén.

Los otros servicios de emergencia habían instalado dos focos en la parte superior de la colina para permitir que el equipo de bomberos trabajara para liberar al conductor del vehículo. Salvar su vida había tenido prioridad sobre preservar la escena para la unidad de investigación de la escena del crimen, y Kay podía imaginar muy bien lo que diría el investigador principal cuando viera el estado de la maleza.

Grandes huellas bajaban desde el borde de la carretera, y cuando Kay metió la mano en su bolsillo y encendió su linterna, el haz iluminó la devastación total dejada por el camino del vehículo, seguido en una hora por un equipo de primeros auxilios.

—¿Cuáles son tus pensamientos iniciales sobre lo que sucedió?

—Según el camionero estacionado allá atrás, vio el coche desviándose hacia la izquierda en sus espejos; pensó que iba a golpearlo. Parece que el conductor del coche intentó corregirlo en el último momento, pero perdió el control y se envió a sí mismo girando a través de la barrera. Tráfico ya ha echado un vistazo al punto de impacto y lo ha rastreado hacia atrás: hay aceite en la carretera, además de la grasa de las últimas dos semanas.

Kay asintió. Después de un final de otoño particularmente seco, un repentino diluvio había levantado toda la suciedad de las carreteras y creado condiciones peligrosas para los automovilistas desprevenidos.

Evitando los bordes rotos de la barrera, se movieron a un lugar que no bloqueara la salida del equipo desde el vehículo destrozado hacia la autopista y se quedaron un momento, observando las actividades abajo.

—¿Qué hizo que Tráfico lo reportara como una escena de asesinato? —gritó Kay sobre el aullido del viento.

En respuesta, Sharp extendió la mano para pedir su linterna antes de caminar unos pasos más hasta que estuvo en un ángulo diferente del coche y pasó el haz sobre la parte trasera del vehículo.

Un brazo pálido se asomaba del maletero y sobre la matrícula trasera en un ángulo imposible.

—Ella —dijo.

CAPÍTULO 2

Sharp se acercó a la barrera y silbó al equipo de la escena del crimen que estaba abajo.

Una de las figuras vestidas con traje blanco se enderezó al oír el sonido, luego señaló a su derecha y hacia arriba del terraplén.

—Bien. Harriet por fin ha establecido un camino demarcado.

Se pusieron los monos y las botitas de una caja de suministros que había junto a la barrera, con el delgado material ondeando al viento contra su propia ropa, y luego Kay se recogió el pelo y siguió a Sharp por la pendiente, consciente de que, si no tenía cuidado, resbalaría en la maleza húmeda y bajaría el resto del camino deslizándose sobre su trasero.

Los reflectores proporcionaban suficiente luz para moverse con seguridad por el camino, así que Kay dirigió su linterna hacia la derecha, siguiendo el rastro que el vehículo había trazado a través de la vegetación mientras se precipitaba hasta donde ahora yacía.

Había visto algunos accidentes de tráfico graves durante su tiempo en el servicio de policía, y dejó escapar un leve jadeo al examinar la destrucción.

—Es un milagro que haya sobrevivido, ¿no? —dijo Sharp por encima del hombro.

—Sí. Debe de haber sido zarandeado como un muñeco de trapo.

A medida que se acercaban al pie del terraplén, Kay notó que una cerca de alambre separaba los terrenos de la Agencia de Carreteras de los de un campo de un granjero.

El paisaje más allá del alcance de los reflectores parecía haber sido abandonado desde la época de cosecha, con la tierra en barbecho y desnuda.

Kay se estremeció cuando una ráfaga de viento frío la golpeó e hizo balancear las estructuras de un lado a otro, luego volvió su atención al lugar del accidente.

Solo podía imaginar la tarea monumental que enfrentaba el equipo de Harriet; apenas ahora que el conductor del coche iba camino al hospital, los investigadores podían hacer su trabajo. Su tarea se vería exacerbada por el hecho de que al menos otras doce personas habían pasado por la zona ahora acordonada desde el accidente.

Se había levantado una carpa sobre la parte trasera del vehículo mientras ella y Sharp habían estado hablando en lo alto del terraplén, y a medida que Kay se acercaba, pudo ver a Harriet de pie a un lado, dando instrucciones a su equipo mientras colocaban una segunda carpa sobre la puerta del conductor del coche. Un fotógrafo se movía de un lado a otro del coche, el flash de su cámara iluminaba la escena en ráfagas de luz que rebotaban en los troncos de los árboles cercanos y proyectaban siluetas entre sus colegas.

Harriet miró por encima del hombro cuando se acercaron al cordón, y luego se dirigió hacia ellos, su progreso obstaculizado por las ramas de los árboles y las gruesas enredaderas que cubrían el suelo lleno de barro.

—Buenas noches, detectives.

—Harriet. —Sharp inclinó la barbilla hacia el vehículo—. ¿Qué tenemos hasta ahora?

La investigadora de la escena del crimen se bajó la mascarilla de papel. —Mujer, de unos veinticinco años por lo que se ve. Envuelta en una sábana de plástico negro pegada con cinta adhesiva. Tiene moretones en la cara, que obviamente no fueron causados por el accidente, no ha pasado suficiente tiempo. No veo ataduras alrededor de sus muñecas. Dejaré que Patrick termine las fotografías preliminares y luego echaremos un vistazo más de cerca.

—Gracias.

Sharp se quedó en silencio mientras Harriet se volvía a poner la mascarilla y regresaba a la pequeña carpa, su traje blanco cubierto de salpicaduras de barro desde las rodillas hacia abajo.

Kay olfateó el aire, una mezcla intensa de combustible derramado y los tonos terrosos del campo cercano. Miró de nuevo hacia el terraplén al oír el sonido de los frenos de aire y vio una gran grúa detenerse junto a la barrera, con las luces de emergencia parpadeando. Consultó su reloj y se preguntó si terminarían a tiempo antes del amanecer.

Lo último que necesitarían sería que la escena del crimen ralentizara el tráfico de la mañana y acabara en las noticias antes de que pudieran trabajar con el equipo de prensa para coordinar una respuesta estructurada.

Por otro lado, apresurar el examen forense del vehículo mientras aún estaba in situ sería un desastre. Las próximas horas eran cruciales para recopilar la mayor cantidad de evidencia posible.

El fotógrafo se acercó a donde estaban Kay y Sharp, y luego bajó su cámara.

—De acuerdo, Harriet, ya tengo todas las fotografías preliminares —gritó hacia el coche—. ¿Necesitas algo más del perímetro?

—No, está bien. Vamos a ponernos en marcha y averiguar qué tenemos. Charlie, ¿puedes acercar uno de esos reflectores?

Un técnico se alejó del grupo, dio una palmada en el brazo a un colega al pasar y señaló lejos del coche, antes de que las dos figuras agarraran el reflector más cercano y lo arrastraran hacia la parte trasera del vehículo.

Una vez satisfecha de que el equipo de iluminación había sido asegurado para que el viento no lo derribara sobre alguien, Harriet se puso manos a la obra una vez más.

Kay contuvo la respiración, la tentación de levantar la cinta entre ella y el vehículo templada por el conocimiento de que no podía simplemente imponerse al trabajo de Harriet.

Desde su posición en el cordón, Kay tuvo que estirar el cuello para tratar de ver lo que Harriet estaba haciendo.

La mujer hablaba con su equipo mientras trabajaba, su voz baja llevada por el viento mientras señalaba diferentes partes del vehículo y ponía a sus colegas a trabajar tomando muestras y colocando todo en bolsas de evidencia para comenzar su ardua tarea de registrar cada mínimo detalle.

Después de media hora, Harriet levantó la cabeza de la parte trasera del coche y les hizo señas para que se acercaran.

—Muy bien, vengan a echar un vistazo.

Sharp levantó la cinta para que él y Kay pudieran pasar por debajo, y lideró el camino hacia el coche.

Sus ojos recorrieron el vehículo mientras se

acercaba, las abolladuras y rasguños causados por la velocidad del choque aún más evidentes bajo las duras bombillas de las luces de la estructura.

Dejó que Sharp hablara con Harriet mientras ella rodeaba el coche, examinando el daño en la carrocería.

La puerta del pasajero había sido arrancada de sus bisagras y yacía más arriba en el terraplén desde donde el vehículo finalmente se había detenido, con un flujo constante de escombros cayendo entre la maleza mientras tres de los colegas de Harriet se apresuraban a recoger todo lo posible antes de que el viento se lo llevara.

Rodeó la parte trasera del coche y se unió a Sharp al lado de Harriet.

Él se hizo a un lado y señaló el cuerpo de la mujer. —No tuvo ninguna oportunidad.

Kay bajó la mirada.

La mujer parecía tener unos veinte años, su cuerpo desnudo había sido envuelto en plástico negro antes de ser arrojado en la parte trasera del coche.

Harriet había cortado la cinta que mantenía unido el plástico, exponiendo el cuerpo magullado y golpeado de la mujer. Cortes y marcas cubrían su pómulo izquierdo y la cuenca del ojo, con el rostro girado lejos de ellos.

—Terminaremos aquí y la llevaremos a Lucas lo antes posible —dijo Harriet—. Aunque tened en cuenta que tenemos que tomar muestras de todo el coche y recoger todo lo que haya en su trayectoria. Estaremos aquí un buen rato.

—Entendido —dijo Sharp.

Kay se movió inquieta de un pie a otro e ignoró la humedad que comenzaba a filtrarse a través de los protectores y en la parte superior de cuero de sus botas. —No recuerdo ningún caso similar a este, ¿tú sí, jefe?

—No. Eso es lo que me preocupa.

Ella se volvió para mirar a Sharp. Era casi de la misma altura que él, pero él estaba un poco más arriba en la pendiente y ella tuvo que levantar la barbilla. Su rostro estaba preocupado.

—¿Crees que lo ha hecho antes?

—Quizás.

—Tal vez sea un caso aislado, un asunto doméstico.

Él se encogió de hombros.

Kay suspiró y volvió a mirar el coche.

Sin importar lo que pensara Sharp, su primera prioridad sería identificar al conductor y a su víctima antes de averiguar de dónde habían venido.

Y a dónde la estaba llevando.

La idea de que pudieran haber pasado por alto a un asesino experimentado con varios lugares de entierro repartidos por el condado le provocó un escalofrío.

¿Y si no hubiera chocado?

¿Cuándo lo habrían atrapado y cuántas otras víctimas habría habido?

—Más le vale sobrevivir a la cirugía —murmuró.

CAPÍTULO 3

A la mañana siguiente, con los ojos enrojecidos por la falta de sueño, Kay levantó la vista de su ordenador al escuchar el silbido bajo de Sharp, y luego rodó su silla hasta donde el resto del equipo de investigación comenzaba a reunirse.

Saludó con un gesto a la agente de policía Carys Miles, cuyo cabello oscuro le caía hasta los hombros, un nuevo estilo que le había confesado a Kay que solo estaba probando para los próximos meses de invierno.

—Hace demasiado calor en verano para tener el pelo largo —se había quejado—. Pero al menos ahora puedo mantener mi cuello caliente.

Kay se había reído del comentario; ella sentía el frío invernal tan pronto como a finales de septiembre y nunca contemplaría cortarse el pelo rubio más corto que su longitud actual. Su único compromiso era mantener el flequillo corto para al menos poder ver lo que estaba haciendo en el día a día sin que se interpusiera en su camino.

Gavin Piper e Ian Barnes, dos agentes de policía más, se unieron a ellos. El más joven de los dos, Gavin, eligió posarse en un escritorio cercano, con su libreta y bolígrafo listos.

El mes anterior había aprobado sus exámenes con notas sobresalientes y ahora era parte firme del equipo de investigación en la comisaría de la capital del condado. Ingenuamente, Piper había pensado que las burlas de sus colegas cesarían en el momento en que dejara de ser un agente en prácticas; sin embargo, Barnes tenía otras ideas, especialmente porque el joven alto y apuesto era el cotilleo de los miembros femeninos del personal administrativo y se sabía que pasaba la mayor parte de su tiempo libre surfeando en la costa de Cornualles. Mantenía su pelo rubio a la longitud reglamentaria, pero aún tenía la costumbre de sobresalir en mechones debido a la cantidad de agua salada a la que había estado expuesto durante los meses de verano, acentuado por el bronceado profundo que aún se aferraba a su piel.

Kay veía al hombre mayor, Barnes, como el pegamento dentro del equipo.

Se podía contar con Barnes para aligerar el ambiente cuando era necesario, pero también comandaba una enorme cantidad de respeto entre los detectives reunidos y el personal administrativo. A sus cincuenta y tantos años, había sido policía desde los veinte y su conocimiento del área local y su historia había sido utilizado una y otra vez cuando Kay había trabajado junto a él. Le había confiado a Kay que había comenzado a salir con alguien antes del verano, una abogada de traspaso que había conocido a través de amigos, y parecía que el romance había florecido.

Kay cogió su libreta y bolígrafo, pasó a una página en blanco y se acomodó en su asiento mientras Sharp comenzaba.

—Bien, para aquellos que no estuvieron en la escena anoche, les daré una actualización rápida —dijo. Colgó una serie de fotografías a color de la escena del accidente en la pizarra blanca a su lado—. A las once y diez de la noche, se llamó a Tráfico por un accidente de coche en la M20, a unos cuatrocientos metros pasada la salida de Harrietsham. Cuando llegaron allí, el conductor estaba inconsciente, pero aún con vida, y los equipos de bomberos y ambulancias trabajaron para liberarlo de los restos y llevarlo al hospital. Actualmente está en el Hospital de Maidstone en coma inducido después de seis horas de cirugía.

Hizo una pausa para permitir que el equipo se pusiera al día con sus notas, y luego colgó tres fotografías más en la pizarra.

—En la parte trasera del coche, se encontró el cuerpo de esta mujer.

Un silencio llenó la sala de incidentes mientras el equipo miraba fijamente las fotografías.

—El hospital ha confirmado que han tenido que extirpar el bazo del conductor, y me han dicho que también tiene una pierna rota y requerirá más cirugía para fijarla en su momento. Lo mantienen en coma inducido para tratar de reducir la hinchazón de su herida en la cabeza; parece que se golpeó el cráneo contra la ventana del coche cuando rodó por el terraplén.

—¿Cuáles son sus posibilidades? —dijo Kay.

—Sombrías, pero tan pronto como obtengamos confirmación del hospital de que está consciente, haremos los arreglos para entrevistarlo formalmente.

Un murmullo recorrió la sala de incidentes. Haría sus trabajos más difíciles si no podían interrogar al conductor, y aunque ninguno de ellos le deseaba mala salud, también querían ver que se hiciera justicia por la víctima del hombre.

El inspector esperó hasta que sus voces se hubieran calmado. —Carys, ¿ha aparecido algo en el Sistema Informático Nacional de la Policía sobre la matrícula del coche?

Ella negó con la cabeza. —No hay nada que parezca una conexión, jefe, pero algunos de los registros en la base de datos de la Agencia de Licencias de Conducir y Vehículos son un desastre, así que les he enviado una solicitud. No parece ser un coche de alquiler, sin embargo. Espero obtener alguna información aclaratoria de ellos pronto.

—Muy bien. Mientras tanto, se tomaron huellas dactilares del conductor, pero no hemos obtenido resultados —dijo Sharp—. No aparece en nuestro sistema. No tenía billetera ni identificación consigo, y no se encontraron en el coche. Se localizaron dos teléfonos móviles en el coche, sin embargo, y esos han sido pasados al equipo de forense digital de Andy Grey en la sede central. Los habríamos traído como evidencia aquí, pero fueron aplastados en el accidente, y necesitábamos la experiencia de Grey para extraer la información que pudiéramos de ellos. El equipo de Harriet encontró otro móvil entre la maleza que tenía las huellas dactilares de la víctima femenina. Grey confirmó hace quince minutos que la última llamada realizada en uno de los móviles en el coche fue hecha al móvil de la víctima.

—Pero ¿por qué la estaría llamando? —dijo Barnes—. Él sabía dónde estaba ella: en el maletero de su coche.

—Tal vez la conoce y la llamó antes de matarla —dijo Kay.

—¿O la atropelló y se dio a la fuga? —dijo Gavin. Negó con la cabeza—. No, eso no tiene sentido.

—¿Qué hay de la mujer? ¿Alguna información sobre ella? —preguntó una agente de policía en el borde del pequeño grupo, con su bolígrafo listo.

—Ninguna. De nuevo, se han tomado sus huellas

dactilares, pero no aparece en el sistema, Debbie —dijo Sharp—. Así que, ¿puedes hacer circular las huellas a nuestros colegas en Sussex, Essex y la Metropolitana para empezar a ver si tienen algo para nosotros? Amplía la búsqueda si no lo tienen. Lucas Anderson planea hacer la autopsia mañana por la mañana, así que tendremos que esperar a ver si eso revela algo que nos ayude en cuanto a registros dentales y cosas por el estilo.

—Lo haré, jefe.

Debbie West apoyaba regularmente a la unidad de delitos mayores, y Sharp siempre solicitaba su presencia entre el personal uniformado de la comisaría si estaba disponible.

Diligente y una de las usuarias más talentosas de la base de datos HOLMES2 en la que el equipo confiaba para gestionar cualquier investigación, Debbie irradiaba una sensación de calma entre la dinámica a menudo tensa del equipo.

La atención de Sharp volvió a los detectives. —Mientras Debbie está siguiendo la pista de las huellas dactilares, Carys, tú y Gavin empezad a trabajar con Personas Desaparecidas para ver si nuestra víctima aparece en esas bases de datos. Harriet envió por correo electrónico algunas fotografías de la escena de anoche, así que podéis usarlas. De nuevo, ampliad vuestra búsqueda si no aparece en Kent.

—Lo haremos.

—Mientras Carys se ocupa de la Agencia de

Licencias de Conducir y Vehículos, necesitamos rastrear dónde ha estado ese coche —dijo Sharp—. Gavin, ponte en contacto con el equipo de reconocimiento automático de matrículas. Haz que rastreen el coche desde su último punto conocido en la M20 hasta su punto de partida. Enlázalo con las cámaras de videovigilancia locales y veamos si podemos localizar los movimientos del conductor.

—Sí, jefe.

—Carys, habla con los uniformados. Tan pronto como Gavin tenga un punto de partida, vamos a necesitar su ayuda. Podría ser una zona industrial o residencial, pero va a requerir mano de obra. Hablaré con el inspector jefe Larch sobre el presupuesto.

—Kay, Barnes, en cuanto tengamos una identificación del conductor, revisad la base de datos para ver si tenemos alguna nota sobre él en el sistema y la información sobre cualquiera que lo conozca. Sin duda visitaremos a algunos de ellos en los próximos días, así que me gustaría tener una actualización sobre dónde podemos encontrarlos. Mientras tanto, podéis ayudar a Gavin revisando las grabaciones de videovigilancia locales cuando las obtengamos.

—Entendido.

—Bien. —Sharp miró su reloj—. Tendremos otra reunión informativa a las cinco en punto. Veamos qué hemos logrado reunir para entonces.

CAPÍTULO 4

Kay se acercó al dispensador de agua y llenó dos vasos de plástico blanco antes de unirse al pequeño grupo alrededor de la pizarra en el extremo más alejado de la sala de incidentes.

El sol invernal se había ocultado hacía más de una hora, y el cielo pasó de un gris pálido a negro en cuestión de minutos.

Kay miró su reloj. Se había olvidado de comer y esperaba que la última reunión informativa del día fuera breve.

—Toma —dijo, y le entregó uno de los vasos a Barnes.

—Gracias.

Estaban presentes los supervisores del equipo responsable de revisar las imágenes de reconocimiento automático de matrículas y las cámaras de videovigilancia, así como varios miembros del personal administrativo de la sede que se encargaban de coordinar con los agentes uniformados.

Kay bostezó, la sala de incidentes abarrotada se estaba volviendo rápidamente sofocante debido a una combinación de calefacción central caprichosa y falta de ventilación. Ella y el resto del equipo habían estado funcionando a base de café y adrenalina todo el día, y a pesar de sus mejores esfuerzos, el agotamiento comenzaba a filtrarse.

Sharp emitió un fuerte silbido de una sola nota para poner fin a las numerosas conversaciones en voz baja, y todos dirigieron su atención al frente de la sala donde él se encontraba.

—Gracias. Debbie, ¿puedes atenuar las luces? Os mostraré las imágenes que tenemos de las cámaras. — Presionó un interruptor remoto y apareció una vista aérea de Maidstone en la pared junto a él, la luz del proyector iluminando el hombro de su chaqueta mientras se movía a un lado—. Quiero agradecer a nuestros colegas uniformados que han trabajado todo el día para recopilar esto para nosotros. Comenzaremos con el lugar del accidente y trabajaremos hacia atrás. Como pueden ver en la imagen aquí, tenemos mucha área que cubrir.

Kay luchó contra el cansancio, sabiendo que tenía que mantenerse concentrada. Quienquiera que fuera el conductor, no se relajaría hasta que fuera condenado y encerrado por mucho tiempo.

La luz ambiente en la sala bajó y fluctuó mientras Sharp pasaba a la siguiente imagen.

—Esta fue tomada cuando el vehículo pasó por debajo del puente bajo el ferrocarril —dijo, y continuó cambiando las imágenes mientras comentaba, usando un puntero láser para trazar los detalles—. El conductor salió de Maidstone por la A229 para unirse a la autopista. Antes de eso, tenemos cámaras de videovigilancia que lo ubican aquí.

Su audiencia se inclinó hacia adelante al unísono.

En la pantalla había una imagen granulada del vehículo pasando por una calle vacía, pero solo se veía la parrilla delantera del coche.

—¿Dónde es eso, jefe? —preguntó Gavin.

—Wheeler Street. Sale de Holland Road. Desafortunadamente, los contratistas responsables de mantener las cámaras de videovigilancia a lo largo de allí no han estado cumpliendo con su programación, y nos faltan al menos veinte minutos. —Pasó a la siguiente imagen—. En este momento, no tenemos idea de dónde estuvo el vehículo entre esta posición conocida previa aquí en la A26 hasta donde lo hemos visto en Wheeler Street.

—Ese es tiempo suficiente para matar y esconder un cuerpo en el coche —reflexionó Kay.

—Si es ahí donde la mató, sí. Parte de la tarea de los uniformados mañana por la mañana será hablar con los dueños de tiendas a lo largo de Wheeler Street y Holland Road para ver si alguien tiene alguna grabación de seguridad que nos pueda ayudar. Si la tienen, intentaremos llenar los huecos con la información disponible.

A pesar del optimismo de Sharp, Kay podía escuchar la frustración subyacente. Era una tarea larga y laboriosa y mientras tanto, estarían haciendo tiempo esperando los resultados.

—Yendo hacia atrás —dijo Sharp—, tenemos el coche localizado en una rotonda en Mereworth. Desaparece entonces, nuevamente debido a la falta de cobertura de cámaras, y lo volvemos a ver aquí, en las afueras de Tonbridge, su punto de partida.

Apareció una calle oscura, sus bordillos alineados con una variedad de coches frente a casas adosadas muy juntas.

—Tendremos equipos de oficiales uniformados movilizados por la mañana para ayudar con las investigaciones puerta a puerta en Tonbridge —dijo Sharp—. El primer equipo saldrá temprano para tratar de atrapar a la mayor cantidad de gente posible antes de sus compromisos laborales o escolares. Un segundo equipo saldrá a las seis en punto para ir a aquellas casas de las que no obtengamos respuesta durante la sesión de la mañana. Todas las declaraciones serán ingresadas al sistema por el personal administrativo en la sede a medida que lleguen de los equipos en el campo. Kay, Carys, tan pronto como tengamos confirmación de las investigaciones puerta a puerta sobre a qué casa pertenece ese vehículo, quiero que realicen el registro formal de la propiedad. Conseguiré las órdenes necesarias autorizadas, pero significa que tendrán que unirse al equipo en Tonbridge mañana por la mañana para poder actuar de inmediato. Haremos que Barnes o Gavin les lleven la orden de registro. Podría ser una buena idea que acompañen a los uniformados, hablen con los vecinos para darse una ventaja inicial.

—Jefe.

—Tendré a Harriet y su equipo en espera para realizar un registro forense.

Kay asintió, pero no respondió. Si resultaba que la mujer había sido asesinada en la propiedad, todo el lugar sería acordonado inmediatamente mientras la unidad de investigación de la escena del crimen trabajaba en el edificio.

Sharp apagó el proyector y arrojó el puntero láser sobre el escritorio a su lado mientras se volvían a encender las luces.

—Bien. Nos vemos mañana, todos. No lleguen tarde.

CAPÍTULO 5

Kay soltó un suspiro mientras salía del coche, el trasnoche y la posterior madrugada finalmente pasándole factura.

Adam, su pareja, había estacionado su todoterreno en el camino de grava en lugar del garaje frente a la casa que había heredado de un agradecido cliente anciano, y ella tuvo que apretujar entre los dos vehículos para llegar a la puerta principal.

Notó que la parte trasera del todoterreno estaba abierta, así que cambió de opinión y se deslizó por el costado del vehículo hasta llegar al garaje, y luego se dirigió a la cocina a través de una puerta interna.

Adam estaba agachado en el suelo de espaldas a ella, con una estructura de madera en forma de caja en el suelo a su lado. Miró por encima del hombro cuando ella cerró la puerta tras de sí.

—Hola —dijo—. Creí oír tu coche en el camino.

Se enderezó, y Kay levantó su rostro hacia él antes de que la besara.

Ella bajó la mirada hacia la estructura de madera de balsa. —¿Qué es esta vez?

Él sonrió. —Algo que realmente te va a gustar. Lindo y peludo.

Se pasó una mano por su rebelde cabello negro, con los ojos brillantes.

Kay miró alrededor de él y se dio cuenta de que la caja era en realidad una pequeña conejera con un área cerrada en un extremo y una malla de alambre cubriendo la otra mitad. Adam había extendido periódico debajo del extremo abierto.

Adam se dirigió a la encimera de la cocina y rebuscó en una bolsa de plástico, antes de volverse con dos cuencos de cerámica en las manos. Le entregó uno a Kay.

—¿Quieres llenar ese con agua? Hace demasiado frío para dejarlos afuera, pero deberían estar bien aquí dentro.

Kay dejó su bolso en el escurridor y abrió el grifo de agua fría hasta que el cuenco estuvo tres cuartos lleno, preguntándose qué habría traído a casa.

Como uno de los cirujanos veterinarios más prominentes de la ciudad, Adam tenía la costumbre de traer su trabajo a casa, literalmente. Había tenido unos meses de respiro desde la última vez que habían hospedado a uno de sus pacientes: una Gran Danés que había dado a luz a una camada sana de cachorros en el mismo espacio que ahora ocupaba la conejera. El peor invitado había sido una serpiente que se había escapado y que había alcanzado un estatus legendario entre los colegas de Adam.

No se le había ofrecido una segunda visita.

Se agachó junto a Adam mientras él levantaba una trampilla construida en la sección de malla de alambre de la conejera y tomó el cuenco de ella antes de colocarlo en la esquina más alejada de ellos.

Agregó el segundo cuenco, en el que había vertido una mezcla de semillas y granos.

Kay se apoyó sobre sus talones y esperó.

—Creo que todavía se están acostumbrando al nuevo entorno —dijo Adam—. Son bastante amigables, una vez que se acostumbran a ti.

Kay abrió la boca para preguntarle quiénes eran "ellos", pero guardó silencio cuando una nariz apareció desde la sección cerrada de la conejera y olfateó el aire.

Un conejillo de indias de color arena salió entonces de la penumbra y se dirigió por el periódico hacia el cuenco de agua, seguido rápidamente por un conejillo de indias más pequeño de color blanco y negro que rondaba alrededor de su compañero antes de olfatear la comida.

—¿Cómo se llaman?

—Bonnie y Clyde —dijo Adam y se dirigió al refrigerador antes de sacar una botella de Sauvignon Blanc medio llena.

Kay resopló, luego se puso de pie mientras Adam regresaba hacia ella y le entregaba una copa de vino. —¿Cómo es que están aquí?

Adam usó su copa de vino para señalar al más grande de los dos roedores, el de color arena. —Clyde tiene una infección en la piel, y puede ser contagiosa, así que la familia no quería que sus otros conejillos de indias la contrajeran. Tienen ocho en total. Bonnie siempre ha compartido jaula con él, así que la mantendremos en observación durante unos días, por si acaso. Clyde tiene una pomada que habrá que aplicar dos veces al día, pero pensé que como cumplen con el requisito de "lindos y peludos", no te importaría cuidarlos mientras estoy fuera. La clínica está llena, no hay lugar para ellos allí, me temo.

—Está bien, será agradable tener algo de compañía mientras estás fuera. Al menos no me robarán el control remoto de la televisión cuando no esté mirando.

Él puso los ojos en blanco. —No tengo duda de que, para cuando yo salga por esa puerta, los tendrás a ambos en el sofá contigo todas las noches. No los malcríes, ¿de acuerdo? Están en una dieta especial.

Ella le sacó la lengua y luego se agachó para evitar que él la agarrara del brazo, riendo. —Voy a cambiarme. Volveré en un minuto.

—Pensaba hacer algo sencillo como pasta esta noche, ¿te parece bien?

—Fantástico, gracias.

Dejó su copa de vino antes de recoger su bolso y dirigirse fuera de la cocina y subir las escaleras hacia el dormitorio principal en la parte trasera de la casa.

Abajo, podía oír el tono profundo de la voz de Adam mientras intentaba convencer a los conejillos de indias de que comieran algo, y sonrió mientras se cambiaba a unos vaqueros y una sudadera y preparaba una carga de ropa para lavar.

Tenía razón: disfrutaría cuidando de las criaturas peludas mientras él estuviera fuera.

Él había estado esperando con ansias la conferencia en Aberdeen desde que reservó su boleto hace casi cinco meses; el evento le daría la oportunidad de mezclarse con sus colegas, algo que rara vez tenía la oportunidad de hacer fuera de su círculo habitual de contactos, y ella sabía que estaba ansioso por absorber el conocimiento del que estaría rodeado. El hecho de que el evento incluyera un fin de semana también significaba que habría muchas oportunidades para establecer contactos en reuniones informales en lugar de entre la multitud de los seminarios programados.

Recogiendo la pila de ropa oscura que había separado, volvió a bajar a la cocina y cargó la lavadora antes de tomar su copa de vino una vez más, el aroma del ajo y la cebolla calentándose en una sartén llenaron el aire.

Mientras Adam se ocupaba de preparar la cena, ella se agachó de nuevo hacia la conejera y movió su dedo a través de la malla.

El más pequeño de los dos conejillos de indias, Bonnie, pataleó sobre el periódico y tocó su nariz con el dedo de Kay, antes de volver a la comida.

—Son lindos.

—Sabía que te gustarían. —Adam probó un poco de la salsa de pasta con una cuchara de madera, luego añadió más sal y volvió a remover—. Si les das un puñado de ese alimento especial antes de irte a trabajar por las mañanas, estarán bien todo el día siempre que tengan suficiente agua. También pueden comer cualquier resto de verduras. Cogí un montón de periódicos de la clínica, así que no deberías quedarte sin ellos. —Señaló el montón de papeles que había dejado en la encimera más cercana a la puerta trasera y guiñó un ojo—. Solo recuerda que tenemos que devolverlos.

Kay se rio.

—Lo sé. No te preocupes, tengo las manos llenas con el trabajo en este momento. No tengo tiempo para una mascota a tiempo completo.

Adam arqueó una ceja, y ella procedió a contarle lo que pudo sobre su excursión nocturna a la M20 y su temprano comienzo esa mañana.

—¿Y nadie sabe quién es ella?

Kay negó con la cabeza mientras lo observaba servir la cena.

—No. Pero lo averiguaré. Descubriré por qué le hizo esto a ella.

—Normalmente lo haces.

CAPÍTULO 6

Debido a que los vehículos de los residentes ya abarrotaban la estrecha calle de casas adosadas, Kay terminó estacionando el coche del equipo a unos cuatrocientos metros de donde se había instalado la furgoneta de incidentes a la mañana siguiente.

Ella y Carys optaron por tomar una ruta indirecta de regreso a donde los equipos de agentes uniformados iban de casa en casa, tratando de localizar la dirección exacta del conductor herido. Ya estaban recibiendo comentarios por radio de que los vecinos parecían mantenerse distantes y, hasta el momento, no había noticias sobre las que pudieran actuar.

Una brisa helada alborotó el cabello de Kay cuando doblaron la esquina hacia la calle donde el vehículo había sido visto por última vez en las cámaras de seguridad, y ella agachó la cabeza contra el embate.

—Maldita calle, parece un túnel de viento —dijo Carys, abotonándose la chaqueta.

Kay murmuró su acuerdo, pero su atención estaba en las casas a ambos lados de donde caminaban.

Frente a la mayoría, una zona pavimentada poco profunda separaba la propiedad de la acera por la que caminaban. Algunas habían sido cercadas con un muro bajo de ladrillos o un seto para dar a los residentes un mínimo de privacidad de la calle y habían sido decoradas con pequeñas colecciones de plantas en macetas. Otras yacían desnudas, exponiendo concreto agrietado y malezas que parecían dominar el camino hacia las puertas principales de las casas.

Estiró el cuello para ver hasta el final de la calle.

La cámara que había grabado el paso del coche estaba colocada en el lateral de un almacén, debajo de un letrero publicitario que indicaba que el primer piso estaba disponible para alquilar.

Dos agentes uniformados salieron de una de las propiedades un poco más adelante de Kay y Carys y esperaron junto a un delgado seto de ligustro para dejarlas pasar. Kay reconoció a uno de ellos como un joven agente en prácticas con el que había trabajado seis meses antes.

Ya había envejecido con el trabajo y ya no parecía el adolescente flacucho que había conocido antes.

—Agente Parker, ¿verdad?

Él asintió.

—¿Tuvisteis suerte?

—No. Aunque solo vamos por la mitad de la calle.

—¿Habéis hablado con el almacenero?

—Es el último en la lista de esta calle, así que no, aún no.

—De acuerdo. Nosotras hablaremos con él. De todos modos, vamos en esa dirección.

—Gracias, oficial.

—Habría pensado que empezarían por el almacenero —dijo Carys mientras continuaban pasando las casas.

—Él no es dueño de la cámara de seguridad, la instaló el ayuntamiento —dijo Kay—. Supongo que su supervisor considera que primero necesitamos encontrar la casa del dueño del vehículo. Tiene sentido.

Pasaron junto a una agente uniformada que recorría la calle, recogiendo los formularios de las consultas puerta a puerta de sus colegas mientras trabajaban, lista para ingresar los detalles en HOLMES a su regreso a la comisaría.

Kay había percibido la frustración del equipo uniformado al charlar con Parker; quienquiera que fuese el conductor, se había cuidado de ocultar su rostro de las cámaras de seguridad bajo las que pasó su vehículo la noche anterior. El personal médico del hospital había sido tajante en que la policía no podía tomar fotografías del hombre mientras aún estuviera bajo observación en la unidad de cuidados críticos; demasiado riesgo de infección, le habían dicho a Sharp.

No importaba; el rostro del hombre estaba tan hinchado y amoratado por el accidente y la cirugía posterior, que era poco probable que alguien lo reconociera si hubieran logrado obtener fotografías.

Kay guio a Carys a través del cruce al final de la calle y caminó por la acera manchada de chicles frente a la tienda.

Un grupo de tres adolescentes, todos en bicicletas, la miraron con hostilidad mientras se acercaba. El del medio, con el pelo de color rubio desteñido, gritó tras una mujer mayor que se alejaba apresuradamente de la tienda arrastrando un carrito de la compra.

Se callaron cuando Kay se acercó.

—¿Vivís por aquí?

—Nah —dijo el más bajo de los tres—. Los cigarros son más baratos aquí, ¿no?

—¿No deberíais estar en el instituto?

Los tres chicos se rieron por lo bajo.

—Día libre —dijo el mayor—. El instituto está cerrado por una huelga de profesores.

—¿Ya tenéis vuestros cigarrillos?

—Sí.

—Muy bien. Ahora, largo de aquí. Nada de quedaros por aquí intimidando a los otros clientes.

La miraron con rabia, pero giraron sus bicicletas y se alejaron pedaleando, gritando burlas por encima del hombro.

Kay negó con la cabeza.

—¿Los conoces? —preguntó Carys.

—Arresté al mayor por robar en una tienda en Shepway hace dieciocho meses —dijo Kay. Suspiró—. Sin duda lo volveré a ver pronto.

Empujó la puerta de la tienda para abrirla, haciendo sonar un *ping* electrónico detrás del mostrador a su izquierda.

Un hombre mayor se afanaba detrás, reapilando periódicos y enderezando una pequeña exhibición de dulces a la derecha de la caja registradora.

—No son más que problemas —refunfuñó—. Ustedes deberían venir más a menudo.

Kay mostró su placa.

—Oficial de policía Hunter, y esta es mi colega, la agente Miles. Queríamos hacerle algunas preguntas sobre un vehículo detectado en la cámara de seguridad sobre la tienda.

—No es mi cámara.

—Somos conscientes de eso, gracias. Es del ayuntamiento, ¿verdad?

—Así es. El propietario insistió en ponerla ahí. —Guiñó un ojo—. Creo que le pagaron por el alquiler del espacio. No quiero ni pensar lo que les cobró. Por eso las oficinas de arriba están vacías. Cuesta demasiado, ¿saben?

Kay pasó a una nueva página de su libreta.

—¿Cuál es su nombre, por favor?

—Higgins. Malcolm Higgins.

—¿Y cuánto tiempo lleva con esta tienda?

—Unos veinte años. Debería haberla vendido hace tiempo. Ahora es demasiado tarde; el negocio no da lo suficiente estos días, así que nadie está interesado en comprarla.

Carys sacó una fotografía en color del vehículo. La imagen había sido capturada por una de las cámaras de seguridad de la ciudad y proporcionaba la mejor vista del coche. La tomada desde la cámara sobre la tienda había quedado demasiado borrosa.

—¿Ha visto este vehículo por aquí?

El hombre tomó la fotografía y la examinó a través de sus gafas manchadas. Su frente se arrugó.

—No estoy seguro —dijo—. ¿Es de por aquí?

—Eso es lo que estamos tratando de averiguar —respondió Kay.

—¿Qué ha hecho, entonces?

Ella sonrió. —Deseamos hablar con él en relación con una investigación en curso.

El almacenero resopló y le devolvió la fotografía. —Ha ensayado eso, ¿verdad?

—¿Conoce usted al dueño de este vehículo o no?

Él negó con la cabeza. —Me temo que no puedo ayudarla. En realidad, no tengo tiempo para observar el tráfico que pasa.

Kay echó un vistazo por encima del hombro a la

tienda desierta y al polvo que cubría los estantes más cercanos a ella. —Bien. Pues gracias por su tiempo, señor Higgins.

Se giró hacia la puerta.

—Asegúrese de que esos policías de ahí fuera vuelvan todos los días —le gritó el hombre—. Esos adolescentes son un dolor de cabeza.

La puerta principal se abrió de golpe y ella retrocedió un paso, sorprendida.

Parker entró en la tienda, ligeramente sin aliento.

—Oficial, hemos localizado la casa del conductor.

Kay y Carys se apresuraron tras él mientras cruzaba la calle, dirigiéndose hacia una de las casas adosadas del lado opuesto.

—¿Quién lo ha confirmado? —preguntó Kay.

—Una pareja de ancianos del número veintidós. El marido está confinado a una silla la mayor parte del día, así que suelen pasar el tiempo observando la calle —explicó—. Han visto el coche aparcado frente al número veinticinco varias veces durante los últimos meses.

—¿Alquiler o propietarios?

—Dicen que es alquiler. Hace un tiempo pusieron un cartel y luego se mudó el tipo. Han visto a una mujer aparecer algunas veces, pero no creen que viva allí. Pensaron que podría estar teniendo una aventura con él, por la forma en que solía revisar la calle antes de llamar a la puerta. También tenía cuidado al salir de la casa; la esposa dice que la vio asomarse por la puerta principal una o dos veces antes de irse, como si temiera que la vieran.

—Interesante. ¿Hay alguien ahora?

Parker negó con la cabeza. —Parece vacío. Nadie respondió cuando llamamos. Pensamos en avisarle antes de hacer cualquier otra cosa.

Se detuvieron en la acera frente a la casa, cuya fachada estaba separada de la calle por una valla de madera con una puerta colgando de bisagras oxidadas.

—Muy bien. Hagámoslo. —Kay sacó su móvil del bolso y marcó el número de Sharp—. ¿Jefe? Vamos a necesitar esa orden de registro.

CAPÍTULO 7

Barnes llegó más de una hora después, con la orden de registro firmada en la mano.

—Lo siento, el magistrado que Sharp había instruido estaba atrapado en el tribunal, así que tuvimos que buscar otro.

—Estas cosas pasan. No te preocupes, he puesto agentes en la calle detrás de esta por si alguien intenta salir por la valla trasera.

Ignorando al pequeño grupo de agentes uniformados que se habían amontonado en la acera junto a ella, Kay revisó el texto del documento y luego entregó la orden al agente uniformado a su lado. —Vamos a echar un vistazo, ¿de acuerdo, Norris?

—¿Cómo quieres hacerlo? ¿La derribamos o forzamos la cerradura?

Kay giró y echó un vistazo a la calle, antes de

volverse hacia Barnes y Norris. —No tenemos tiempo, y todos los vecinos ya saben que estamos aquí, así que, si alguien iba a avisarle, ya lo habría hecho. Derríbenla.

Kay esperó mientras Norris se volvía hacia Parker y hacía un gesto hacia la puerta.

Él se adelantó, con el ariete en sus manos, lo apuntó a la puerta justo debajo de la manija y lo balanceó.

Kay desvió la mirada cuando la puerta se abrió de golpe, enviando astillas de madera por el umbral y sobre sus pies.

—Bien, dos de ustedes con Barnes, Carys y conmigo. Los demás quedaos afuera —dijo Kay, poniéndose los guantes—. Vamos a averiguar quién demonios es este bastardo.

Apartó las astillas más grandes con el pie mientras Norris abría la puerta de par en par y cruzaba el umbral.

—¡Policía! —gritó, avanzando por la casa con Parker pisándole los talones.

Kay se quedó en la puerta principal mientras los dos agentes uniformados revisaban la planta baja, y cruzó la mirada con Norris cuando este regresó de la cocina negando con la cabeza.

—Revisaremos arriba, pero podéis empezar aquí abajo.

—Gracias. ¿Dónde está Parker?

—Salió por la puerta trasera para revisar el jardín.

No te hagas ilusiones, parece que no se usó mucho y no hay señales de que alguien haya salido por la puerta trasera antes de que llegáramos.

—De acuerdo. —Kay se volvió hacia Barnes y Carys—. Bien, separémonos. Carys, tú encárgate de la cocina. Barnes y yo nos dividiremos la sala.

—Sí, oficial —dijo Carys, y pasó junto a ella con una expresión de determinación en el rostro.

Kay miró hacia las escaleras mientras guiaba a Barnes hacia la sala.

Norris estaba en lo alto y negó con la cabeza. —No hay nadie por aquí —dijo—. ¿Quieres que empiece la búsqueda arriba?

—Adelante.

Al entrar en la sala, lo primero que Kay notó fue que los muebles parecían ser una colección de artículos de segunda mano. Nada hacía juego.

Todo en el lugar parecía temporal, como si el inquilino no esperara regresar. Un sofá de dos plazas había sido colocado contra la pared detrás de la puerta. Frente a él, una pequeña mesa contenía un cenicero y una copia de un periódico viejo. Un pequeño televisor se había colocado sobre una cómoda baja en una esquina cerca de la ventana, y lo que parecía ser una estantería casera se apoyaba precariamente contra la pared opuesta a la ventana.

Kay se agachó y comenzó a hojear las páginas de los libros de bolsillo. Miró a Barnes por encima del hombro mientras él abría las puertas de la cómoda y empezaba a revisar su contenido.

—Si había una pareja viviendo aquí, ¿cómo es que parece que solo estamos viendo una mitad?

Levantó uno de los libros. —Muchos de estos son biografías deportivas, no es el tipo de lectura que esperaría de una mujer.

Barnes se enderezó y se puso las manos en las caderas mientras se giraba. —Sé a qué te refieres. Incluso la decoración está mal. Sé que es un alquiler, pero esperarías ver un toque personal. No hay nada, ¿verdad? Ni fotografías, ni papeles por ahí…

—Esto no es un hogar, ¿verdad? Es temporal.

—¿Crees que él lo mantuvo así? ¿Por si tenía que salir corriendo sin previo aviso?

—Eso es lo que pienso. Haremos que revisen el lugar en busca de huellas dactilares, pero dado que sabemos que las huellas del conductor no están en el sistema, ni las de su víctima, no tengo muchas esperanzas de que encontremos otras. Ha sido demasiado cuidadoso.

Carys apareció en la puerta. —Tampoco hay nada de interés en la cocina. Ciertamente no parece que hayan cocinado mucho en casa. El cubo de la basura de la cocina ha sido vaciado recientemente; haré que los uniformados revisen el contenedor de fuera, pero el refrigerador solo tiene lo básico.

Se calló al oír un llamado desde arriba.

—¿Oficial? Tiene que ver esto.

Carys se hizo a un lado cuando Kay pasó corriendo junto a ella y subió las escaleras de dos en dos.

—¿Qué pasa?

Norris apareció desde un dormitorio en la parte trasera de la casa, sus manos enguantadas sosteniendo una pequeña colección de fotografías.

—Encontré estas encima del armario.

Kay tomó las fotografías y comenzó a hojear las imágenes mientras Barnes y Carys llegaban a lo alto de las escaleras.

Dos de las fotografías habían sido tomadas en un bosque, la mujer relajada y sonriendo a la cámara mientras posaba junto a un gran tronco caído. En otras, la cámara se había sostenido en alto y había capturado al conductor y a la mujer sonriendo hacia el objetivo.

—¿Por qué esconderlas encima del armario? —dijo Barnes, tomando las fotografías de Kay y sosteniéndolas para que Carys pudiera verlas al mismo tiempo.

—Más importante aún, esas han sido tomadas con una cámara instantánea —dijo Kay—. ¿Por qué no usar su móvil?

—Tal vez ella no sea su esposa —dijo Norris—. Podrían haber estado teniendo una aventura.

—Buen punto —dijo Kay—. Eso ciertamente tendría sentido. Especialmente con los vecinos diciéndonos lo furtiva que era la mujer cuando llegaba o salía de la casa.

—Si estaban teniendo una aventura, eso también explica por qué no hay nada aquí que sugiera que una mujer estuviera viviendo aquí —dijo Carys—. Tal vez él la mató porque ella amenazaba con exponer la aventura a alguien.

Kay frunció el ceño. —Esperen. Devuélvanmelas un momento.

Hojeó las imágenes hasta que encontró una que incluía al hombre y se la mostró. —Lo reconozco. He visto esta cara antes.

—¿Dónde? —dijo Barnes.

—Cuando el caso contra Jozef Demiri se vino abajo y tuvimos que dejarlo ir. Él arregló que un coche lo recogiera. Este tipo era su conductor.

CAPÍTULO 7

Kay caminaba de un lado a otro de la habitación frotándose el ojo derecho.

A pesar del descubrimiento en la casa de Tonbridge, no podía abandonar el proceso de búsqueda y tenía que esperar hasta que Harriet y su equipo llegaran para poder informarles.

En su lugar, había enviado a Barnes y Carys de vuelta a la sala de incidentes para informar sus hallazgos al resto del equipo y comenzar el proceso de verificación de los registros de arrendamiento de la propiedad y encontrar otras fotografías en línea que coincidieran con la imagen del hombre que habían descubierto en la casa.

A su regreso a Maidstone, se había decepcionado al descubrir que no habían encontrado nada, y que Sharp había sido llamado a una reunión en la sede al otro lado de la ciudad y no volvería hasta la reunión informativa de la tarde.

Quería discutir su teoría con él, decidida a probar que había una conexión entre el conductor y Jozef Demiri, un albanés conocido por dirigir uno de los grupos del crimen organizado más lucrativos en el sureste, pero que había logrado evitar cargos criminales, a pesar de sus mejores esfuerzos.

Sin desanimarse por la ausencia de Sharp, había encargado al equipo que pasara el resto del día haciendo llamadas telefónicas y verificando la información que tenían hasta la fecha para tratar de lograr un avance.

Tres horas más tarde, se preguntaba si Demiri los evadiría una vez más cuando un fuerte grito de alegría llegó a sus oídos.

Gavin arrojó su teléfono móvil sobre su escritorio y giró su silla para mirarla.

—Era Charlie, está ayudando a Harriet con el análisis forense del vehículo del accidente.

—Sí, lo recuerdo de la otra noche —dijo Kay—. ¿Qué tiene?

Gavin sonrió y levantó su cuaderno.

—Número de Identificación del Vehículo parcial del chasis. Dice que la mayor parte había sido limada, pero una vez que removieron todo el barro y la suciedad, lograron obtener algo para nosotros. Y, escucha esto, es diferente al que figura en el certificado de registro vinculado a la matrícula.

—Ponlo en el sistema —dijo Kay, y deslizó su silla hasta el escritorio de Gavin.

Él se giró y abrió una nueva ventana en su computadora, tecleó los detalles y presionó "Enter".

Kay bebió de una taza de té tibio mientras esperaban.

Una vez, poco después de aprobar sus exámenes, Gavin le había mencionado que se había sorprendido de lo tediosas que podían ser las investigaciones de asesinatos.

Kay había sonreído y le explicó que a menudo eran los detalles más pequeños los que llevaban a los mayores avances, y desde entonces había notado que el detective recientemente calificado era uno de los pocos contentos de pasar horas revisando información minuciosa con la esperanza de lograr un avance. A menudo funcionaba, o al menos proporcionaba al equipo datos sólidos que podían seguir con gran efecto.

—Aquí lo tienes —dijo, y señaló la pantalla. Su frente se arrugó—. Espera. Está registrado a nombre de una empresa.

—¿Cuál? —Kay se inclinó y escaneó las líneas de texto mostradas en la pantalla.

—Delight Investments.

—¿Qué? —Kay se enderezó y se giró para llamar a Barnes, pero él ya se había levantado de su silla y se dirigía hacia ellos.

—Delight Investments —repitió Gavin. Sus ojos

se movieron entre Kay y Barnes—. ¿Por qué? ¿Hay algún problema? ¿Quién es el dueño de la empresa?

Kay tragó saliva, luchando por mantener su emoción bajo control.

—Jozef Demiri —dijo—. El maldito Jozef Demiri. Lo *sabía*.

Se enderezó cuando Sharp entró por la puerta y cruzó la habitación hacia donde ella estaba, y sus miradas se encontraron.

—¿Por qué estoy escuchando el nombre de Demiri?

Kay rápidamente lo puso al día sobre la búsqueda en la propiedad, y luego señaló la computadora de Gavin.

—Está conectado, jefe. Reconocí al conductor, y el coche está registrado a nombre de la empresa de Demiri. Tenemos una pista aquí.

En respuesta, él levantó la mano.

—De acuerdo, me has convencido. Haré algunas llamadas telefónicas; el inspector jefe Larch tendrá que ser informado, así que necesitaré que prepares un informe resumido para mí sobre esta investigación hasta la fecha antes de que te vayas hoy para que podamos obtener recursos adicionales. Ya sabes qué hacer.

—Sí, jefe.

—Carys, mientras eso sucede, ¿podéis tú y Gavin reunir todo lo que haya en nuestro sistema sobre los activos comerciales de Demiri, incluyendo Delight

Investments? Averiguad qué más tiene listado bajo ese nombre y otros, junto con cualquier conocimiento que tengamos sobre las personas que trabajan para él. Id con cuidado. Sabemos de lo que es capaz —dijo, dirigiendo una mirada de disculpa a Kay—, y ninguno de nosotros quiere una repetición de los eventos del año pasado.

—Lo haremos —dijo Carys.

—Finalmente, seguridad —dijo Sharp, y esperó hasta tener la atención de todos—. Teniendo en cuenta lo que sucedió la última vez, y para que nadie tenga que pasar por lo que Kay pasó con la investigación de Estándares Profesionales, esta sala de incidentes ahora estará bajo llave. Nadie se llevará trabajo a casa. Yo abriré la sala a las siete de la mañana y la cerraré a las siete de la noche todos los días. Todas las pruebas serán registradas por Debbie, quien reportará directamente a mí. Si queréis sacar algo de las pruebas para revisarlo, me veis a mí primero, ¿entendido?

Un murmullo de acuerdo recorrió la sala.

—*Vamos* a atrapar a este bastardo —dijo Sharp—. Pero es astuto y peligroso. Si alguien tiene motivos para creer que está en peligro, o si alguien os amenaza de alguna manera, venid a verme inmediatamente. ¿Está claro?

—Sí, jefe.

Sharp se volvió hacia Kay.

—Vamos con cuidado. Tenemos una sola oportunidad para esto.

Ella asintió, luchando contra la adrenalina que había comenzado a correr por sus venas.

—No te preocupes, jefe. Lo haremos correctamente. Quiero que Demiri sea encerrado, por mucho tiempo.

CAPÍTULO 9

Kay sacó su coche del estacionamiento de la comisaría, indicó a la derecha y se incorporó a lo que quedaba del tráfico de la tarde.

Mientras giraba a la izquierda y pasaba frente al gran estacionamiento de varios pisos y el supermercado contiguo, su mente volvió a Jozef Demiri.

Casi lo había tenido en sus manos una vez, hace casi dos años.

Ella y sus colegas habían reunido suficientes pruebas para respaldar una investigación sobre los negocios de Demiri, y todo apuntaba a que dirigía una extensa operación de drogas entre el continente y su base en el rincón sureste de Inglaterra.

Sin embargo, mientras un equipo de vigilancia esperaba el regreso de Demiri del continente, un arma incautada en un control de tráfico rutinario y que todos pensaban que tenía las huellas dactilares de Demiri desapareció del depósito de pruebas de la comisaría.

Las consecuencias habían sido impactantes, comenzando con una investigación de Asuntos Internos que acusó a Kay de llevarse el arma.

Tuvo consecuencias devastadoras para su salud. Había perdido a la niña que solo semanas antes había descubierto que estaba esperando y, a pesar de sus mejores esfuerzos, su carrera nunca se había recuperado completamente.

Desde entonces, había jurado vengarse de Demiri.

Reprimió su emoción mientras giraba hacia el camino que conducía a su casa, y giró la mano en el volante para mirar su reloj.

Adam había salido temprano de casa esa mañana, ansioso por llegar a la clínica para ponerse al día con el papeleo antes de que comenzaran a llegar las citas de la mañana, y ella esperaba que volviera a casa a una hora razonable.

Tenían otro día juntos antes de que él volara a Aberdeen para su conferencia, y ella quería aprovechar al máximo su tiempo con él.

Mientras el coche pasaba por delante de su pub local, una sonrisa se formó en sus labios.

Al entrar en el camino de entrada de la casa, cerró su coche y se apresuró hacia la puerta principal.

—¡Ya estoy en casa!

—Arriba.

Kay subió las escaleras de un salto y entró en su dormitorio en la parte delantera de la casa. —El pub parece tranquilo, ¿te apetece tomar algo?

Adam apareció desde el baño en suite, secándose el pelo con una toalla. Sonrió. —Suena como una gran idea.

—Bien, me cambiaré e iremos enseguida.

Veinte minutos después, habían conseguido una pequeña mesa en la esquina de la barra pública en la parte delantera del pub, cada uno con una pinta de cerveza artesanal frente a ellos.

—Salud —dijo Adam, chocando su vaso contra el de ella antes de dar un largo sorbo—. Oh, lo necesitaba.

Kay saboreó la cerveza, se lamió un rastro de espuma de los labios y se recostó en el suave cuero de su silla. Estiró el cuello para mirar a través del bar hacia la zona del salón, pero solo dos personas estaban sentadas en taburetes charlando con la dueña.

El resto del pub estaba desierto; la multitud habitual de la noche llegaría más tarde.

Kay se relajó. El único problema de ser policía en un pueblo en lugar de una gran ciudad era que a veces veía a alguien que había arrestado en el pasado entrar por la puerta de un pub o pasar a su lado en el supermercado.

Hacía años que había dejado de esconderse detrás de los estantes de latas de sopa o de los últimos libros publicitados y, en su lugar, miraba fijamente a los infractores, pero seguía siendo un alivio no encontrar a ninguno de sus arrestos exitosos pasados bebiendo aún en su pub local.

Se echó el pelo detrás de la oreja y tomó otro sorbo de su cerveza.

—Puede que tenga que quedarme más tiempo en Aberdeen —dijo Adam, su voz interrumpiendo sus pensamientos.

—¿Algún problema?

—No, uno de los otros tipos que va a la conferencia tiene una práctica especializada en la industria de las carreras de caballos. Me gustaría pasar un tiempo con él mientras estoy allí, eso es todo. ¿Te parece bien?

—Por supuesto. —Sonrió—. Sería una gran oportunidad para ti.

La concurrida clínica de Adam era popular en la comunidad local, y él era uno de los pocos veterinarios locales con experiencia en caballos de carreras y sus peculiaridades.

Colocó su vaso de cerveza medio vacío sobre un posavasos de cartón y extendió la mano para tomar la de ella. —Estoy pensando en expandir el negocio. Contratar a alguien más para que se ocupe de las cosas pequeñas para que yo pueda concentrarme más en hacer contactos. Hay algunas oportunidades de conferencias en el continente que me gustaría explorar.

—Vaya. —Kay se giró en su asiento para mirarlo.

Una expresión esperanzada cruzó sus facciones.

Ella sabía lo bueno que era en su trabajo; hasta hace unos años, había sido un colaborador habitual de revistas veterinarias y había participado en conferencias por todo el país. Luego, el negocio despegó y él puso toda su energía en establecerlo y hacerlo crecer.

—Eres bueno compartiendo lo que sabes —dijo, apretando su mano—. Creo que es una gran idea, siempre y cuando no te sobrecargues demasiado. No quieres agotarte con todo eso.

—No te preocupes, solo haré unas pocas al año para mantenerme al día. Podríamos viajar juntos, si tu trabajo lo permite. Ya es hora de que nos tomemos unas vacaciones de todos modos. Podríamos convertirlo en unas vacaciones de trabajo: yo daría mi conferencia y luego podríamos tener unos días para explorar antes de volver a casa.

—Suena genial. Podría acostumbrarme a eso.

—Fantástico. —Sonrió y tomó un largo trago de su cerveza, con una mirada de satisfacción en sus ojos —. Entonces, ¿vas a contarme qué está pasando con ese accidente de coche de la otra noche? ¿Alguna novedad?

Kay comprobó que el dueño del pub seguía

ocupado con los clientes en la otra barra y bajó la voz para contarle a Adam lo que podía de la investigación en curso.

—La cosa es —dijo, y tomó un profundo respiro—, que Gavin rastreó el número de identificación del vehículo hasta un negocio propiedad de Jozef Demiri.

Los ojos de Adam se endurecieron y dejó su vaso. —¿Demiri?

Kay se llevó el dedo a los labios. —Sí.

—Kay, escúchame. Mantente alejada de él, ¿de acuerdo? Sé que es tu trabajo, pero deja que otro se encargue de él. Es demasiado peligroso.

—Necesito hacer esto, Adam. Quiero que lo encierren, y quiero estar allí cuando lo hagamos.

—Sabes lo peligroso que es. Sé que quieres esto, pero por el amor de Dios, no te acerques a él sola.

—No estaré sola. Sharp estará conmigo. —Su boca se torció—. No creo que confíe en lo que le haré a Demiri si me deja ir sola.

—No es gracioso, Kay. No con su reputación.

Ella levantó la mano. —Lo sé. Lo siento. Tendré cuidado.

—Desearía no tener que irme ahora.

—Estaré bien. De verdad.

Él se pasó la mano por la cara.

—Asegúrate de cerrar con llave todas las puertas y ventanas mientras no estoy; y mantén encendidas las luces de seguridad alrededor de la casa también.

—De acuerdo.

—Prométemelo, Kay.

—Te lo prometo.

—Bien. —Su mirada se suavizó y señaló el vaso vacío de ella—. ¿Otra de esas?

—Pensé que nunca lo preguntarías.

CAPÍTULO 10

Kay y Sharp salieron de la comisaría inmediatamente después de la reunión informativa de la mañana siguiente, decididos a entrevistar a Jozef Demiri lo antes posible.

Kay conducía, su ritmo ralentizado por la cantidad de tráfico en la A20 entre Maidstone y Ashford, resultado de una colisión múltiple en Folkestone y la decisión de las autoridades de utilizar la autopista M20 para la Operación Stack, una estrategia por la cual todos los camiones que no podían usar el Eurotúnel o los ferris a Francia eran estacionados en la autopista, impidiendo así que nadie más la utilizara.

—Menos mal que no concertamos una cita —dijo Sharp, refunfuñando entre dientes.

Kay no dijo nada, el atasco de tráfico no hacía nada para aplacar su emoción ante la perspectiva de encontrarse cara a cara con Demiri.

Probar quién era responsable de sacar el arma del depósito de pruebas y llevar a Demiri ante la justicia era lo único que la había mantenido enfocada durante sus momentos más oscuros.

Redujo la velocidad al entrar en las afueras de Ashford y negoció una serie de rotondas antes de girar el coche hacia un pequeño parque empresarial.

Unos carteles apilados uno encima del otro como un tótem en la entrada del parque empresarial confirmaban la presencia de las oficinas de Demiri. No tardaron mucho en encontrar la unidad de bajo nivel envuelta en cristal que ocupaba su empresa de software. Cerró el coche y se dirigieron hacia el edificio, Sharp a su lado.

—Yo tomaré la iniciativa —dijo él—. Ambos sabemos que vamos a estar bajo el microscopio con este caso. No quiero darle a Larch ni a nadie más una excusa para cuestionar esta investigación.

—Entendido, jefe.

Kay contuvo su emoción y siguió a Sharp mientras se acercaba a las puertas dobles del edificio. Sus ojos se posaron en una placa de latón al lado del pórtico de entrada.

Delight Investments.

Le había sorprendido que el inspector jefe Larch no hubiera intervenido en sus planes de hablar con Demiri. Tal como estaban las cosas, después de entregar el informe que Kay había preparado para él, Sharp había tenido que obtener la autorización del comisario jefe para la reunión, y se le ordenó informar a la jefatura en el momento en que regresaran de su entrevista.

Había un intercomunicador debajo de la placa, y esperó mientras Sharp presionaba el botón y anunciaba su llegada.

Sonó un débil zumbido, seguido de un *clic*, y la puerta se abrió bajo el toque de Sharp.

La puerta se cerró automáticamente detrás de Kay, y la gruesa alfombra bajo sus pies silenció sus pasos mientras se acercaban a un suntuoso mostrador de recepción de caoba. Una lámpara de araña colgaba del alto techo, y Kay se dio cuenta con sorpresa de que era de cristal auténtico. Parecía fuera de lugar dentro de un edificio de oficinas moderno, y no pudo evitar preguntarse a quién estaba tratando de impresionar Demiri.

Una joven estaba sentada detrás del mostrador de recepción, su cabello rubio recogido en un moño eficiente, y Kay se dio cuenta de que el traje negro de la mujer probablemente costaba tres veces más que el que ella misma llevaba. La mujer levantó la vista de la pantalla de su ordenador cuando se acercaron y sonrió.

—Buenos días. ¿En qué puedo ayudarles?

Kay creyó oír el rastro de un acento extranjero, pero el inglés de la mujer estaba perfectamente pronunciado.

—Inspector Sharp, y mi colega la oficial de

policía Hunter —dijo Sharp a modo de presentación. Mostró su placa—. Nos gustaría hablar con el señor Demiri, por favor.

—¿Tienen cita?

—No. No es una visita social.

—Oh. —El rostro de la mujer decayó, su sonrisa desapareció, y volvió a mirar la pantalla del ordenador—. Bueno, me temo que tiene una cita en media hora, y su agenda está ocupada durante el resto del día.

—Lo veremos ahora, si pudiera avisarle de que estamos aquí.

La mujer se mordió el labio. —Eso... eso es bastante incómodo.

Sharp sonrió. —Lo entiendo. Podemos esperar aquí hasta que termine sus otras citas, si le parece.

Una mirada de horror se extendió por el rostro de la mujer, y Kay no pudo evitar sentir lástima por ella.

Evidentemente, la idea de dos detectives de policía de civil sentados en la lujosa área de recepción de su jefe la llenaba de pavor.

A pesar de saber que Sharp estaba fanfarroneando, Kay saboreaba la idea de sentarse en la oficina de Demiri todo el día para poder averiguar con quién eran sus otras citas. Seguramente proporcionaría actualizaciones interesantes para la base de datos HOLMES2.

—Esperen aquí —dijo la recepcionista, levantándose de su silla—. Volveré enseguida.

—Gracias.

Sharp se alejó del mostrador y le guiñó un ojo a Kay.

—No parezcas tan contenta —murmuró—. Hay una cámara en la esquina en tu posición de las seis en punto.

Kay llevó su puño a la boca y se aclaró la garganta. —Parece que le gustan bastante.

—Tranquila.

Nunca le había contado a nadie sobre las cámaras que había encontrado escondidas en su casa hace unos meses, a nadie excepto a Sharp quien, con su experiencia militar, de alguna manera se las había arreglado para que los dispositivos fueran retirados sin alertar a los perpetradores de que habían sido descubiertos. El equipo simplemente había dejado de funcionar un día. Kay sospechaba que Demiri era responsable, pero no tenía pruebas y dada su carga de trabajo en los meses transcurridos desde entonces, no había tenido la oportunidad de investigar más a fondo.

No es que se lo fuera a contar a Sharp si lo hubiera hecho.

Ambos se giraron al oír el sonido de una puerta abriéndose a su izquierda, y la recepcionista reapareció, seguida de cerca por un hombre de unos cincuenta y tantos años.

Kay dio un paso atrás, su corazón acelerándose un poco.

Jozef Demiri exudaba maldad, en su opinión.

Su corpulencia aseguraba que dominara el espacio, sus profundos ojos marrones y caídos se clavaron en los de ella mientras se dirigía hacia ellos. Impecablemente vestido con un traje negro que acentuaba su cabello blanco a la altura del cuello, dejó que su piel bronceada se arrugara al fruncir el ceño.

—Oficial Hunter. Me sorprende verla aquí.

—Señor Demiri, tenemos algunas preguntas preliminares que nos gustaría hacerle en relación a una investigación en curso —dijo Sharp, sin molestarse en presentarse de nuevo—. ¿Hay algún lugar donde podamos hablar en privado?

Demiri se rio entre dientes, luego miró el reloj de oro macizo en su muñeca y suspiró. —Está bien, detective Sharp. Seguiré su juego. Beatrice, usaré la sala de conferencias aquí. Llama a la puerta cinco minutos antes de mi próxima cita.

—Sí, señor Demiri.

—¿Vamos?

Cruzó la lujosa alfombra hasta una puerta con paneles, la mantuvo abierta y les hizo un gesto a Sharp y Kay para que entraran.

Kay se estremeció al pasar junto a él, sintiendo el calor de su aliento cosquilleándole el rostro mientras entraba en la habitación.

—Te he estado esperando, Kay —murmuró.

CAPÍTULO 11

Kay esperó hasta que Demiri se movió a la cabecera de la mesa ovalada de conferencias, agradecida de que Sharp se tomara un minuto para sacarle una silla bien lejos de donde se sentó el albanés.

Una mezcla de emoción y temor la invadió.

Profesionalmente, quería justicia por todo lo que el hombre le había hecho a ella y a otros, pero su comentario al entrar en la sala la había desconcertado.

Mientras él apartaba un vaso de agua boca abajo de su codo, se preguntó qué había querido decir con sus palabras.

¿Estaba hablando del accidente de coche y el subsiguiente descubrimiento del cuerpo de la mujer, o de algo más?

¿Simplemente estaba tratando de ganar ventaja en la entrevista?

—Señor Demiri, mantendremos esto formal —dijo Sharp.

Demiri asintió y se apoyó en la mesa, con las manos suavemente entrelazadas. —Como usted desee.

Sus ojos nunca dejaron los de Kay mientras Sharp leía la advertencia formal y luego abría una carpeta de plástico que había traído consigo y deslizaba una fotografía por la mesa.

La mano de Demiri la detuvo de un manotazo y luego la giró. Miró a Sharp. —Explique.

—Este vehículo estuvo involucrado en un accidente de tráfico hace dos noches en la M20. Rastreando los movimientos del coche usando cámaras de videovigilancia, hemos localizado la propiedad alquilada por el conductor.

Empujó una copia de una de las fotos descubiertas en la propiedad a través de la mesa.

El rostro de Demiri permaneció impasible.

—¿Le resulta familiar esta persona?

—No. ¿Debería?

—Lo que pasa es que este hombre es un conocido asociado suyo, señor Demiri —dijo Kay—. Conduce para usted.

Los ojos de Demiri brillaron mientras se inclinaba hacia adelante, y luego se encogió de hombros. —No. No lo conozco. Debe recordar, detective Hunter, que soy un hombre ocupado. Tengo muchas personas que pueden haber trabajado para mí en un momento u otro. No puedo recordarlos a todos.

—Señor Demiri, ¿reconoce a la mujer en la fotografía?

—No.

—Si pudiera mirar la fotografía de nuevo, por favor.

Demiri suspiró y tomó la fotografía que Kay empujó hacia él. La miró y luego la devolvió con las otras. —No la conozco. ¿Qué tiene que ver ella con él y un accidente de coche?

—Su cuerpo fue encontrado en el maletero del coche —dijo Sharp.

—¿Tal vez fue una discusión doméstica que salió mal, creen?

—Es una de las líneas de investigación que estamos siguiendo, sí.

Kay deslizó las fotografías por el escritorio hacia Sharp y observó cómo extraía otra imagen de la carpeta.

—Esta es una fotografía tomada en la escena del accidente —dijo Sharp—. Después de verificar con las autoridades de licencias, parece que el coche le pertenece a usted. Si este hombre ya no conducía para usted, ¿puede explicar por qué estaba en su coche hace dos noches?

—No tengo idea, realmente. Quizás estaba haciendo un recado para uno de mis empleados.

—¿No les habría dicho que ya no trabajaba para usted?

—Debe habérseles olvidado.

—Señor Demiri, ¿dónde estaba usted hace dos noches entre las ocho y la medianoche?

Demiri sonrió. —Estaba en el lanzamiento de una nueva empresa mía; un club exclusivo en Romford. Muchos invitados. Muchos *testigos* —añadió, mirando fijamente al detective superior. Dirigió su atención a Kay, con una sonrisa jugando en sus labios —. Tal vez podría unirse a nosotros para la noche de inauguración el próximo mes, detective Hunter. Sería un placer verla de nuevo.

Kay bajó la mirada y maldijo el escalofrío que sacudió sus hombros.

Lo sabe, pensó. *Sabe que encontré las cámaras y los micrófonos*.

Una risa baja emanó del extremo de la mesa, y ella levantó la cabeza de golpe para ver a Demiri observándola, con una sonrisa depredadora en los labios.

Sharp se aclaró la garganta. —No creo que la oficial Hunter desee socializar con usted, sinceramente. Nos gustaría hacer arreglos para entrevistar al resto de su personal aquí…

—Imposible.

—No creo que aprecie por completo su posición precaria, señor Demiri. Como dije, haremos arreglos para entrevistar a su personal aquí, así como a cualquier otra persona asociada con usted durante el curso de nuestras investigaciones.

Demiri levantó la mano para detener a Sharp y miró más allá de la posición de Kay ante un golpe en la puerta, un momento antes de que se abriera.

—Señor Demiri, solicitó un aviso de cinco minutos.

—Gracias, Beatrice.

Demiri se levantó de su silla, se abrochó la chaqueta y señaló hacia la puerta.

—Ahora, detectives, si me disculpan, tengo una reunión importante a la que asistir, y ya han ocupado suficiente de mi tiempo esta mañana.

Sharp le entregó al hombre una de sus tarjetas de visita. —Nos pondremos en contacto.

—Estoy seguro de que lo harán —dijo Demiri y los acompañó hasta la puerta.

Kay se detuvo en el umbral y se volvió hacia él.

—¿Quién conduce para usted ahora?

Demiri levantó las manos. —Me gusta conducir yo mismo estos días.

—¿Los buenos conductores son difíciles de encontrar?

—Los conductores *confiables* son difíciles de encontrar, detective Hunter.

CAPÍTULO 12

Jozef Demiri presionó un botón en el control remoto y luego lo arrojó sobre la superficie pulida de la mesa de conferencias, donde se deslizó hasta detenerse junto a una jarra de cristal vacía.

La pantalla en la pared cobró vida; un conjunto de nueve imágenes del interior y exterior del edificio.

Se acercó y cruzó los brazos mientras observaba a la detective y su superior detenerse en el estacionamiento a unos metros de donde habían dejado sus oficinas. La detective Hunter miró fijamente a la cámara de seguridad fijada en los hastiales antes de volverse hacia Sharp.

Demiri exhaló.

Después de todo este tiempo, después de todo el esfuerzo que se había invertido en asegurar que ella abandonara el caso contra él, parecía que finalmente tendrían su momento.

Una sonrisa se dibujó en sus labios, antes de aflojarse la corbata y desabrocharse el botón superior de la camisa.

Su recepcionista había mentido, por supuesto.

No tenía citas para el resto del día. Todos sus negocios se llevaban a cabo por la noche, después del horario laboral, bajo el manto de la oscuridad.

Sin embargo, la oficina en el parque empresarial servía para mantener las apariencias y daba cierto peso a la persona que había sido cuidadoso en construir.

La de un hombre de negocios respetable y trabajador.

Al menos la parte de trabajador era cierta, reflexionó.

Desde que había llegado al condado veinte años atrás, se había centrado únicamente en crear y mantener un imperio comercial que ahora se extendía más allá de la costa sureste de Inglaterra.

Su red de contactos y conexiones se extendía como la hiedra por los condados del sur y hacia el norte de Francia, y su reputación de brutalidad aseguraba que pocos se atrevieran a cruzarse en su camino.

Ajustó los gemelos de oro en sus muñecas, antes de dar la espalda a las pantallas y presionar un botón en la consola en la cabecera de la mesa.

—Beatrice, haz pasar a Oliver Tavender.

—Enseguida, señor Demiri.

Demiri sonrió. La joven que se sentaba fuera en el área de recepción había sido elegida personalmente por él, salvándola de un futuro que había tocado a muchas de sus compatriotas rumanas.

Sabía que podía confiar en ella, y ella sabía que él estaba bien al tanto del paradero de su familia en Brasov en caso de que se atreviera a traicionarlo.

Su lealtad estaba asegurada.

Hubo un golpe en la puerta dos minutos después, y un hombre corpulento de unos treinta y tantos años entró en la sala de reuniones, su cabello fino peinado hacia atrás le daba una apariencia envejecida. Un poco más alto que Demiri, era igual de ancho con la piel marcada por cicatrices en la nariz, que parecía haber sido rota más de una vez.

Cerró la puerta y permaneció de pie al pie de la larga mesa, con las manos cruzadas frente a él, sus ojos azul pálido sin parpadear.

—He recibido una visita de la detective Hunter y su jefe —dijo Demiri, con voz nivelada.

—Lo vi, en las cámaras. ¿Sospechan algo?

Una fina sonrisa cruzó los labios de Demiri. —Oh, ellos siempre sospechan algo —dijo—. Es simplemente cuestión de *qué* sospechan.

—¿Stokes?

—Estrelló su coche en la autopista después de salir de aquí.

—¿Sobrevivió?

—Mis contactos me dicen que sí.

—Una lástima.

—En efecto. Aunque aún es pronto: aparentemente, la cirugía fue muy delicada y todavía está en cuidados intensivos.

—No puedo llegar a él allí.

—No iba a sugerir que lo hicieras. Hay otras formas.

—¿Qué hay de la chica muerta?

Demiri se encogió de hombros. —No es nuestro problema. —Señaló la pantalla—. Ella, sin embargo, *sí lo es*.

Tavender se acercó y miró fijamente la imagen.

Hunter y el detective superior parecían estar en una profunda conversación, con las cabezas inclinadas mientras caminaban hacia su vehículo.

Demiri tamborileó con los dedos sobre la mesa. —Es desafortunado que no hayamos podido vigilarla más de cerca.

—Los dispositivos de escucha eran de la más alta calidad —dijo Tavender—. Al igual que las cámaras que instalamos en su casa.

—No deberían haber fallado.

—Lo siento, señor Demiri, estas cosas pasan…

Demiri descartó la excusa con un gesto y miró fijamente las figuras que se retiraban en la pantalla, antes de inclinarse hacia adelante y presionar un botón diferente. La pantalla parpadeó y luego cambió a un canal diferente. —Olvídalo. Ya es demasiado tarde.

—¿Qué quiere que hagamos, señor Demiri?

—Mantenla vigilada. Mantenlo discreto por el momento. Cuando llegue el momento, te lo diré. La oficial de policía Kay Hunter deseará no haberme conocido nunca. —Giró su silla hasta que pudo ver el programa que se transmitía en la pantalla a su lado.

—Tu obsesión con ella será tu muerte, Jozef —dijo Tavender suavemente.

Demiri se rio entre dientes. —O la suya.

CAPÍTULO 13

Sharp se hizo a un lado y mantuvo la puerta de la sala de incidentes abierta para Kay.

—Reúne al equipo. Haremos el informe temprano hoy. Estoy seguro de que están ansiosos por saber cómo nos fue antes de que me dirija a la central.

—Jefe.

—¿Cómo te fue? —dijo Barnes mientras dejaba su bolso en la silla y le hizo una señal para que se acercara a la pizarra al final de la sala.

—Está ganando tiempo —murmuró ella—. Dice que no sabe quién es el hombre o, al menos, que no puede recordar su nombre. Dice que tampoco conoce a la mujer.

—¿Crees que está diciendo la verdad?

—No. Creo que está mintiendo descaradamente. Estaba demasiado tranquilo, Ian. Listo para nosotros.

Interrumpieron su conversación cuando Gavin

acercó su silla a la pizarra y se sentó, con su emoción palpable.

Kay se acercó más al frente de la sala, sus pensamientos atropellándose unos a otros.

No podía evitar sentir que se habían perdido algo, que debería haber salido victoriosa de las oficinas de Demiri. En cambio, parecía que había calculado mal cuál sería su respuesta a su visita inesperada, y eso la dejaba preocupada.

—¿Todo bien, oficial?

Se volvió hacia Gavin, forzando una sonrisa. —Sí, gracias. Solo hay mucho en qué pensar.

—Lo atraparemos, no te preocupes.

—Por supuesto.

Kay observó cómo Carys se acercaba a Sharp, y él se inclinó un poco para escuchar lo que la joven agente tenía que decir, y luego hizo un gesto al grupo que esperaba.

Se unió a Kay y Barnes y sacó una silla junto a ellos.

—¿Noticias? —dijo Kay.

—Sí. Sharp me ha pedido que espere, y lo repasaremos con todos.

Kay asintió y se preparó para el informe.

Tenía sentido esperar las noticias de Carys si iban a involucrar a todo el equipo, en lugar de hacer que las repitiera; la discusión grupal a menudo desenterraba nuevas ideas y teorías que de otro modo se perderían.

Sharp comenzó la reunión, anotando la fecha y hora para el registro oficial, y proporcionó al equipo un informe detallado de la entrevista con Jozef Demiri.

A pesar de haber estado presente en ese momento, Kay tomó notas junto a sus colegas, sabiendo por experiencia que a menudo el punto de vista de otra persona podía ser diferente al suyo y proporcionar ideas que de otro modo no habría considerado.

—¿En qué punto estamos con la autopsia de la víctima femenina? —dijo Sharp, recorriendo la sala con la mirada en busca de una respuesta.

Gavin levantó su bolígrafo en el aire. —Lucas dice que será mañana por la mañana, jefe. Dice que hay un poco de retraso. Algo relacionado con la falta de personal.

Sharp suspiró. —Nada cambia, ¿verdad?

Nadie respondió; la pregunta era retórica y todos sabían lo ocupada que estaba la pequeña morgue del hospital en Dartford, particularmente con la llegada de los meses más fríos.

—¿Alguna noticia más del Hospital de Maidstone, jefe? —dijo Gavin.

—El conductor se sometió a otra cirugía esta mañana para fijar su pierna rota —dijo Sharp—. Pasarán un par de días antes de que podamos interrogarlo. Este sería un buen momento para que pongas a todos al día sobre lo que tenemos del equipo de Harriet, por favor, Carys.

Miles se aclaró la garganta y se levantó de su asiento, antes de pararse junto a Sharp. Abrió su cuaderno, leyó un par de líneas, y luego levantó la mirada hacia el equipo que esperaba.

—Bien, en primer lugar, no hay registro de las huellas dactilares del conductor en ninguna de las bases de datos. Gavin y yo pasamos el día revisando HOLMES2, y ampliamos nuestra búsqueda a nivel nacional también; no existe.

—Es inusual que alguien en su posición no tenga condenas previas ni arrestos —dijo Kay.

—¿Tal vez eso lo hizo una perspectiva de empleo atractiva para Demiri? —dijo Barnes.

Un murmullo de acuerdo pasó por la sala.

—Hablando del conductor, voy a hacer arreglos para aumentar la seguridad en su habitación de inmediato —dijo Sharp—. Estoy seguro de que nuestra visita a Demiri lo habrá alterado, a pesar de sus intentos de mantener la calma. Lo último que queremos es que organice un accidente desafortunado para su exconductor antes de que hayamos tenido la oportunidad de hablar con él.

Hizo un gesto a Carys para que continuara.

—Tampoco tenemos registro de la víctima femenina. De nuevo, ninguna de las huellas dactilares tomadas de ella por Lucas, el patólogo, o el equipo de Harriet coincidieron con nuestras bases de datos, pero seguiremos investigando.

Kay podía sentir la frustración entre el pequeño

grupo. La idea de que tenían a Demiri en la mira, pero sin evidencia con la cual acusarlo, ya empezaba a molestar.

—Sin embargo, Harriet sí encontró algo para nosotros —dijo Carys.

—Aleluya —murmuró Barnes, y luego levantó la mano en señal de disculpa cuando ella bajó su cuaderno y lo miró fijamente.

—Se tomaron dos juegos de huellas del volante, el freno de mano y las manijas de las puertas que coinciden con un par de tipos que tienen condenas previas por delitos de robo. Gary Hudson y John Millard.

—¿Tenemos alguna idea de dónde están ahora? —dijo Gavin.

Barnes miró su reloj. —Son las cuatro. Conociendo a esos dos, los encontraremos en el pub de Union Street.

CAPÍTULO 14

A pesar de la frustración de Carys y Gavin, Sharp decidió dejar que Kay y Barnes interrogaran a los dos hombres una vez que los hubieran traído.

—Ustedes dos no son conocidos por Demiri —había dicho a modo de explicación, dentro de los confines de su oficina—. Me gustaría que siguiera siendo así. Han visto de lo que es capaz y el alcance que tiene. Han visto lo que le pasó a Kay. Preferiría mantenerlos al margen de esto hasta que sea absolutamente necesario.

Los dos agentes de policía asintieron antes de que Sharp los despidiera, pero Kay pudo sentir su decepción cuando salieron de la habitación, y se volvió hacia el inspector una vez que la puerta se cerró.

—No los dejes demasiado al margen, jefe —dijo

—. No me gustaría que se frustraran y luego decidieran ir por su cuenta a tratar de resolver esto.

—Entendido —dijo Sharp.

Los tres pasaron otros veinte minutos discutiendo tácticas de entrevista antes de que Kay y Barnes se dirigieran a las salas de interrogatorios.

—Piedra, papel o tijera —murmuró Barnes.

Kay levantó el puño.

—El matón número uno, entonces —sonrió, y empujó la puerta de la sala de interrogatorios.

Se habían asignado abogados de oficio a cada uno de los hombres, y ahora, cuando Kay entró en la sala, el que había sido asignado a Gary Hudson se levantó de su silla y se ajustó la corbata mientras se ponía de pie.

—Mi cliente niega todos los cargos.

—Eh, tranquilo —dijo Kay, e hizo un gesto para que volviera a sentarse—. Todavía no hemos llegado a eso.

Evitó la mirada de Barnes, sabiendo que se moría de ganas de lanzar una respuesta ingeniosa al joven y entusiasta abogado criminalista, y en su lugar se inclinó para iniciar la grabación.

Leyó formalmente los derechos al hombre sentado frente a ella, esperó mientras Barnes se acomodaba en su asiento, y luego abrió una carpeta y deslizó una fotografía del vehículo accidentado sobre la mesa.

—Bien, señor Hudson. Este coche estuvo

involucrado en un accidente hace dos noches en la M20 cerca de Harrietsham. El conductor está actualmente en el hospital, y el cuerpo de esta mujer —dijo, haciendo una pausa para deslizar otra fotografía sobre la mesa— fue encontrado en el maletero del coche. Muerta. Ahora, tal vez podría explicarme por qué encontramos sus huellas dactilares en el vehículo.

El joven abogado palideció al ver el cuerpo de la mujer.

Patrick, el fotógrafo de la policía científica, había tomado varias imágenes de la escena del accidente, y Barnes había elegido la más impactante que pudo encontrar, con la esperanza de provocar una respuesta de parte del conocido delincuente.

Hudson se inclinó hacia adelante, con las manos en los bolsillos, y miró las dos fotografías, luego negó con la cabeza.

—No sé nada de eso.

—¿Cuándo fue la última vez que entró en contacto con el vehículo?

Recostándose en su asiento, Hudson miró a Kay con los ojos entrecerrados. —No puedo decir que lo recuerde.

—¿Cuándo fue la última vez que vio el vehículo?

Se encogió de hombros. —No sé. Tal vez hace tres o cuatro meses.

—¿A quién pertenecía el vehículo?

—A mí no.

—Está bien. ¿Quién era el dueño?

Otro encogimiento de hombros. —No estoy seguro. Yo no lo conducía. Solo fui pasajero un par de veces.

—¿Un par de veces? Bien, ¿y adónde iba como pasajero en el vehículo esas veces?

—No me acuerdo.

—¿Quién conducía?

—No me acuerdo.

Kay entrecerró los ojos. —Tal vez quiera trabajar un poco en su memoria, Gary. En este momento, estamos investigando un asesinato. —Dio un golpecito a la fotografía de la mujer muerta—. Con sus huellas dactilares en el vehículo, actualmente es sospechoso de ese asesinato.

Hudson se encogió de hombros, con expresión aburrida.

—Bien —dijo Kay, y se puso de pie—. Entrevista terminada a las cinco y quince. ¿Señor…?

—Dundas —dijo el joven abogado.

—Mantendremos a su cliente en las celdas durante la noche pendiente de más investigaciones, señor Dundas. Nos pondremos en contacto cuando estemos listos para hablar con él de nuevo. Tal vez quiera tener una conversación tranquila con él sobre ser un poco más comunicativo con sus respuestas, para evitar que se le añada otra condena a la lista existente.

La boca del abogado se abrió y se cerró sin emitir sonido mientras Kay y Barnes salían de la habitación.

Al llegar al pasillo, Kay hizo una señal al sargento de custodia para que llevara a Hudson a las celdas, y luego se volvió hacia su colega.

—Esperemos que su amigo sea un poco más comunicativo.

—Esperemos que su abogado de oficio parezca mayor de doce años.

—Aunque no se puede negar su entusiasmo, ¿verdad? Pensé que se había encendido un cohete en el trasero cuando entramos.

Barnes sonrió, luego puso cara seria y empujó la puerta de la segunda sala de interrogatorios.

Kay reconoció al abogado mayor, le hizo un gesto con la cabeza, y luego dejó que Barnes iniciara la grabación y citara la advertencia correspondiente.

John Millard era otro delincuente habitual al que habían arrestado una y otra vez a lo largo de los años por robo de vehículos, delitos relacionados con drogas y cosas similares, y parecía tan poco impresionado como Hudson de ser interrogado.

Mientras el detective de más edad trabajaba en una serie de preguntas similares y mostraba las fotografías de la escena del accidente frente al hombre, Kay comparó sus notas con lo que habían averiguado hasta la fecha.

—Sus huellas dactilares fueron encontradas en la columna de dirección del vehículo, Millard —dijo Barnes—. Ahora, ¿por qué sería eso?

Millard era más joven que su compañero, y no

tenía tanta experiencia en ser interrogado por la policía. Sus ojos se movían de izquierda a derecha, y su nuez de Adán subía y bajaba en su garganta mientras su mirada volvía a caer sobre la imagen de la mujer muerta.

Sus hombros se encorvaron mientras cruzaba los brazos sobre el pecho, y Kay notó un ligero temblor en sus manos.

—John, sé que está asustado, pero realmente necesitamos averiguar qué le pasó a esta mujer.

Millard levantó la mirada hacia ella y tragó saliva.
—Me matará.

—Podemos hacer todo lo posible para protegerlo.

—T-tengo una familia joven.

—Díganos lo que sabe, Millard —dijo Barnes—. Cuanto más rápido terminemos esta conversación, más rápido podremos iniciar el proceso para garantizar su seguridad.

—Mi hija solo tiene seis años. ¿Se *imagina* lo que él podría hacerle?

Levantó una mano temblorosa hacia una costra en su mandíbula y pasó los dedos por ella, volviendo sus ojos a la fotografía de la mujer muerta.

Kay se inclinó hacia adelante antes de que se hiciera sangrar la vieja herida. —Cuéntenos, John.

—Yo... creo que lo conduje —dijo, dejando caer su mano en su regazo—. Una o dos veces.

—¿De quién era el coche?

—No estoy seguro. Tuve que recogerlo de un área

de descanso a las afueras de Ashford, en Tenterden Road. Eso es todo lo que sé. De verdad. Las llaves estaban escondidas en el paso de rueda.

—¿Para qué usaba el vehículo?

—Nada importante.

—Elabore, por favor, John —dijo Kay.

—Eso significa que nos cuente con más detalle —dijo Barnes cuando la confusión se extendió por el rostro del hombre.

—Esto y aquello. Una vez, tuve que recoger algo de alcohol barato de un supermercado en Calais. Ese tipo de cosas. Nada ilegal —añadió, con los ojos muy abiertos.

Quince minutos después, Kay y Barnes no habían obtenido más información de Millard. Al igual que su colega, estaba optando por permanecer en silencio en lugar de implicarse a sí mismo o a su jefe en cualquier investigación.

Frustrados, terminaron las entrevistas, enviaron a los hombres de vuelta a las celdas y se arrastraron de vuelta a la sala de incidentes.

Debbie les entregó a ambos una taza de té mientras tomaban asiento y pusieron al resto del equipo al día con sus hallazgos.

No les llevó mucho tiempo.

—Bueno, Carys tuvo un poco más de suerte con el vehículo, así que aún no hemos terminado —dijo Sharp. Tocó con el dedo la matrícula en una de las fotografías del lugar del accidente clavada en la pizarra—. La Agencia de Licencias de Conducir y Vehículos tiene un registro de este coche vendido hace tres meses por un taller en un pequeño pueblo a las afueras de Hythe, pero los datos del comprador se han ingresado incorrectamente en el formulario del libro de registro del vehículo.

—Clásico —dijo Gavin, sacudiendo la cabeza.

Un murmullo de acuerdo llenó la sala.

Si se deshacían de un coche en circunstancias sospechosas, o el comprador quería permanecer desconocido, era un ejercicio bastante simple falsificar la documentación o completar los formularios de transferencia requeridos con un garabato ilegible.

La Autoridad de Licencias manejaba tantos documentos a diario que podrían pasar seis meses antes de que uno de sus empleados administrativos encontrara el tiempo para cuestionar la discrepancia con el vendedor del vehículo.

—Kay, me gustaría que tú y Barnes fueran allí a primera hora de la mañana. No llamen con antelación, no quiero darle al dueño la oportunidad de inventar una excusa.

—O una coartada —dijo Carys.

CAPÍTULO 15

Kay giró la llave en la cerradura, entró en el cálido pasillo y casi tropezó con la maleta que había quedado abierta junto a la puerta principal.

—Perdón —gritó Adam desde la cocina—. Estoy haciendo las maletas a última hora. Casi me olvido de las cuchillas de afeitar de repuesto.

Kay colgó su bolso en el poste del pasamanos de la escalera y su chaqueta encima de este antes de quitarse los zapatos y caminar por el pasillo.

Adam estaba de pie junto al fregadero, lavando una taza de café. Miró por encima del hombro cuando ella apareció.

—Me estoy preguntando si debería ir —dijo, secándose las manos con un paño de cocina.

Ella frunció el ceño.

—¿Por qué? ¿Qué ha pasado? ¿Hay algún problema en el trabajo?

—No —dijo, y cruzó las baldosas hasta donde ella estaba de pie en la encimera central. Extendió la mano y le colocó un mechón de pelo detrás de la oreja —. Estoy preocupado por ti. Por esta investigación con Demiri.

—Estaré bien —envolvió sus dedos alrededor de los de él—. No puedes cancelar. Has estado esperando esta conferencia durante meses. Piensa en todas las oportunidades de hacer contactos que te perderás si no vas.

—Lo sé, Kay, pero habrá otra conferencia el año que viene.

Ella le apretó la mano antes de moverse hacia uno de los taburetes junto a la encimera y sentarse.

—Adam, sabes tan bien como yo que, si no vas ahora, no conocerás a la misma gente que estará allí este año. No tienes que preocuparte por mí; Sharp estuvo conmigo hoy cuando hablamos con Demiri. — Sus labios se tensaron—. Demiri es un mentiroso de mierda, pero todo salió bien. Sin amenazas. Sin fanfarronería. Nada en absoluto. Además, creo que pasarán semanas antes de que tengamos algo para incriminarlo; es demasiado listo. Hay demasiadas capas en su organización que tenemos que ir desmantelando primero. Volverás en, ¿qué, tres días?

—Sí.

—¿A qué hora viene tu taxi a recogerte?

Adam miró su reloj.

—Estará aquí en unos veinte minutos.

—Ve a buscar esas cuchillas, o te las olvidarás.

—De acuerdo.

Esperó hasta que él salió de la cocina antes de soltar el aire.

Podía notar el tono de miedo en su voz, y sabía que aún estaba inseguro sobre dejarla sola en la casa ahora que ella y el equipo iban tras Demiri otra vez, pero no podía dejar que el albanés gobernara sus vidas.

Ya había causado demasiado daño, demasiado dolor, pero ella estaba decidida a que pagara por lo que le había hecho.

Se deslizó del taburete y abrió una de las puertas del armario, sacó una copa de vino y luego seleccionó una de las botellas de Shiraz del estante incorporado en la encimera central y se sirvió una medida.

Los pasos de Adam sonaron en las escaleras y sonrió al entrar en la cocina.

—Creo que tengo tiempo para una copa pequeña de eso —dijo, agarrando una copa y llenándola.

—Salud —dijo Kay—. Por un viaje exitoso y muchas ideas para el negocio.

Él chocó su copa contra la de ella.

—Oh, tengo muchas de esas —dijo—. Es la implementación lo que me tiene dando vueltas la cabeza.

—¿Tienes a alguien en mente para contratar y que te dé algo de tiempo libre?

—Hay un joven graduado en una clínica cerca de

Paddock Wood que tengo en mente. Lo conocí en esa función a la que fuimos hace un par de meses. Sé que está ansioso por mudarse a un entorno de cirugía más grande y asumir más responsabilidades.

—Suena bien.

—Sí. Lo llamaré la semana que viene cuando regrese.

El sonido de un coche entrando en el camino de entrada llegó hasta ellos, y Kay estiró el cuello mientras los haces de los faros rebotaban en la pared del pasillo.

—El taxi está aquí.

—Ha llegado temprano.

Adam apuró los restos de su copa de vino y la dejó en la encimera antes de abrazarla.

—Te voy a echar de menos.

—Yo también te echaré de menos.

El taxista tocó el claxon del coche.

—Alguien tiene prisa.

—Sí, me imagino que el intercambio con la M25 es una pesadilla a esta hora de la tarde. Mejor no hacerlo esperar.

Se apartó, y Kay lo siguió hasta el pasillo antes de abrirle la puerta mientras él llevaba su maleta sobre el escalón.

El conductor abrió el maletero, y por un momento fugaz Kay pensó en la mujer que había sido brutalmente asesinada.

Trató de alejar ese pensamiento mientras Adam

levantaba su maleta en la parte trasera y cerraba la tapa de golpe.

Se inclinó, habló con el conductor, luego volvió del coche, con los ojos serios.

—Por el amor de Dios, ten cuidado, ¿vale?

—No te preocupes. —Sonrió, y lo besó—. Seguiré aquí cuando vuelvas.

—Asegúrate de que así sea.

Le dio un apretón en el brazo, luego corrió hacia la puerta del pasajero del taxi y subió.

Kay saludó con la mano mientras el coche retrocedía por el camino de entrada y salía a la calle, luego cerró la puerta cuando se alejó.

Deslizó los dos grandes cerrojos en la parte superior e inferior del panel, luego caminó hacia la cocina e hizo lo mismo con la puerta trasera.

Se dio cuenta de golpe que esta era la primera vez que estaba sola en la casa por un período prolongado desde la investigación de Asuntos Internos el año anterior.

Y la primera vez desde que descubrió que alguien la había estado espiando.

De repente, la casa parecía increíblemente vacía sin la presencia de Adam.

Mientras bajaba las persianas sobre la ventana, miró hacia la oscuridad.

¿La estaría observando Demiri ahora?

Les dio un último tirón a las persianas y se dio cuenta de que le temblaban las manos.

Solo eran tres días.

—Estaré bien.

CAPÍTULO 16

Kay se abrochó el cinturón de seguridad y se acomodó en el asiento del copiloto para el viaje hacia la costa a la mañana siguiente.

Mientras revisaba sus correos electrónicos en el móvil, Barnes maniobraba el vehículo por el centro de la ciudad, adelantó a un camión que iba lento y luego bajó el volumen de la radio una vez que iban a toda velocidad por el campo de Kent en dirección sur.

—¿Alguna información sobre el dueño del taller?

Kay dejó caer el móvil en su bolso y sacó un fajo de papeles que Debbie le había entregado al salir. Pasó a la tercera página y repasó el contenido con la mirada.

—Reg Powers. Sesenta y dos años. Ha sido el dueño del lugar desde 1991. Antes pertenecía a su suegro, que falleció en 1993. Divorciado, sin hijos.

Los registros fiscales muestran que emplea a dos personas a tiempo parcial.

—¿Le va bien el negocio?

Kay se encogió de hombros. —Se mantiene. No va a romper ningún récord con sus ingresos, pero no es sorprendente dada la ubicación: no está en una zona muy poblada, y Debbie dijo que hay un gran concesionario de coches nuevos en Hythe que tiene un negocio de servicio de última generación, así que probablemente mucha gente vaya allí.

—¿Crees que la mayoría de sus clientes son repetidos, entonces?

—Sí, eso creo. Probablemente gente que conocía a su suegro o que ha llevado su coche a que él lo revise durante años.

—¿Vende muchos coches de segunda mano?

Kay pasó la página. —No, unos ocho al año. — Dejó caer el fajo de papeles en su regazo y miró por el parabrisas—. Probablemente lo haga como ingreso extra si uno de sus clientes quiere vender un coche, o algo así.

—Pronto lo averiguaremos.

Barnes redujo la marcha y disminuyó la velocidad al acercarse al primero de una serie de pueblos que tenían que atravesar para llegar a su destino.

—No había venido por aquí en años —dijo Kay mientras observaba la pequeña oficina de correos a su izquierda y un almacén que parecía estar luchando por mantenerse en el negocio.

—Solíamos traer a Emma por aquí cuando era pequeña —dijo Barnes—. No hay una gran playa, pero le gustaba chapotear en el agua cuando era niña. Además, siempre había un pub decente de camino de vuelta para parar a comer tarde y ella podía jugar en el jardín.

Cayeron en un silencio amistoso durante unas cuantas millas más, hasta que Barnes se aclaró la garganta.

—¿Has visto a Larch últimamente?

Kay frunció el ceño. —La verdad es que no. ¿Hace unas tres semanas, quizás?

—¿No te parece raro? Normalmente está husmeando por la sala de incidentes a diario esperando para regañar a alguien.

—Supongo que puede haber reuniones y cosas sucediendo que no sabemos.

Barnes gruñó. —He oído que la Unidad de Inteligencia Conjunta tenía una operación encubierta en marcha. Tal vez tenga algo que ver con eso. ¿Crees que él estaría involucrado?

—Honestamente, Ian, no me importa mientras me deje en paz. He disfrutado bastante estas últimas semanas sin tenerlo respirándome en la nuca, francamente.

Barnes sonrió y luego señaló con la barbilla por encima del volante mientras giraba el coche a la derecha. —Este es el lugar.

Kay salió del coche cuando Barnes aparcó, estirando la espalda mientras esperaba que él cerrara las puertas.

El pequeño taller había sido construido en una esquina de una calle que salía de la calle principal del pueblo. Cuatro coches estaban estacionados en la explanada de hormigón manchada de aceite, todos en varios estados de antigüedad y deterioro.

Los ojos de Kay captaron un destello del característico arcoíris de aceite brillando en un charco, antes de volverse hacia Barnes cuando este resopló ruidosamente.

Arrugó la nariz ante los vehículos. —Dios, ese de la izquierda se parece exactamente al montón de óxido que Emma intentó que le comprara la semana pasada.

—¿Las clases de conducir van bien?

—Sí, tiene el examen la semana que viene. Pero no le voy a comprar una porquería, eso seguro.

—Estos parecen que los están descuartizando para piezas.

—Eso espero, por Dios. Mira el óxido en los pasos de rueda de ese, por el amor de Dios.

Dos puertas de chapa ondulada azul descolorido estaban abiertas, el espacio del garaje más allá perdido en una penumbra cargada de motas de polvo.

Kay y Barnes se acercaron al umbral, una mezcla acre de aromas asaltó sus sentidos: aceite, grasa, humo de cigarrillo, todos compitiendo por la atención entre un penetrante hedor a sudor.

Kay abrió la boca para llamar, y entonces se sobresaltó por una tos flemosa detrás de ellos.

Se dio la vuelta.

—¿Puedo ayudarles?

El hombre frente a ella se empujó una sucia gorra de béisbol negra hacia arriba en la frente y entrecerró los ojos, curvando su labio superior.

—Policía. Debería haberlo adivinado, por cómo van vestidos. Se les nota a kilómetros.

Kay sacó su placa. —Oficial de policía Hunter. Este es el agente Barnes. ¿Y usted es?

—Reginald Powers. Soy el dueño. —Señaló un logotipo oxidado clavado en la pared del edificio junto a un cartel oxidado de acreditación MOT.

Pasó junto a ella rozando su manga e ignorando deliberadamente a Barnes.

—Nos gustaría hacerle algunas preguntas.

—Estoy seguro de que sí —murmuró por encima del hombro.

—Basta. —Barnes entró furioso al taller tras él—. Señor Powers, agradeceríamos algo de cooperación. Estoy seguro de que entenderá que somos personas ocupadas, como usted, así que a menos que quiera que llame a la Agencia de Licencias de Conducir y Vehículos y a la oficina de impuestos para solicitar una auditoría inmediata de su negocio, ¿tal vez podría concederle a mi colega aquí la atención y el respeto que merece?

El hombre levantó las manos. —No hay necesidad de eso. —Sus ojos se desviaron hacia Kay—. Es que estoy muy ocupado, eso es todo.

Ella echó un vistazo alrededor del taller, con su doble bahía ocupada por un único vehículo y los bancos de trabajo a lo largo de una pared cubiertos de una variedad de herramientas, todas descartadas al azar.

—Ocupado. Ya. —Se volvió hacia Powers y le tendió una copia de un certificado de registro de vehículo—. Hábleme de este coche. ¿A quién se lo vendió?

Powers le arrebató el documento, sacó un par de gafas de lectura del bolsillo de su mono y se las colocó en el puente de la nariz.

—No me acuerdo —dijo.

—Esfuércese más —dijo Barnes, y cruzó los brazos sobre el pecho.

Powers tragó saliva, miró la página en su mano y luego volvió a mirar a Kay.

—Ah, sí. Un tipo de Maidstone. Hace unos meses. —Extendió el documento de registro—. ¿Hay algún problema?

—¿Dónde está su copia del recibo?

Se encogió de hombros. —Entraron a robar en la oficina hace seis semanas. Se llevaron muchos papeles.

—¿Lo denunció?

Otro encogimiento de hombros. —No. No se llevaron nada de valor. El dinero está en la caja fuerte. Probablemente fueron solo chicos. También se llevaron algunas herramientas. Solo las baratas, eso sí.

—¿El coche era suyo?

—Sí.

—¿A quién se lo compró?

—En las subastas de Sittingbourne.

—¿Tiene los papeles?

—No, se los llevaron…

—Cuando le robaron hace seis semanas. Ya veo.

Powers se movió inquieto antes de pasarse el dorso de la mano por debajo de la nariz. Señaló con el pulgar por encima del hombro.

—Si eso es todo, tengo que ocuparme de la ITV de este vehículo hoy.

Kay reprimió su frustración, sacó una de sus tarjetas de visita del bolso y se la entregó al dueño del taller.

—Si le vuelve la memoria, llámeme —dijo, y giró sobre sus talones.

—Y aquí tiene mi tarjeta —dijo Barnes—. Espero recibir una llamada de mis colegas de Hythe antes de que termine la semana para informarme de que les ha presentado un juego completo de sus documentos de autorización.

Kay sonrió mientras se dirigía de vuelta al coche, con los pasos de Barnes cerca detrás.

Al desbloquear el coche, él clavó la llave en el contacto y miró con furia hacia el frente del taller.

—Maldito mentiroso —escupió.

—Lo es —dijo Kay—. Ahora solo tenemos que averiguar por qué.

CAPÍTULO 17

Jozef Demiri acomodó su enorme cuerpo en un gran sillón de cuero e hizo girar el brandy en su copa mientras sus ojos recorrían la pantalla frente a él.

El club exclusivo tenía una política de solo por invitación, y en ese momento estaba viendo una repetición de tres de sus clientes más lucrativos disfrutando de una exhibición privada. La mujer que desfilaba frente a ellos era joven, cuidadosamente seleccionada y había sido una de sus favoritas.

Suspiró, se inclinó hacia adelante y apagó el monitor cuando el móvil a su lado comenzó a vibrar.

—¿Qué sucede?

Escuchó al interlocutor y tomó un sorbo del líquido marrón claro, saboreando los sabores que acariciaban su lengua antes de tragar.

—Hazlo pasar.

Terminó la llamada, colocó la copa de cristal junto al móvil y se levantó del sillón con esfuerzo.

Ignorando las cajas que habían sido colocadas contra una pared, se dirigió hacia un escritorio en el centro de la habitación mientras la puerta de su oficina privada se abría y aparecía Tavender, con el rostro furioso.

—¿Y bien? —dijo Demiri.

—Encontraron las huellas de Millard y Hudson en el coche. Los han arrestado.

—¿Hablarán?

Un brillo apareció en los ojos de Tavender.

—Millard tiene una niña de seis años en la escuela en Gravesend. La novia de Hudson está embarazada. No, no hablarán, se lo puedo asegurar.

—Más les vale que no lo hagan. —Demiri entrecerró los ojos, con sus instintos alerta—. ¿Eso es todo?

La mirada de Tavender se desvió hacia la alfombra y luego volvió.

—¿Y bien?

—Powers llamó. Hunter se presentó en su lugar con otro detective, Ian Barnes.

—¿Cuándo?

—Esta mañana.

—¿Cómo demonios lo descubrieron?

—Deben de haber rastreado el vehículo hasta él.

Demiri luchó por mantener la calma en su voz.

—Tiene instrucciones claras sobre qué hacer con los vehículos que proporciona, ¿no es así?

—Sí, señor Demiri.

—Se está volviendo descuidado. ¿Es la primera vez?

Tavender desvió la mirada.

Demiri salvó la distancia entre ellos en tres zancadas y le abofeteó la cara.

—¡Respóndeme! No te atrevas a apartar la mirada cuando te estoy hablando.

El hombre se frotó la mejilla, pero miró a Demiri a los ojos.

—Lo siento, señor Demiri.

Millard y Hudson eran prescindibles. No tenía dudas de que mantendrían su silencio por temor a lo que Tavender les haría a sus familias, pero Powers era un caso desafortunado.

El hombre no tenía familia, ni compromisos, y por lo tanto no respondería a ninguna amenaza que Tavender pudiera hacer.

De hecho, ya habían organizado el robo hace seis semanas para ocuparse de algunos negocios extracurriculares que Powers se había tomado la libertad de dirigir desde el pequeño garaje.

Demiri le había dejado claro al hombre sus responsabilidades con la organización, y Powers había accedido rápidamente después de que Tavender amenazara con quemarle los testículos con un soplete.

Si hubiera sido cualquier otro, no habría quedado

nada que salvar, pero el dueño del garaje tenía sus usos: los vehículos desechables eran una rareza con todos los controles rigurosos ejercidos por las autoridades del Reino Unido, y encontrar otro distribuidor habría sido problemático con tan poco tiempo.

Demiri vació su copa.

Desafortunadamente, parecía que Powers no había aprendido la lección.

Era hora de que se le enseñara una permanente.

—Termina su compromiso con nosotros. Úsalo como ejemplo para mostrar a nuestros otros proveedores que cuando les doy instrucciones, hacen lo que se les dice.

—Sí, señor Demiri.

—¿Qué hay de Stokes?

—No hay más noticias. Estoy monitoreando la situación. Si hay una oportunidad de encargarnos de él, lo haremos.

Demiri golpeó con el dedo la copa de cristal vacía, el suave tintineo del anillo de oro en su mano derecha llenando el aire.

—No necesitamos este tipo de distracciones. Deberías haberte encargado de él al mismo tiempo que de la chica.

El otro hombre bajó la mirada.

—Lo siento, señor Demiri.

—No te vuelvas descuidado en tu trabajo, Tavender. Confío en ti.

El otro hombre asintió y se enderezó.

—Tengo algunas noticias sobre la detective Hunter.

—¿Oh?

—Parece que el veterinario ha dejado su casa por un tiempo; lo vieron subir a un taxi con una maleta grande.

—Interesante. —Demiri se frotó la barbilla y luego despidió al otro hombre con un gesto—. Vete ahora.

Demiri esperó hasta que Tavender cerró la puerta tras de sí, luego se hundió de nuevo en su sillón y se pasó la mano por los ojos.

Un nuevo cargamento debía llegar en unos días, los clientes estaban expectantes y los arreglos necesarios estaban en su lugar para garantizar una transición sin problemas. Sin embargo, la organización parecía deshilacharse por los bordes.

Rechinó los dientes.

La complacencia de Stokes podría arruinarlo todo, y Demiri solo podía culparse a sí mismo.

Tavender había venido a él hace dos meses para decirle que estaba preocupado por el conductor; que había estado pasando demasiado tiempo con una de las chicas en lugar de ocuparse de sus asuntos.

Demiri lo había descartado como un capricho pasajero: Stokes había sido su conductor durante más de un año, y no había tenido otra razón para dudar del hombre.

Hasta ahora.

En cuanto al cargamento, tendrían que usar los vehículos que ya habían mantenido bajo estrecha vigilancia, listos para encontrarse con sus proveedores y transportar los paquetes por todo el condado.

Su mente se volvió hacia la detective y su superior.

No tenía dudas de que la vería más, y se pasó la lengua por los labios con anticipación. El hecho de que ella estuviera sola en casa lo excitaba.

Cerró los ojos y exhaló.

Siete días más, y podría relajarse.

CAPÍTULO 18

Kay hojeó el documento que tenía en las manos y luego lo arrojó sobre su escritorio con disgusto y suspiró.

Un sentimiento de frustración se había apoderado de ella mientras revisaba los informes actualizados sobre los intereses comerciales de Jozef Demiri. Conocía la mayoría de memoria; había memorizado los hechos y las cifras durante la última investigación sobre el hombre, y solo tuvo que echar un vistazo a los datos adicionales del último año.

Sin embargo, nada había cambiado.

El hombre seguía manteniendo una fachada impecable mientras era responsable de la mayoría de los problemas de drogas en el rincón sureste de Inglaterra.

Carys levantó la vista de su computadora.

—¿Nada?

—No. —Kay se pasó la mano por el pelo y se desplomó en su silla—. No en las cuentas oficiales, al menos. ¿Y tú?

La detective más joven se encogió de hombros, sus ojos recorriendo la pantalla frente a ella. Arrugó la nariz.

—Nada que nos vaya a conseguir una orden de registro para sus oficinas, eso seguro. Un par de notificaciones del ayuntamiento relacionadas con algunos letreros que se pusieron en el exterior del edificio y que tuvieron que ser retirados, aparentemente iban en contra de las leyes de planificación urbana. Eso es todo.

—Qué lástima —dijo Gavin desde su posición junto al escritorio de Barnes.

Kay murmuró su acuerdo, luego levantó la vista cuando Sharp entró en la sala de incidentes.

—Muy bien, todos. Reúnanse. Vamos a empezar esta reunión.

Kay estiró la espalda mientras se dirigía hacia donde se había instalado la pizarra, luego se sentó en la esquina del escritorio de Debbie.

La oficial de policía sonrió y le pasó un paquete de galletas a Kay, quien sonrió y tomó una.

—Gracias, Debs.

Sharp dirigió su atención a Kay y Barnes una vez que todos se hubieron acomodado.

—¿Cómo les fue con el dueño del garaje?

—Fue difícil —dijo Kay—. Sospechamos que

está ocultando algo, pero no quise presionarlo demasiado hoy y asustarlo. Dice que no puede recordar a quién le vendió el coche, y que lo compró en las subastas de Sittingbourne. Sin embargo, tuvo un robo hace unos meses y toda la documentación fue robada.

—Demasiado conveniente —añadió Barnes.

—¿Esta encubriendo a alguien? —dijo Carys.

—No sonaba asustado —dijo Barnes—. Era engreído; arrogante.

—¿Lo protege alguien, tal vez? —dijo Kay—. ¿Quizás alguien que estaría dispuesto a organizar un robo para eliminar evidencia documental de una venta de vehículo?

—¿Crees que está traficando con vehículos robados? —dijo Gavin.

—No hay nada en el sistema, pero probablemente sea porque no lo han atrapado… todavía.

—Bien, sigan investigando —dijo Sharp—. Tiene que haber algo ahí. —Miró su libreta en el escritorio junto a él, y luego se volvió hacia el equipo.

—Hemos tenido un avance importante —dijo—. Lucas envió los resultados de la autopsia de nuestra víctima femenina hace una hora. Dado el contenido de ese informe, he hablado con él por teléfono, pero mantiene su posición. Estaba viva cuando la pusieron en la parte trasera del coche.

Una onda de choque emanó del equipo sentado frente a él, y la mandíbula de Kay cayó.

—¿Viva?

Sharp asintió.

—Eso es lo que dice Lucas. Murió cuando el lado de su cabeza golpeó la estructura metálica del coche al volcarse... dice que instantáneamente. La base de su cráneo se hundió con la fuerza del impacto.

—Entonces, ¿estaba consciente todo el tiempo que estuvo en el maletero del coche, envuelta en plástico? —dijo Gavin—. Me sorprende que no se asfixiara.

—Verifiqué eso con Harriet —dijo Sharp—. Cuando llegamos a la escena, el plástico ya había sido rasgado por el impacto, así es como vimos sus extremidades, pero Harriet dice que se habían hecho algunas pequeñas perforaciones en el envoltorio, cerca de la boca de la mujer. Los resultados de la autopsia respaldan esto: quienquiera que sea, no murió por asfixia porque logró meter suficiente aire en sus pulmones para mantenerse con vida.

—Uno pensaría que él habría revisado eso —dijo Carys.

—Cierto. ¿Por qué no lo haría? —dijo Kay.

—Podría haber tenido otro lugar de asesinato en mente para terminar con ella —dijo Barnes, con el rostro sombrío—. Solo era nuestra suposición que ya la había matado y se estaba preparando para deshacerse del cuerpo.

—Un riesgo tremendo —dijo Gavin—. Si lo

hubieran detenido por conducción errática en lugar de estrellarse…

Sharp se levantó del escritorio y colocó dos fotografías más en la pizarra, luego dio un paso atrás para que el equipo pudiera ver. Señaló la primera, el cuerpo de una mujer morena y delgada, con los ojos cerrados, su piel hinchada por la muerte.

—Esta mujer fue encontrada en las orillas de los lagos artificiales de Aylesford hace un año —dijo.

—Recuerdo eso —dijo Barnes—. Sin identificación, y nadie había reportado su desaparición.

Sharp asintió.

—Signos de uso de drogas, también. Nunca se ha acusado a nadie de su asesinato. —Tocó la segunda fotografía, que mostraba a otra joven, esta vez con el pelo corto y rubio, un moretón cubriendo su mejilla izquierda—. Esta mujer fue encontrada en el extremo opuesto del lago cinco meses después. No aparecía en ninguna de las bases de datos, pero los resultados de la autopsia mostraron que estaba severamente desnutrida y probablemente viviendo en la calle durante varios meses antes de su muerte. Ambas mujeres fueron encontradas envueltas en plástico. Esos detalles nunca se hicieron públicos, y los oficiales investigadores no han tenido nuevas pistas que seguir.

Kay tragó saliva, los restos de galleta seca se le pegaron en la garganta.

—¿Estaban vivas cuando fueron sumergidas?

—Los resultados de la autopsia confirman que sí, lo estaban.

—Ha tenido suerte, si es el mismo hombre responsable de las tres muertes —dijo Kay—. Esa es un área muy concurrida para estar dejando cuerpos.

Sharp se frotó la barbilla.

—O tal vez se enteró de que estos dos cuerpos fueron encontrados y se reubicó —dijo—. Pero ¿a dónde?

—¿Crees que hay más? —dijo Carys.

Sharp cruzó los brazos sobre el pecho y asintió.

—Sí, lo creo. Todo apunta a alguien que ha tenido mucha práctica en esto.

—Bastardo —dijo Barnes—. Más le vale sobrevivir a la cirugía.

CAPÍTULO 19

Sharp levantó la mirada al oír que alguien llamaba a la puerta de la sala de incidencias, y Kay miró por encima del hombro.

Un joven agente de policía de aspecto nervioso estaba en el umbral, sus ojos recorriendo la sala hasta localizar a Sharp.

—¿Qué sucede, agente?

—La comisario jefe, señor. Quiere hablar con usted y con la oficial Hunter en la jefatura. Dijo "inmediatamente".

Todas las miradas se dirigieron a Kay, el bullicio de la reunión murió en el aire mientras un silencio atónito invadía la sala.

Sharp entrecerró los ojos mientras miraba hacia su oficina. —No oí sonar mi teléfono.

—El mensaje llegó a través de la centralita —dijo

el agente—. Le expliqué que probablemente estaban en medio de una reunión.

—Está bien. Iremos enseguida.

El agente asintió y salió de la sala apresuradamente.

—¿Kay? A mi oficina. Los demás, aún tenemos una investigación de asesinato que gestionar, así que no dejen que esta interrupción les impida hacer su trabajo. —Cuando nadie se movió, les lanzó una mirada fulminante—. Eso significa ahora.

El personal administrativo y los detectives se apresuraron a sus escritorios mientras Kay agarraba su chaqueta del traje del respaldo de su silla y seguía a Sharp a su oficina, cerrando la puerta tras ella.

—¿Tienes idea de qué se trata esto?

—No, ¿y tú?

Ella negó con la cabeza.

—Bueno, a menos que el Sr. Demiri haya presentado una queja, lo cual dudo mucho, estoy tan a oscuras como tú, así que vamos a ver qué tiene que decir la comisario jefe.

Se echó la chaqueta sobre los hombros y salieron por la sala de incidencias y bajaron un tramo de escaleras.

Tras firmar para sacar un coche del estacionamiento, Sharp condujo la corta distancia hasta la Jefatura de Policía de Kent en tiempo récord, y lideró el camino hacia la oficina de la comisario jefe.

Kay se frotó el ojo mientras Sharp se paraba frente a la puerta de la oficina, con la mano lista para llamar.

Miró por encima del hombro hacia ella.

—¿Lista?

—No realmente. —Kay tragó saliva. Nunca antes había sido convocada a la oficina de la comisario jefe.

Le vinieron a la mente recuerdos de estar de pie frente a la oficina del director después de la rara ocasión de un castigo impuesto por un profesor impaciente.

Tomó una respiración profunda, la soltó, y luego asintió a Sharp.

Hubo una breve pausa después de que él llamara, y luego resonó la voz de la comisario jefe.

—Adelante.

Kay se quitó un pelo suelto del hombro de su chaqueta y siguió a Sharp al interior de la habitación.

Susan Greensmith, comisario jefe de la División de West Kent, se levantó de su asiento cuando entraron, sonrió y estrechó la mano de Sharp, y luego extendió su mano hacia Kay.

—Gracias por venir, oficial Hunter. Por favor, tomen asiento.

Señaló las sillas frente al amplio escritorio y volvió a su posición detrás de él, apartando una pila de carpetas de cartón y entrelazando sus manos frente a ella.

—Entiendo que tienen un avance en el caso de la

mujer asesinada en el accidente de tránsito hace tres noches, y que sospechan que Jozef Demiri está involucrado. ¿Cuál es el estado actual de sus investigaciones, Devon?

Kay escuchó mientras Sharp proporcionaba un resumen de su investigación mientras la comisario jefe interrumpía de vez en cuando con preguntas y aclaraciones, y se preguntó por qué se había solicitado una reunión cara a cara cuando Sharp ya estaba presentando informes diarios.

Sharp terminó de hablar y se reclinó en su silla.

Greensmith frunció los labios. —Ciertamente parece que usted y su equipo están haciendo todo lo posible con la información que tienen a mano, Devon.

—Gracias.

—Sin embargo, supongo que ustedes dos se estarán preguntando por qué los he arrastrado hasta aquí.

Kay se mordió el labio mientras Sharp emitía un sonido no comprometedor en la parte posterior de su garganta.

Greensmith desenlazó sus manos y señaló la carpeta superior de su bandeja.

—No necesito decirles a ambos que el arresto y la posterior acusación de Jozef Demiri han estado en lo alto de nuestra agenda, especialmente después de lo que le sucedió, Hunter.

El calor subió a las mejillas de Kay, pero se contuvo.

El tono de Greensmith era más bien objetivo que acusatorio, y continuó como si no fuera consciente de la incomodidad de Kay.

—El asunto es —continuó la comisario jefe—, que nuestra Unidad de Crímenes Graves y Organizados nunca se ha dado por vencida con Demiri, y en un intento de aprovechar todos los recursos que tengo a mi disposición, los eventos recientes en su investigación me llevan a una conclusión. La UCGO debería estar liderando todas las investigaciones sobre los negocios de Jozef Demiri.

—Pero...

—Lo siento, oficial Hunter, pero la UCGO está mejor equipada para lidiar con lo que sea que Demiri pueda lanzarnos.

—¿Qué opina el inspector jefe Larch de esto? —dijo Kay, y luego se mordió el labio, dándose cuenta de que se estaba pasando de la raya.

Greensmith arqueó una ceja antes de responder. —No es de su incumbencia, detective, pero el inspector jefe Larch está actualmente liderando otro aspecto de la investigación.

—Pero...

—Eso es todo lo que estoy dispuesta a decirle, Hunter.

—Señora, si pudiera hacer una sugerencia —dijo Sharp.

—Adelante.

—Tanto Hunter como yo estamos bien versados en lo peligroso que puede ser Demiri. En lugar de descartar completamente a nuestro equipo, ¿quizás podríamos ser asignados a la investigación de la UCGO?

—Ya me dijeron que no entregaría esto sin pelear, Devon. —Levantó la mano para evitar que la interrumpiera—. Entiendo el tiempo y el esfuerzo que ha dedicado a perseguir a este hombre a lo largo de los años.

Se inclinó hacia adelante y presionó el botón de su teléfono. —¿Louise? Haga pasar al inspector jefe Harrison, por favor.

Kay oyó a Sharp maldecir por lo bajo y arqueó una ceja.

Negó con la cabeza, y ambos se pusieron de pie cuando la puerta se abrió y un hombre entró en la habitación, su estatura dejando poco espacio mientras se agachaba instintivamente bajo el marco de la puerta.

—Oficial Hunter, este es el inspector jefe Simon Harrison. Sharp, creo que usted y Harrison ya se conocen, ¿verdad?

—Nos hemos visto antes.

Greensmith esperó hasta que las presentaciones estuvieran completas, y luego bloqueó la pantalla de su ordenador y recogió su teléfono móvil del escritorio.

—Los dejaré a ustedes tres para que organicen los

detalles. Mantengan la civilidad. Quiero mi oficina intacta cuando regrese en treinta minutos.

Kay volvió a su silla, pero no se sentó cuando la puerta se cerró detrás de Greensmith. En cambio, observó con interés cómo Sharp se hacía a un lado para dejar que Harrison cruzara hacia la ventana.

La tensión entre los dos hombres era palpable, y se preguntó cuál sería la historia entre ellos. Era evidente que el desenlace había dejado a cada uno con asuntos sin resolver.

Harrison se volvió para enfrentarlos, con las manos entrelazadas detrás de la espalda y una sonrisa tensa en su rostro.

—Bueno, Sharp, no pensé que nuestros caminos se cruzarían de nuevo. No así.

—Te ves bien, Simon. ¿Cómo te sienta Gravesend?

Harrison hizo una mueca, pero se recuperó rápidamente. —Me da margen para supervisar los asuntos más importantes en Kent. Sin embargo, prefiero estar involucrado en primera línea.

—Entendemos que su equipo de UCGO podría querer algo de ayuda para armar un caso contra Jozef Demiri —dijo Kay.

Harrison dirigió su atención hacia ella, con los ojos brillantes.

—Ya he asignado a un oficial de la comisaría de Maidstone para trabajar en este caso conmigo.

—Oh. ¿Quién?

—Jake O'Reilly.

Kay logró contener el arrebato de sorpresa que amenazaba con escapar de sus labios.

O'Reilly tenía un historial tenue en el mejor de los casos cuando se trataba de su carga de trabajo, y se recordó a sí misma que el oficial aún no había descubierto quién había atacado a Gavin Piper en la primavera, dejando al joven detective en el hospital con costillas rotas.

No había abordado el tema antes, reticente porque se culpaba a sí misma por el ataque a Gavin. Desde hace tiempo sospechaba que había sido una advertencia para que abandonara sus propias investigaciones sobre los negocios de Demiri, y no deseaba poner en peligro a sus colegas aún más.

Se clavó las uñas en las palmas.

—Kay tiene razón —dijo Sharp—. Mi equipo tiene un mejor conocimiento de las inmediaciones y las ubicaciones conocidas de Demiri. Ya lo hemos entrevistado en relación con el cuerpo de la mujer encontrada en un vehículo involucrado en un accidente hace tres noches, y estamos esperando para entrevistar al conductor. Tenemos el personal que vas a necesitar y ya estamos movilizados.

—Puedo trabajar junto a O'Reilly para ponerlo al día con nuestra investigación hasta el momento — agregó Kay.

Harrison sonrió con suficiencia. —No creo que eso sea necesario, Hunter.

—¿Por qué no? He trabajado con la Unidad de Crímenes Mayores durante cinco años. He sido asignada a UCGO antes, y he recibido el entrenamiento adecuado. Soy más que capaz. Además, se podría decir que tengo un interés personal en cómo resulta todo esto, ¿no es así, jefe?

—No estoy seguro de lo que la comisario jefe tendrá que decir sobre esto.

Kay sonrió y cruzó los brazos. —Bueno, podríamos esperar hasta que regrese y preguntarle, ¿no?

—O podrías llamarla —dijo Sharp—. Parecías saber dónde encontrarle en un momento, así que supongo que tienes su número de móvil, ¿no?

Los ojos de Harrison se entrecerraron, y se dirigió hacia la puerta. —Esperen aquí.

Sharp se inclinó hacia adelante y bajó la voz cuando la puerta se cerró silenciosamente detrás del inspector jefe. —No tienes que hacer esto, Kay. Sabes lo peligroso que es Demiri. —Levantó una mano para silenciarla—. No estoy negando tus capacidades. *Estoy* cuestionando el sentido de tenerte tan cerca de alguien que ya ha demostrado que no está por encima de entrar en tu casa y posiblemente atacar a tu colega en un intento de detenerte en tu persecución.

—Quiero esto —dijo Kay—. Por mi hija, y por todo lo demás. Quiero justicia.

Dirigió su atención hacia una tos educada de Harrison, que estaba de pie en la puerta.

Él levantó una ceja hacia ella y Sharp, luego sus labios se tensaron en una breve semblanza de sonrisa.

—No puedo decir que esté completamente sorprendido por sus demandas, Hunter. Siempre tuve la impresión de que era obsesiva en su persecución de Demiri.

Kay tragó saliva, pero permaneció en silencio mientras él dirigía su atención a Sharp.

—Su equipo puede permanecer en la investigación de la muerte de la mujer —dijo—, y usted será asignada a mí hasta que veamos a Demiri acusado.

—Gracias —respiró Kay.

El labio superior de Harrison se curvó. —No habrá otra oportunidad si cambia de opinión, Hunter. Vamos a por él. Ahora.

CAPÍTULO 20

—¿Vas a decirnos quién es el hombre en el hospital?

Simon Harrison cruzó los brazos sobre el pecho.
—Daniel Stokes es el nombre por el que Demiri lo conoce.

—¿Qué quieres decir?

El hombre suspiró y contempló sus uñas. —Supongo que ya no importa si saben su nombre. Ya no trabajará encubierto, y probablemente tendremos que construirle una nueva identidad después de este último desastre. Su verdadero nombre es Gareth Jenkins. Es un oficial de policía que ha estado trabajando encubierto en la organización de Demiri durante los últimos dos años. Un activo muy valioso, hay que decirlo.

—¿Quién es la chica muerta? ¿Lo sabes? —preguntó Sharp.

—Gareth tendría que confirmarlo, pero sospecho

firmemente, después de ver las fotografías, que eso es una inmigrante ilegal de Rumania llamada Katya.

—No es un "eso", es "ella" —dijo Kay—. ¿Cómo sabe su nombre?

—Hemos estado vigilando a Demiri, como dije, durante dos años. Cuando comenzamos la operación, creíamos que era responsable de una gran cantidad de drogas que se estaban introduciendo de contrabando en el país a través de la costa sur de Kent. La misión de Gareth era posicionarse dentro del negocio de Demiri y obtener acceso a información sobre cómo se importaban las drogas y quién lo hacía.

Kay frunció el ceño. —¿El camión donde encontramos la pistola?

Harrison asintió. —Esa era una forma. Los camiones entraban en ferry en lugar de por el Eurotúnel. El tráfico de ferry es más difícil de controlar; la falta de personal y cosas así significa que solo podemos realizar controles aleatorios la mayor parte del tiempo, a menos que hayamos recibido un aviso. El Eurotúnel es más atractivo para los terroristas, así que ahí es donde se colocan la mayoría de nuestros recursos. El camión al que se refiere fue incautado después de que concluyera su investigación…

Kay lo miró fijamente. —No concluyó. Me tendieron una trampa.

Él levantó una mano. —Lo siento. ¿Puedo continuar? Una vez que tuvimos el camión, enviamos a nuestros propios investigadores de la escena del crimen para revisarlo. Los suyos habían hecho un trabajo fantástico, pero su enfoque era vincular a Demiri con el arma y cualquier residuo de drogas. Nosotros buscábamos otra cosa.

—¿Qué?

—Evidencia que demostrara que Jozef Demiri dirige un negocio exitoso de tráfico de personas. Más específicamente, esclavitud y prostitución.

—¿Encontraron algo? —preguntó Sharp.

—Oh, sí. Cabello, rastros de sangre, heces, de todo, aunque en cantidades minúsculas. —Negó con la cabeza—. Llevó una eternidad. Seré honesto, pensamos que se iba a salir con la suya en un momento. Gareth nos había advertido que Demiri siempre insistía en que cada vehículo fuera limpiado a fondo después de cada envío.

Kay exhaló y se levantó de su silla para caminar hacia la ventana.

Escuchar a Harrison hablar tan desapasionadamente sobre las víctimas de Demiri le provocó un escalofrío en la nuca, y cruzó los brazos antes de dar la espalda a la luz del sol que se filtraba a través de las persianas.

—¿Qué le pasó a Katya?

Una expresión de angustia cruzó el rostro de Harrison, y se aclaró la garganta antes de hablar.

—Siempre les advertimos —dijo—. A nuestros oficiales, quiero decir. Que no se involucren. No pueden arriesgarse a tener lazos con nadie, haciendo ese tipo de trabajo. Es por eso que nos acercamos a Gareth. No tiene padres, ni hermanos, ni esposa o novia de quién preocuparse o que Demiri pudiera usar si su cobertura se descubría. Siempre les decimos que no se casen ni tengan una relación seria. —Suspiró y se pasó una mano por el pelo, luciendo de repente cansado—. Nunca termina bien. Desafortunadamente, parece que Gareth se enamoró de Katya, y nos dijo en nuestro último informe que pretendía alejarla de Demiri. Nos dijo que ella sabía cosas que nos ayudarían a encerrar a Demiri de por vida.

—¿Qué tipo de cosas? —dijo Kay.

—No lo sabemos. Ella se negó a decírselo hasta que garantizáramos su seguridad. Estaba aterrorizada de Demiri y no hablaría hasta que nos comprometiéramos a sacarla de allí.

—¿Qué salió mal? —dijo Sharp.

Harrison se encogió de hombros. —Creemos que Demiri se enteró de ellos.

—¿Creen? —dijo Kay. Cruzó la habitación a zancadas, agarró la carpeta de cartón que Greensmith había colocado en su bandeja de correspondencia, y sacó la fotografía del cuerpo de Katya en la parte trasera del coche antes de agitarla bajo la nariz de Harrison—. Me parece que sí se enteró.

El color subió al rostro de Harrison. —Ella debe haber dicho algo a alguien.

—O ambos estaban bajo vigilancia —dijo Sharp

—. Demiri sabía lo que Gareth estaban tramando y la usó para enviarles un mensaje.

—¿Cuándo se enteró del accidente de Gareth? —dijo Kay.

—No se puso en contacto conmigo a la hora programada hace cuatro noches.

—Y, aun así, te ha llevado hasta ahora informarnos —dijo Sharp con los dientes apretados, sus ojos ardiendo.

Kay miró a Sharp, luego de vuelta a Harrison. —Necesitamos hablar con él tan pronto como esté despierto.

—Parece que soy capaz de anticipar sus demandas con una precisión asombrosa —dijo Harrison—. Gareth despertó hace tres horas. Están programados para reunirse con él en el momento en que terminemos aquí.

—Bueno, ¿qué diablos estamos esperando?

CAPÍTULO 21

Kay no se sorprendió cuando Harrison insistió en conducir, pero se quedó atónita cuando su vehículo pasó de largo el cruce de Barming y siguió adelante.

Sharp había requisado el asiento del copiloto, así que ella tuvo que inclinarse hacia adelante desde su posición detrás de Harrison.

—¿Adónde vamos? Pensé que Jenkins estaba en el Hospital de Maidstone.

Los ojos de Harrison se desviaron al espejo retrovisor y luego volvieron a la carretera. —Lo hicimos trasladar bajo sedación anoche. Insistí en un embargo de la noticia hasta que tuviéramos la oportunidad de hablar.

—¿Por qué?

—Maidstone es demasiado grande. Muy fácil para que Demiri cause una distracción y llegue hasta

Gareth. Lo hemos trasladado a un pequeño hospital privado en las afueras de Tunbridge Wells.

—¿Están equipados para atenderlo? —dijo Sharp.

—Sí. Instalaciones de emergencia y unidad de cuidados intensivos de última generación. Está en las mejores manos que los contribuyentes pudieron pagar, dadas las circunstancias.

—¿Sabe lo de Katya?

—Se le informó cuando recobró la conciencia, sí.

Kay se recostó en su asiento y miró por la ventana mientras el paisaje pasaba volando y suspiró.

Sharp miró por encima de su hombro. —¿Estás bien?

—Sí.

El resto del viaje transcurrió en silencio, solo interrumpido por Harrison anunciando su llegada cerca del hospital privado mientras indicaba la salida de una rotonda y se incorporaba a una circunvalación en las afueras de la ciudad balneario.

Cinco minutos después, caminaban a grandes zancadas por un aparcamiento, pasando junto a jardines ornamentales, y luego por el lateral del edificio moderno de tres pisos.

Dos guardias de seguridad estaban de pie junto a una salida de emergencia trasera y se pusieron firmes cuando Harrison se acercó.

Sacó su placa y se volvió hacia Kay y Sharp mientras uno de los guardias se llevaba la radio a los labios.

—Hablaba en serio. No vamos a correr ningún riesgo. Nadie sabe que está aquí excepto nosotros. Esta gente no sabe a quién están custodiando.

—¿Dónde los encontraste? —dijo Kay.

—Son oficiales en servicio de nuestra Unidad de Respuesta Táctica —dijo Harrison—. Hay cuatro más dentro del edificio, dos de los cuales están dentro de la habitación de Gareth.

Cuando el guardia terminó de hablar y se aclaró la garganta, Kay cruzó su mirada con Sharp.

De repente, todo lo que Harrison le había contado sobre el negocio de Demiri y su determinación de permanecer por encima de la ley pareció muy, muy real.

—Por aquí —ladró Harrison.

Sharp le sostuvo la puerta y luego la siguió mientras se abrían paso por un estrecho pasillo y subían un tramo de escaleras.

A pesar del amplio cristal ahumado a lo largo del frente de las instalaciones médicas, la parte trasera del edificio era anodina y funcional, y Kay notó señales que indicaban oficinas administrativas y almacenes mientras seguía el paso de Harrison.

Doblaron una esquina, y Kay miró por encima de Harrison para ver a otros dos guardias armados a mitad del siguiente pasillo.

Uno de ellos giró para encararlos mientras se acercaban, y Kay se movió inquieta de un pie a otro mientras volvían a comprobar su identificación.

Finalmente, el guardia les hizo un gesto para que pasaran y señaló una puerta a la izquierda.

—Gracias —dijo Harrison.

Empujó la puerta y les hizo señas para que lo siguieran.

Cuando Kay pasó junto a él y entró en la habitación, contuvo la respiración bruscamente.

Un hombre yacía en una cama individual en el lado izquierdo de la puerta, con una serie de tubos y cables que sobresalían de debajo de las mantas mientras las máquinas junto a la cama emitían pitidos y zumbidos.

Dos guardias armados estaban de pie a la derecha de la habitación, y Harrison les indicó que salieran.

—Quédense junto a la puerta de todos modos.

El más alto de los dos asintió y cerró la puerta tras ellos.

Sharp rodeó el pie de la cama, su rostro impasible mientras Harrison se acercaba al hombre en la cama.

—¿Gareth? Soy Simon Harrison. Queríamos hablar un momento.

Los ojos del hombre se abrieron y recorrieron los tres rostros que lo miraban hasta que su mirada encontró a Kay.

—Así que tú eres Kay Hunter, ¿eh? —Logró esbozar una pequeña sonrisa—. Diría que es un placer conocerte al fin, pero…

—Sí, lo sé. Las circunstancias. —Kay se encogió de hombros. No tenía tiempo para cortesías. Cruzó los brazos sobre el pecho—. ¿Qué te contó Katya sobre el negocio de Demiri que la llevó a la muerte?

Jenkins tragó saliva, bajó la mirada y sacudió la cabeza.

Kay miró a Sharp, quien asintió.

—El caso es, Gareth, que nuestro forense nos dice que no estaba muerta mientras estaba en el maletero de tu coche. Solo estaba inconsciente. La fuerza del accidente la mató. Entonces, ¿adónde ibas con ella? ¿Decidiste que ya no te era útil?

Una sola lágrima rodó por la mejilla del hombre.

Kay tragó saliva. Odiaba la línea de interrogatorio, pero ella y Sharp necesitaban respuestas, y Harrison también.

—Ese bastardo —murmuró con voz ronca.

Se secó los ojos y la miró fijamente—. Tiene otro hombre que trabaja estrechamente con él: Oliver Tavender. Me llamó hace cuatro días y me dijo que tuviera el coche listo en la parte trasera de su club nocturno en el centro de Maidstone. Cuando llegué, me dijo que me quedara en el coche. Lo vi por los espejos. Arrastró algo hacia la parte trasera, abrió el maletero, y luego volvió a donde yo estaba sentado y me dijo que lo tirara en un bosque al otro lado de Ryarsh.

—¿Qué causó el accidente? —dijo Sharp—. Las primeras indicaciones de los investigadores del accidente son que no había nada en la carretera que te hiciera desviarte. Incluso el conductor del camión que estaba estacionado en el arcén dijo que el coche perdió el control sin razón aparente.

Jenkins sorbió por la nariz. —Ya había decidido esa noche alejar a Katya de Demiri. Ella sabía cosas, demasiadas sobre su negocio. Sabía que estaba en peligro. —Miró a Harrison, con ojos arrepentidos—. Sé que no debería haberme involucrado, pero no pude evitarlo. Sabía que primero tenía que deshacerme de lo que fuera que estuviera en el maletero del coche, de lo contrario Tavender habría sospechado. Iba conduciendo por la autopista y usé mi propio móvil para llamar a Katya. Quería advertirle, decirle que estaría en su casa en una hora y que me la llevaría.

—¿Adónde? —preguntó Harrison.

—¡No lo sé! —espetó Jenkins—. Solo sabía que tenía que alejarla.

—¿Qué pasó? —dijo Kay.

—Al principio no pude obtener señal, y luego cuando la llamada se conectó, escuché un móvil sonando en la parte trasera del coche —sollozó—. Supe entonces que la había matado, y que era su cuerpo el que Tavender había puesto en el maletero. Se habían enterado de que ella había hablado conmigo. Estaba en shock. Y-yo solo recuerdo mirar fijamente al móvil, tratando de procesar lo que estaba escuchando, y entonces levanté la vista y vi el camión en el arcén. Estaba demasiado cerca. Y…

La máquina junto a la cama comenzó a pitar a un

ritmo alarmante, y Kay extendió la mano y tocó el hombro de Jenkins.

—Lo siento mucho, Gareth. Teníamos que saberlo.

Él asintió y se secó los ojos una vez más.

—¿Qué hay de las dos mujeres cuyos cuerpos fueron encontrados cerca de Aylesford el año pasado? —dijo Sharp—. ¿Tú las dejaste allí?

Jenkins negó con la cabeza.

—No tengo idea de quién fue responsable de ellas —dijo—. No soy el único que Demiri utiliza.

—¿Qué te dijo exactamente Katya? —preguntó Kay. Hizo un gesto hacia Harrison—. Al parecer, nunca llegaste a hacer tu último informe.

Jenkins miró a Harrison, quien asintió.

—Está bien, Gareth. Ahora forman parte del equipo de investigación. Necesitamos unir nuestros recursos para encerrar a Demiri de una vez por todas.

—Entendemos que está involucrado en el tráfico de personas —dijo Sharp.

Jenkins dejó escapar un suspiro que sacudió todo su cuerpo.

—Es peor que eso. Me enteré por Katya de lo que sucede en ese club nocturno de Demiri. Esa noche iba a reunirme con Harrison, y entonces se lo iba a contar. Demiri dirige un club de asesinatos.

—¿Un qué?

—Tiene una habitación secreta allí. Solo por invitación. Hay tal vez cinco o seis clientes que son los únicos que saben de ella. Uno de ellos vuela desde Europa especialmente.

Sharp se acercó a la cama.

—¿Qué tipo de habitación?

El rostro de Jenkins palideció aún más.

—Una cámara de tortura —susurró—. Los clientes de Demiri pagan para elegir a una chica de cada nuevo cargamento que se introduce de contrabando. Está ganando una fortuna al dejarlos vivir sus enfermas fantasías.

Kay jadeó, sintiendo la bilis subir por su garganta.

Clavó sus uñas en las palmas de sus manos, mordiéndose la piel suave mientras cerraba los ojos e intentaba mantener la calma, cuando todo lo que quería hacer era correr al coche y conducir de vuelta a Ashford para enfrentarse a Demiri.

Tragó saliva y luego abrió los ojos.

Tanto Sharp como Harrison tenían expresiones afligidas, y sabía que se sentirían tan enfermos como ella.

—Necesitamos obtener una orden de registro para ese edificio inmediatamente —le dijo Sharp a Harrison.

—Me encargaré de ello. ¿Puedes proporcionar oficiales adicionales?

—Absolutamente. Me pondré en contacto con nuestros investigadores de la escena del crimen y haré arreglos para que nos encuentren allí.

—Llevará un tiempo hacer el papeleo. —Harrison

miró su reloj—. Es demasiado tarde para hacer algo esta noche. ¿Qué tal una reunión informativa mañana a las siete de la mañana?

Sharp asintió.

—Haremos algunas llamadas telefónicas y nos aseguraremos de que todos lleguen a tiempo —Se volvió hacia Jenkins—. Gracias.

Cuando Kay se apartaba de la cama, la mano de Gareth salió disparada y sus dedos se envolvieron alrededor de su muñeca.

—Escúchame —dijo, con voz feroz—. Atrápalo y haz que pague por todo, ¿entiendes?

Kay sostuvo su mirada.

—Sí —dijo—. Entiendo.

CAPÍTULO 22

Kay deslizó el plato vacío sobre el escritorio, se sacudió las migas del regazo y tomó un sorbo de vino antes de acercar su silla a la pantalla del ordenador.

Ya se preocuparía de preparar una cena decente más tarde; el queso y las galletas eran todo lo que necesitaba para mantenerse mientras trabajaba en las notas que había recopilado durante los últimos dieciocho meses sobre Jozef Demiri.

Al llegar a casa, se había puesto una sudadera y unas mallas y había salido a correr a paso ligero pasando por el pub y luego cruzando una mini rotonda que interceptaba la moderna urbanización que había surgido hacía veinte años a ambos lados del camino. Aumentando el ritmo, había exigido a sus piernas, quemando la ira y la frustración por el hecho de que Harrison se hubiera hecho cargo del caso, hasta que dio la vuelta y llegó a su puerta cuarenta minutos después, con la respiración entrecortada y las ideas claras.

Tenía que dejar de lado cualquier rencor hasta que atraparan a Demiri. Tenía otra oportunidad de hacer que el albanés pagara por lo que le había hecho a ella, por no hablar de lo que les había hecho a las pobres mujeres que había introducido de contrabando desde el continente, y no descansaría hasta que fuera condenado.

Ahora, se inclinó hacia delante y bajó el volumen de la música de rock que salía de los altavoces para poder concentrarse y apoyó la barbilla en una mano, mientras que con la otra usaba el ratón para hacer clic y desplazarse por los archivos.

La casa parecía silenciosa sin Adam.

Cuando había llegado a casa después de correr y antes de meterse en la ducha, había cerrado todas las puertas con llave, comprobado que la puerta del garaje estuviera bien cerrada y que la puerta del garaje a la cocina estuviera bien asegurada, y luego había apretado todos los botones del panel junto a la puerta principal para activar las luces de seguridad.

Normalmente, cuando él estaba en casa, podía oír la televisión en la planta baja, donde estaría viendo un documental o un partido de fútbol. Podía respirar los aromas de su cocina y esperar a que él le gritara por las escaleras que la cena se estaba enfriando.

Sonrió. Adam era el mejor cocinero de los dos y se sentía feliz de que lo dejaran solo en la cocina la mayoría de las noches; si ella intentaba ayudar, él se quejaba de que cortaba las verduras de forma equivocada, o simplemente se tapaba los ojos mientras ella blandía el cuchillo, incapaz de mirar cómo cortaba con mucho entusiasmo, pero muy poca finura, o sin tener en cuenta su propia seguridad.

Un sonido llegó a sus oídos y se enderezó en su asiento, con la cabeza ladeada.

Ahí estaba de nuevo.

Alguien llamaba a la puerta.

Apagó la música, miró su reloj y frunció el ceño.

Apartando la silla del escritorio, se dirigió al rellano. Frente a ella, las brillantes luces de seguridad resplandecían a través de las cortinas que cubrían las ventanas delanteras.

Se detuvo, alzando la mirada hacia el techo.

Hacía unos meses, había descubierto un conjunto de cámaras y micrófonos en miniatura en el techo de su casa que habían sido instalados para espiarla a través de los focos del techo. Una conversación discreta con Sharp sobre su convicción de que Demiri, o alguien asociado con él, era responsable de su instalación, llevó a que el equipo fuera retirado, cuidadosamente y de tal manera que los perpetradores simplemente creerían que las cámaras habían fallado debido a un corte de energía.

Ahora se preguntaba si sus enemigos habían estado vigilando su casa más de cerca, y en persona.

Tragó saliva y luego soltó un grito ahogado al oír otro fuerte golpe en la puerta.

Manteniéndose cerca de la pared, se deslizó escaleras abajo, con el corazón acelerado.

No tenía nada que usar como arma, pero sus dedos encontraron su teléfono móvil metido en el bolsillo trasero de sus vaqueros y lo sacó, con el pulgar suspendido sobre el botón de emergencia mientras llegaba al pie de la escalera.

Kay maldijo el cristal esmerilado de la parte superior de la puerta que le impedía ver quién estaba en el umbral. Creyó oír voces murmuradas y luego agarró el pomo y abrió la puerta de un tirón al mismo tiempo que daba un paso atrás.

—¡Comida!

Kay exhaló y soltó la mano de la puerta.

En el umbral, Ian Barnes sostenía cuatro grandes cajas de pizza en sus brazos. Detrás de él, Gavin y Carys estaban de pie, sonriendo de oreja a oreja.

Barnes bajó las cajas.

—Te olvidaste de que era tu turno, ¿verdad?

—¿Mi turno?

—Se olvidó —dijo Carys, y se rio—. Te dije que se había olvidado.

—Date prisa y déjanos entrar. Hace frío aquí fuera.

Kay se hizo a un lado mientras sus tres colegas entraban atropelladamente, riendo mientras se quitaban las bufandas y tiraban sus chaquetas sobre el poste de la escalera antes de dirigirse hacia la cocina.

Negó con la cabeza, sonrió ante su propia paranoia y cerró la puerta principal.

Volvió a poner los cerrojos en su sitio y los siguió.

—Vale, lo admito: se me olvidó —dijo mientras abría la puerta del frigorífico y sacaba vino blanco y latas de cerveza.

Gavin cogió vasos del armario de debajo de la encimera, los alineó y esperó mientras Kay servía las bebidas.

—¡Oh, conejillos de india! —Carys se agachó junto a la jaula—. ¿Cómo se llaman?

Barnes y Gavin se rieron cuando Kay se lo dijo.

—¿Puedo cogerlas?

—Puedes coger a Bonnie —dijo Kay—. Es la pequeña blanca y negra. Clyde tiene una infección en la piel, así que estoy haciendo de enfermera por el momento hasta que Adam vuelva de Aberdeen.

Encantada, Carys abrió la trampilla y levantó suavemente a Bonnie de donde había estado mirando a la joven detective.

—Ay, qué mona.

Kay sonrió mientras Carys acunaba al animal contra su estómago y lo rascaba entre las orejas. Su geriátrica mascota, un jerbo, había muerto el mes anterior, y la mujer había estado inconsolable durante días, especialmente cuando se dio cuenta de que no tenía dónde enterrar a su mascota porque alquilaba un apartamento en las afueras de la ciudad.

Cuando se enteró de su dilema, Adam se había apiadado de ella y se había ofrecido a cavar una tumba para el jerbo en el fondo de su jardín. Carys se había sentido abrumada por el gesto y había comprado un nuevo rosal para marcar el lugar.

—No es tan mona a las cuatro y media de la mañana cuando tiene hambre —dijo Kay, y le entregó a Carys una bolsa de verduras crudas ya preparada que sacó del frigorífico—. Toma, vuelve a meterla y dales esto. Tu pizza se está enfriando.

Carys se lavó las manos, luego deslizó el rollo de papel de cocina hasta el centro de la encimera y se sentó en uno de los taburetes con un sonoro suspiro.
—Menudo día largo.

Kay repartió las bebidas. —Salud, chicos.

Chocaron los vasos, y luego Barnes abrió las cajas de pizza.

—Vamos a comer.

Se quedaron en silencio durante unos minutos mientras devoraban la comida, salvo por Barnes y Carys que discutían sobre si la piña pertenecía o no a la pizza.

Kay dio un sorbo a su vino, saboreando la comida y la agradable compañía.

—Esto está mejor —dijo Gavin, limpiándose los dedos con un trozo de papel de cocina antes de tirarlo a una de las cajas vacías.

—¿No has comido hoy? —preguntó Carys.

—No he tenido tiempo.

—Sharp te va a regañar —dijo Kay—. Toma otra porción, yo estoy llena.

—Él no puede hablar, creo que es el peor de todos nosotros.

—¿Qué pasó hoy? —preguntó Barnes—. ¿Te patearon el trasero otra vez?

Kay le dio un manotazo en el brazo. —No.

Se quedó en silencio, perdida en sus pensamientos hasta que Barnes le dio un codazo.

—Vamos. Somos nosotros.

Logró esbozar una pequeña sonrisa, luego tomó un sorbo de vino y dejó la copa.

—Un inspector jefe Harrison de UCGO se está haciendo cargo del caso Demiri.

Un silencio descendió sobre la cocina, solo interrumpido por un trozo de champiñón que cayó de la porción de pizza que Gavin sostenía a medio camino de su boca.

Lo recogió de la encimera y se lo metió en la boca. —Bueno, esto es típico, ¿no?

—¿Por qué nos haría eso? —exigió Barnes.

—Para proteger a alguien. Al conductor de ese accidente de coche.

Todos empezaron a hablar a la vez, y después de unos segundos Kay levantó la mano.

—Miren, Sharp explicará todo en la reunión de mañana por la mañana, pero el nombre del conductor es Gareth Jenkins. Estaba trabajando para Jozef Demiri bajo un alias como parte de una operación que UCGO ha estado llevando a cabo durante los últimos dos años. Sospecha que Demiri descubrió que estaba tratando de salvar a una chica, una inmigrante ilegal, de una especie de club privado que dirige Demiri. —Tomó un respiro profundo, y un escalofrío recorrió su cuerpo—. Jenkins alega que Demiri y los clientes de ese club están asesinando a mujeres jóvenes. Convencimos a Harrison de que nos asignara a su investigación, dado que la chica murió en nuestra jurisdicción. Sharp y Harrison están organizando una orden de allanamiento esta noche, así que imagino que estaremos involucrados en la búsqueda en algún momento de mañana.

Un silencio llenó la cocina cuando terminó de hablar, y tres rostros conmocionados la miraron fijamente.

—Joder, Kay —dijo Barnes finalmente—. No haces las cosas a medias, ¿verdad?

CAPÍTULO 23

Kay alzó la vista de su escritorio cuando Gavin abrió la puerta de la sala de incidentes, con el pelo aún mojado por la ducha.

—¿Llegas temprano, oficial? —dijo al pasar, dejando una estela de champú a su paso.

—Sí. No podía dormir.

Una leve sonrisa cruzó sus labios. —Yo tampoco. Decidí que una carrera matutina me haría bien. —Dejó caer su mochila bajo su escritorio y encendió su ordenador—. Voy a hacer una taza de té, ¿quieres una?

—Gracias, te lo agradezco.

Kay miró el reloj en el lado derecho de la pantalla de su ordenador. Tenía diez minutos antes de que Sharp comenzara la reunión planificada.

Se había dado cuenta durante la noche, mientras daba vueltas en la cama, de que cualquier cosa que descubrieran en el club nocturno significaría días, si no semanas, de papeleo e investigación sobre el terreno, así que había llegado temprano para asegurarse de delegar la mayor parte posible de su carga de trabajo actual.

Un agente en la central iba a llevarse una desagradable sorpresa cuando llegara al trabajo en otros treinta minutos, y ella firmó su correo electrónico con la promesa de devolverle el favor.

Pulsó "enviar" y cruzó los dedos esperando que su recuerdo de la puntualidad algo informal de él fuera correcto.

Con suerte, la sesión informativa estaría bien encaminada cuando recibiera su nota, y entonces sería demasiado tarde: ella estaría fuera realizando la búsqueda con el resto de sus colegas.

Un movimiento por el rabillo del ojo llamó su atención y se mordió la lengua para no soltar una exclamación de sorpresa cuando el oficial Jake O'Reilly entró pavoneándose por la sala de incidentes hacia ella, con una sonrisa astuta en su rostro.

—Hunter. ¿Aún atrapada aquí en el quinto pino?

Ella forzó una sonrisa. —O'Reilly. ¿Ya se te ha pegado algo del entrenamiento de la UCGO?

Su semblante se nubló y se detuvo junto a su hombro.

Mayor que ella por al menos diez años, su pelo castaño grisáceo había sido cortado demasiado corto en los lados recientemente, dando a su cabeza un aspecto puntiagudo y acentuando sus grandes orejas. Sus ojos pálidos se estrecharon mientras su labio superior se curvaba.

—Sabía que serías así, Hunter. Los celos no te llevarán a ninguna parte. ¿Tú y Sharp? Vuestros días están contados. No es de extrañar que la comisario jefe tuviera que involucrar a *mi* inspector jefe. Sin duda, resolveremos este caso en un abrir y cerrar de ojos.

—Bien —dijo Kay, manteniendo su sonrisa dulce —. Quizás entonces podrías retomar donde lo dejaste aquí y averiguar quién atacó a Piper hace seis meses.

Gavin levantó la vista al oír su nombre, luego volvió a su trabajo.

Kay no podía culparlo por ignorar a O'Reilly; su nariz había quedado en un ángulo permanentemente suave después de ser atacado en un aparcamiento cerca de la comisaría.

O'Reilly había sido puesto a cargo de la investigación subsiguiente, pero no había logrado ningún avance en sus indagaciones antes de desaparecer de la vista, y ahora Kay aún estaba dolida por la noticia de su comisión a la UCGO.

Apretó la mandíbula. Sin duda, el desaire había sido otra pulla del inspector jefe Larch para recordarle la investigación de Asuntos Internos contra ella hacía unos dieciocho meses, a pesar de que se había confirmado su inocencia.

La puerta de la sala de incidentes se abrió de

golpe y entró Carys, con una bandeja de café para llevar entre las manos.

Se detuvo, la puerta golpeándole el codo al ver a O'Reilly.

—Vaya, si es la encantadora agente Miles —dijo él, apartándose de Kay mientras miraba a Carys de arriba abajo.

—Oficial O'Reilly. N-no esperaba verlo aquí.

Kay observó con perplejidad cómo Carys se sonrojaba y jugueteaba con la correa de su bolso mientras intentaba que no se le resbalara por el brazo.

—Aquí, déjeme ayudarla —dijo O'Reilly, y corrió a su lado.

—Oh, lo siento. No le traje un café.

—No hay problema —la tranquilizó.

—Negro con uno de azúcar, ¿verdad? ¿Igual que yo? —Carys soltó una risita—. Puede tomar el mío si quiere.

Él le guiñó un ojo. —De acuerdo, pero solo si estás segura. Aunque el próximo corre por mi cuenta.

Kay apartó la mirada, sus ojos encontrándose con los de Gavin mientras este negaba con la cabeza en señal de incredulidad y simulaba meterse los dedos en la garganta.

Eso le arrancó una sonrisa, y luchó contra la frustración que amenazaba el sentido común.

Barnes entró momentos después, asintió hacia O'Reilly, tomó el café que Carys le entregó y se hundió en su asiento frente al escritorio de Kay.

—Tienes cara de pocos amigos. La mañana ha empezado bien, ¿eh?

La réplica de Kay fue interrumpida por la llegada de su inspector para comenzar la sesión informativa.

—¿Quién es el otro tipo con Sharp? —susurró Barnes.

—Es el tipo del que te hablé, Simon Harrison.

Barnes no dijo nada, alzó una ceja y giró su silla para mirar al frente de la sala.

Después de presentar a Harrison al equipo, Sharp pasó los siguientes veinte minutos poniéndolos al día sobre su reunión con Gareth Jenkins y su acusación de que Demiri dirigía una red de tráfico de personas, y algo peor.

Hizo una pausa para dar tiempo a todos a ponerse al día con sus notas antes de continuar.

—Hemos obtenido órdenes de registro para el club nocturno de Demiri y realizaremos esa búsqueda después de esta sesión informativa —dijo.

—¿Qué hay de su casa y oficinas? —preguntó Kay.

—El magistrado se mostró reacio a darnos órdenes basándose en rumores —dijo Harrison, con una nota de disgusto en su voz—. Su opinión es que Jenkins puede tener una vendetta personal contra Demiri por la muerte de Katya. A menos que encontremos evidencia en el club nocturno que corrobore su afirmación, no obtendremos una orden para los otros locales.

Barnes resopló y cruzó los brazos sobre el pecho.

—Así que, mientras tanto, Demiri puede ir y venir a su antojo.

El teléfono móvil de Harrison comenzó a sonar, y miró el número, luego a Sharp. —Tengo que atender esta llamada.

Hizo un gesto a Sharp para que continuara la sesión informativa y se dirigió a la oficina del inspector para contestar la llamada.

—Bien, vamos a organizar los equipos para el registro del club nocturno mientras esperamos a Harrison —dijo Sharp—. Ya conocen la rutina: chalecos antibalas y todo lo demás. La UCGO dirigirá la redada, pero también tienen poco personal, así que debemos apoyarlos en todo lo que podamos. O'Reilly, Harrison te ha emparejado con Barnes para que puedas servir de enlace para ambos. Estarás apostado hacia la parte trasera del cordón para empezar, hasta que la redada esté en marcha.

Procedió a dividir el equipo en grupos de dos, emparejando a Kay con Carys.

La detective más joven acercó su silla a donde Kay estaba sentada para que pudieran tomar notas juntas y señalar cualquier conocimiento previo del área más allá de la inteligencia que el equipo de Harrison ya había reunido.

Kay siempre admiraba la atención al detalle de Sharp y su capacidad para enfocar a su equipo. Con su formación militar, era capaz de dar órdenes claras sin desperdiciar palabras, y una atmósfera intensa descendió sobre la sala de incidentes mientras lo escuchaban.

Kay desvió la mirada cuando Harrison regresó de la oficina de Sharp, con el rostro pálido.

Sharp se detuvo a mitad de frase. —¿Todo bien?

Harrison se movió hacia el frente de la sala, guardó su móvil en el bolsillo y se apoyó contra el escritorio más cercano a la pizarra.

—Era el hospital —dijo, con la mirada baja—. Gareth Jenkins falleció hace veinte minutos. A pesar de sus mejores esfuerzos por reanimarlo, sucumbió a sus lesiones internas y no pudieron hacer nada para salvarlo.

Un silencio cayó sobre la sala mientras asimilaban la noticia.

Los pensamientos de Kay volvieron a la conversación que había tenido con Jenkins el día anterior.

Atrápalo y haz que pague por ello.

Apretó el puño, clavándose las uñas en la palma.

—Todos lamentamos oír eso —dijo Sharp después de unos momentos.

—Él conocía los riesgos. —Harrison paseó la mirada por la sala—. ¿Estamos listos?

—Estamos listos —dijo Sharp.

Harrison se enderezó y se ajustó la chaqueta. — Muy bien. Vamos.

Mientras el equipo comenzaba a moverse de

regreso a sus escritorios y se preparaba para dirigirse al almacén para obtener los chalecos antibalas y los demás enseres que serían necesarios antes de salir a realizar el registro, Sharp emitió un silbido bajo.

Kay y los demás se giraron y se enfrentaron al frente de la sala donde él permanecía inmóvil junto a la pizarra.

—Un oficial dio su vida intentando encerrar a Demiri —dijo—. Hagamos que esto valga la pena.

CAPÍTULO 24

Kay tiró del cuello de su chaleco antibalas e intentó ignorar la oleada de adrenalina que le oprimía el corazón mientras escuchaba las últimas instrucciones de Harrison.

Paseó la mirada por los grafitis que salpicaban las paredes de los edificios, colores brillantes que desafiaban a los desgastados ladrillos oscuros intercalados con insultos más simples pintados con aerosol, y se preguntó si alguno de los artistas encontraría alguna vez un trabajo real en su medio elegido. Aunque odiaba admitirlo, al menos dos de los culpables tenían un talento excepcional.

A su izquierda, Carys se movía de un pie a otro, su impaciencia emanando a través del espacio entre ellas.

Kay hizo una nota mental para mantener a raya a

la detective más joven. Ya habían estado en una situación antes en la que el entusiasmo por la justicia de su colega casi le había costado la vida.

Miró por encima de la cabeza de Carys hacia donde estaban Barnes y O'Reilly, sus expresiones impasibles mientras observaban a Harrison enviar a Gavin y a otros dos hombres corriendo hacia las puertas cerradas del frente y la parte trasera del club nocturno.

Desde su posición al final del callejón que corría detrás del edificio, Kay podía distinguir una serie de ventanas sucias que habrían proporcionado una vista de la redada, excepto por el hecho de que la mugre cubría los cristales más allá de las barras de acero que llenaban los marcos.

Una vez hubo un restaurante chino para llevar en la sección del edificio más cercana a donde ella estaba, pero sabía que la familia que lo poseía había sido acosada por los matones de Demiri hacía más de un año. La propiedad en el lado opuesto del club nocturno no había albergado a un inquilino en casi cinco años.

Su ojo derecho se crispó, y resistió el impulso de frotárselo. Se concentró de nuevo en su respiración, esperando la orden de proceder.

En cualquier momento...

Un estruendo resonó en las paredes del callejón cuando la puerta trasera del club nocturno fue forzada, seguido de cerca por un sonido similar desde el frente del edificio.

Kay se adelantó sobre las puntas de los pies y oyó la brusca inhalación de Carys.

—Vamos —murmuró.

Un crujido de estática cobró vida a través de la radio en la mano de Sharp, y él murmuró una respuesta al equipo en el edificio antes de volver su atención a los policías que esperaban.

—Podemos proceder.

Los guio más allá de tres contenedores industriales desbordados de basura, el hedor de los desechos asaltando las fosas nasales de Kay mientras trataba de no pensar en el pobre investigador de la escena del crimen que tendría la tarea de revisar el contenido.

Un olor distintivo a orina se aferraba a la superficie picada bajo sus pies y ella hizo una mueca cuando una rata grande se escabulló por su camino antes de desaparecer por un hueco bajo una puerta con candado.

En cuestión de momentos, estaban en la entrada trasera forzada del club nocturno.

—Bien, han tenido la oportunidad de ver los planos del lugar —dijo Sharp—. Kay y Carys, quiero que registren las oficinas de la planta baja. Lleven a Dave Morrison y Aaron Stewart con ustedes para registrar lo que encuentren. Mantengan los ojos abiertos por cualquier cosa que pueda darnos alguna indicación de cuándo llegará otro grupo de personas.

—Sí, jefe. —Kay hizo una señal a dos oficiales uniformados para que se unieran a ellas y los guio por un pasillo sin iluminación hacia lo que habría sido la oficina del gerente del club nocturno.

Solo había conocido a Morrison y Stewart después de que concluyera la reunión informativa de la mañana. Sin embargo, después de unas rápidas presentaciones, estaba convencida de sus capacidades y entrenamiento; el inspector jefe Harrison habría insistido en que solo sus personas más confiables llevaran a cabo la redada, y ellos parecían tan enfocados y ansiosos como ella de que Demiri fuera encerrado.

—¿Cuáles crees que son nuestras posibilidades de encontrar algo si él sabe sobre Jenkins? —dijo Carys.

—Ligeramente menos que cero, pero hay que hacerlo —dijo Kay. Entrecerró los ojos cuando las luces sobre sus cabezas parpadearon y se encendieron—. Parece que olvidaron apagar la electricidad antes de cerrar.

—Gracias a Dios por eso —dijo Stewart—. No me apetecía hacer esto con linternas. —Guardó su linterna en el cinturón de utilidades y se puso los guantes—. Listo cuando usted lo esté, oficial.

Kay asintió y empujó la puerta de la oficina.

Se abrió libremente, y ella alcanzó el interior y encendió el interruptor de la luz.

Una tira de luces fluorescentes parpadeó dos veces a través del techo antes de saturar la oficina con un tono blanco pálido.

Una ventana a la derecha de Kay proporcionaba una vista de la pista de baile del club, y se dio cuenta mientras observaba a sus colegas moverse a través de ella hacia el bar y las habitaciones más allá, que estaba reflejada en el otro lado. El gerente podía vigilar los procedimientos sin ser notado.

Un mueble bar había sido colocado bajo la ventana, mientras que un sofá de cuero de dos plazas a un lado aún mantenía la huella de donde alguien se había sentado recientemente.

A su derecha, tres archivadores se erguían contra la pared, los cajones abiertos y papeles esparcidos por el suelo. El escritorio frente a ella estaba en un estado similar y sobre eso, una caja fuerte en la pared bostezaba abierta, su contenido desaparecido.

Kay suspiró y levantó la radio a sus labios. —¿Jefe? Parece que el lugar ha sido abandonado con prisa.

La estática escupió a través del altavoz antes de que Sharp respondiera. —El bar y el área frontal del club también han sido vaciados. Los hemos perdido. Ya sabes qué hacer.

—Entendido. —Se volvió hacia los oficiales a su lado y enganchó la radio a su cinturón—. Bien, sepárense. Dave, Aaron, encárguense de los archivadores. Carys, ayúdame a ver si podemos rescatar algo del escritorio y los cajones.

Trabajaron en silencio, los sonidos de sus colegas abriéndose paso a través del resto del club llegaban a los oídos de Kay mientras revisaba el funcionamiento diario de un concurrido local nocturno.

Recibos de proveedores, copias de licencias para servir alcohol y aperturas nocturnas eran todo lo que encontró a un lado del escritorio. Levantó la mirada hacia donde Carys estaba haciendo un inventario del resto y empujó las pilas ordenadas de facturas hacia ella.

—Vamos a estar aquí durante días —refunfuñó Carys.

Kay no respondió. En su lugar, estiró la espalda y echó otro vistazo a la habitación.

La decoración parecía bien cuidada; la pintura de los paneles de las paredes lucía fresca, e incluso Kay tuvo que admitir que las obras de arte en las paredes eran de buen gusto.

En comparación con la parte trasera lúgubre del club por donde habían entrado, esta habitación estaba diseñada para impresionar.

Sus pensamientos volvieron a la conversación que había tenido con Gareth Jenkins el día anterior.

Si Demiri estaba proporcionando un servicio exclusivo a algunos de sus clientes, y el tipo de servicio era el que Jenkins había alegado, entonces apostaría a que esperarían cierto nivel de lujo en su entorno.

Se giró y miró a través de la ventana hacia el área pública del club, luego volvió a la habitación y frunció el ceño.

Sacó la radio de su cinturón.

—¿Jefe? ¿Alguien ha encontrado algo que corrobore las afirmaciones de Gareth?

—Negativo. Todavía no.

—De acuerdo, gracias.

Volvió a colocar la radio en su sitio y exhaló.

—¿Oficial? Puede que tenga algo aquí.

Giró sobre sus talones para ver a Stewart señalando con el pulgar por encima de su hombro hacia los paneles de la pared junto a la caja fuerte.

Kay frunció el ceño y se acercó. —¿Qué es eso?

Él se hizo a un lado para que pudiera ver y señaló un cierre metálico situado entre dos paneles.

—He visto algo así antes. En la casa de un tipo en Lenham. Era un banquero de la ciudad, y una noche lo asaltaron; metió a su esposa y a sus dos hijos en una habitación del pánico hecha a medida. Las bisagras se parecían a esto.

Kay pasó una mano enguantada sobre el cierre plateado.

—¿Alguna idea de cómo abrirlo?

—Si ha sido sellado desde el interior, entonces no tenemos ni una maldita oportunidad de hacerlo nosotros mismos —dijo él—. Pero si no, si aplicamos presión a los paneles así, podríamos encontrar una manera.

Presionó con la palma contra el panel hundido junto al cierre, pero no pasó nada.

—Muy bien. Hagamos esto sistemáticamente —dijo Kay—. Tú empieza desde esa esquina. Yo tomaré esta. Nos movemos en un patrón de cuadrícula, ¿entendido?

Era consciente de que Carys y Morrison se movían a su lado, pero mantuvo su atención en los paneles mientras ella y Stewart trabajaban a lo largo de la pared.

Finalmente, cuando estaba casi lista para darse por vencida, se escuchó un leve clic bajo el toque de Stewart, y retrocedieron sorprendidos cuando toda una sección de la pared se retrajo.

—Bingo —murmuró, y agarró su linterna.

Un estrecho descanso se extendía al otro lado de la abertura, llevando a un tramo de escaleras de concreto que descendían desde el nivel de la oficina.

—Todos estos edificios antiguos junto al río fueron construidos con sótanos —dijo Stewart, asomándose por encima de su hombro—. Recuerdo haber leído sobre eso una vez. Eso fue lo que me hizo pensar en ello.

—Buen trabajo —dijo Kay. Dirigió su linterna hacia el hueco de la escalera.

Un aire viciado subió hasta donde estaban parados

en la abertura de la puerta, un fuerte olor impregnado de sudor corporal… y algo más.

Algo menos tangible.

—¿Qué es ese olor? —dijo Carys, con la voz un tono más alto.

—Miedo —dijo Kay—. Creo que encontramos lo que estábamos buscando.

CAPÍTULO 25

Kay volvió a entrar en la oficina y sacó su radio.

—¿Jefe? Hemos encontrado algo en la oficina del gerente en la parte trasera del edificio. Parece ser el sótano original o algo así. Estaba oculto detrás de una puerta secreta. Haré que Stewart se quede en la entrada por si se cierra, pero llevaré a Carys y a Morrison conmigo para echar un vistazo.

—Entendido. Voy para allá. Mantén el contacto por radio, Hunter.

—Lo haré.

Cortó la comunicación y levantó la barbilla para mirar a Aaron Stewart a los ojos.

—Creo que ya me va a costar bastante con el techo bajo allí abajo, si los otros sótanos que he visto por este pueblo son un indicio. Quédate aquí y guía al inspector Sharp cuando llegue, y mantén esa puerta abierta, ¿entendido?

—Sí, oficial.

Resistió el impulso de estremecerse ante la idea de quedar sepultada bajo la discoteca si la puerta se cerraba.

—Carys, Dave, venid conmigo. Estad alerta. En fila india. Carys, te quiero en el medio, ¿entendido? No os desviéis del camino que yo marque.

—Entendido.

—Comprendido.

Kay asintió. Afortunadamente, sus colegas tenían bastante experiencia y no tenía que explicarles que, si encontraban pruebas, la subsiguiente investigación de la escena del crimen se vería obstaculizada si alguno de ellos no se ceñía a un camino estricto de entrada y salida del sótano.

—Muy bien, vamos.

Iluminó la pared con su linterna hasta que encontró un panel de interruptores y los presionó uno a uno. Para su alivio, las luces del techo parpadearon y se encendieron, iluminando el camino. Se volvió a colocar la linterna en el cinturón, ignoró el pasamanos empotrado en la pared lateral y descendió por el corto tramo de escaleras.

Podía oír la respiración de Carys mientras bajaban; el miedo de la joven detective era palpable, pero luchó contra el impulso de dar media vuelta.

Tenía un trabajo que hacer.

Se detuvo al pie de las escaleras, con el corazón latiéndole en los oídos.

Al recorrer la habitación con la mirada, vio que el área del sótano ocupaba la mitad del espacio de la planta superior y que estaba revestida de suelo a techo con grandes baldosas de cerámica.

Un escalofrío recorrió su cuerpo cuando notó el desagüe en el centro de la habitación; un caso anterior destelló en su memoria antes de que exhalara y descartara el pensamiento.

Al levantar la vista, luchó contra el impulso de huir.

Había grilletes empotrados en la pared, con manchas oscuras cubriendo las baldosas de abajo, viejas y resistentes a ser eliminadas.

Tragó saliva y luego dio un respingo al sentir un toque en el hombro.

—¿Oficial?

Podía oír el temblor en la voz de Carys, pero dio un paso adelante, adentrándose más en la habitación para que sus colegas pudieran seguirla.

Se dirigió hacia el fondo de la sala; sus ojos recorrieron una mesa de acero sobre la que se había dispuesto una serie de cuchillos y otros utensilios como si un artesano orgulloso de su trabajo los hubiera colocado.

—Miren.

Se giró al oír la voz de Morrison y miró hacia donde señalaba, consumida por el pavor ante el tono de su voz.

Había salpicaduras de sangre en la esquina más

alejada de una pared, y el haz de la linterna de Morrison tembló mientras lo dirigía hacia las baldosas del suelo.

Un solo diente yacía entre un mechón de pelo.

—Suficiente.

Kay giró sobre sus talones y corrió a través de la habitación, subiendo luego por la estrecha escalera de hormigón.

Sharp estaba de pie en la entrada del sótano, con el rostro preocupado cuando ella apareció, pero Kay negó con la cabeza, incapaz de hablar.

En su lugar, pasó junto a él, dejando atrás la oficina y tambaleándose por el pasillo hacia el resquicio de luz que se filtraba por la rendija de la puerta trasera.

La empujó y salió trastabillando al callejón, cerrando los ojos ante el brillante sol, con las manos en las caderas mientras forzaba aire fresco en sus pulmones.

Unos pasos resonaron detrás de ella, y se dio la vuelta cuando Carys salió tambaleándose por la puerta, con el rostro pálido.

La agente de policía apoyó una mano enguantada en la pared de ladrillo rojo del restaurante chino vacío y se inclinó. Levantó la otra mano cuando Kay se acercó.

—Estoy bien, no voy a vomitar. Solo…

—Sí. Lo sé.

Kay miró por encima del hombro cuando la puerta

trasera se abrió de golpe una vez más sobre sus bisagras rotas y apareció Sharp.

Se abotonó la chaqueta del traje sobre el pecho mientras se acercaba, y Kay notó que le temblaban las manos mientras examinaba a la joven detective.

—¿Vas a estar bien, Miles?

—Sí, jefe.

—¿Y tú, Hunter?

Sus ojos grises la recorrieron, con preocupación arrugando su frente.

Ella respiró hondo y exhaló lentamente.

—Sí. Estaré bien.

—Señor, encontramos esto hace un momento.

Ambos se giraron al oír la voz de Morrison, con un temblor en los bordes de sus palabras mientras se acercaba a ellos, con el rostro gris.

Sostenía un cable, y Kay se lo quitó con manos temblorosas.

Reconoció demasiado bien el color azul.

—Es un cable de audio y vídeo, como el que usarías para conectar tu sistema de entretenimiento doméstico a los altavoces o cámaras —dijo él.

Lo sé, pensó Kay. *También los puso en mi casa.*

Se lo entregó a Sharp, sus ojos encontrándose.

Él también lo reconoció; gracias a sus contactos exmilitares, los micrófonos y las cámaras en miniatura que ella había descubierto en su casa habían sido retirados de forma encubierta, sin alertar a Demiri de que su vigilancia había sido frustrada. Ese equipo de grabación ahora estaba escondido en una caja de seguridad de un banco para la que solo ella y Sharp tenían llaves.

—Parece que Demiri estaba filmando lo que sus clientes hacían aquí abajo —dijo Morrison.

—Se aseguró una garantía, para que no hablaran del lugar y lo traicionaran —dijo Kay, girando el cable entre sus dedos—. Jesús, qué monstruo.

—Esas pobres mujeres —dijo Carys—. Todo lo que querían era una nueva vida.

—Y así es como pagaron por ella. Vaya manera de irse —dijo Sharp, y visiblemente se estremeció—. En todos mis años trabajando en este equipo, nunca he visto nada tan malo como lo que hay aquí abajo.

Kay miró de nuevo hacia la discoteca.

—Va a pagar por esto —gruñó.

CAPÍTULO 26

El teléfono móvil de Kay empezó a sonar justo cuando ella introducía la llave en la cerradura de la puerta principal y entraba tambaleándose en el pasillo.

Mientras maniobraba con las dos bolsas de la compra en la mano, dejó caer su bolso en el primer peldaño de la escalera, colocó las bolsas a sus pies y contestó una fracción de segundo antes de que saltara el buzón de voz.

—Hola, ¿cómo va todo?

—Suenas sin aliento, ¿está todo bien?

Ella pudo percibir la nota de pánico en la voz de Adam a través de los kilómetros.

—Estoy bien, me has pillado justo cuando entraba por la puerta, eso es todo —dijo mientras cambiaba el móvil de una mano a otra para quitarse la chaqueta y colgarla sobre la barandilla antes de recoger las bolsas de la compra y dirigirse a la cocina—. Bueno, ¿qué tal va todo por allí?

—Bien, bien. La verdad es que me alegro de haber venido.

—¿Lo ves? Si te hubieras quedado aquí, te lo habrías perdido. ¿Qué tal fue tu presentación?

—Fantástica. He hecho más contactos; uno de los tipos con los que estuve hablando tiene una clínica en Devon que iré a ver el mes que viene…

Kay dejó que su voz la envolviera, su entusiasmo y la normalidad de sus palabras la tranquilizaron después del trauma de la búsqueda en la discoteca. Mientras lo escuchaba, desempacó las bolsas, encendió el hervidor y se sentó en la encimera.

—¿Y tú qué tal?

Sus palabras la sacaron de su estado relajado.

—¿Kay?

—Perdona. Estaba pensando.

Se frotó el ojo derecho y sorbió por la nariz.

—¿Estás bien?

—Sí. Ha sido un día duro, eso es todo.

—Bueno, estoy aquí sentado solo en el bar vacío del hotel con una copa mediocre de Pinot Noir si quieres contarme algo.

—No, no, está bien. Gracias de todos modos. ¿Pudiste encontrarte con ese tipo con el que esperabas reunirte?

—Sí, pasará a recogerme al hotel mañana por la

mañana, así que estaremos fuera la mayor parte del día. Supongo que la cobertura móvil será una mierda también, así que si me necesitas…

—De verdad, todo está bien. —Sonrió, dejando que la calidez se reflejara en su voz—. No tienes que preocuparte por mí, te lo prometo.

—Tienes todas las luces de seguridad encendidas, ¿verdad?

—Sí.

Procedió a contarle sobre la visita de sus colegas la noche anterior, y él se rio.

—Ahora no te dejarán en paz nunca.

—Tienes razón. Menos mal que solo faltan cuatro semanas para que sea el turno de Gavin de ser anfitrión; quizás para entonces me hayan perdonado.

—¿Cómo están Bonnie y Clyde?

—Bueno, te alegrará saber que la piel de Clyde está sanando bien.

—Oh, esas son buenas noticias. Aún haré de ti una enfermera veterinaria.

—Eso si siguen aquí cuando vuelvas. Creo que Carys les ha echado el ojo.

Una carcajada resonó al otro lado de la línea. —Me lo podía imaginar. ¿Y qué tal el trabajo?

Charlaron durante otros veinte minutos, y luego Adam mencionó que le rugía el estómago, así que Kay lo despidió de la llamada y prometió llamarlo la noche siguiente cuando regresara de su viaje prolongado a los establos de carreras.

Al terminar la llamada, una ráfaga de viento golpeó la ventana de la cocina y ella se estremeció, contenta de que fuera él quien se enfrentara los elementos de la naturaleza en nombre de su investigación, y no ella.

CAPÍTULO 27

—Sabía que te encontraría aquí.

Kay se enderezó de golpe, sacudida de sus pensamientos, y giró la cabeza para ver a Barnes acercándose por el camino de sirga hacia ella.

Movió su bolso y se deslizó en el banco para que él pudiera sentarse, luego volvió su atención a la hilera de barcazas pulcramente amarradas en la orilla opuesta, con la niebla elevándose del agua bajo la luz del sol de la mañana temprana.

Él le entregó un vaso de poliestireno.

—¿Café?

—Sopa picante de calabaza. Marie, de la cafetería, dijo que nos calentaría más rápido.

—Gracias.

Ella quitó la tapa de plástico y sopló sobre la superficie caliente del líquido.

El camino de sirga junto al río Medway se había

convertido en uno de los lugares favoritos de Kay durante los meses de verano.

Escondido detrás de la grandeza del Bishop's Palace, proporcionaba un santuario lejos del caos de la estación de policía y un respiro del ruido de la cafetería que el equipo frecuentaba.

Barnes la había encontrado allí una mañana tarde, y desde entonces los dos habían pasado tiempo juntos, reflexionando sobre varios casos mientras devoraban sándwiches o charlaban con un café tranquilo.

—¿Cómo estás esta mañana? —dijo Barnes—. Me enteré, por supuesto.

—Estoy bien —dijo Kay—. Frustrada y molesta porque no lo descubrimos antes. Podríamos haber salvado a algunas de ellas.

—No puedes jugar al "qué hubiera pasado", oficial, lo sabes.

—Sí.

—¿Vas a contarme qué está pasando?

Kay bajó la taza y volvió sus ojos hacia él. —¿A qué te refieres?

—Vamos, Hunter. Soy yo con quien estás hablando. ¿Cuánto tiempo hace que nos conocemos?

—Demasiado.

—Muy graciosa. Mira, me doy cuenta de que probablemente no querías decir nada delante de Miles y Piper la otra noche, pero vamos. Algo te está preocupando.

Ella suspiró y se recostó contra las duras tablas de

madera del asiento, volviendo su mirada al río y a un par de cisnes que se deslizaban.

—Solía gustarme este trabajo, Ian. Cuando me uní, pensé que marcaría la diferencia. —Soltó una risa amarga—. Sé que suena ingenuo, pero es cierto. Por eso trabajé tan duro para llegar a ser oficial. Sin embargo, después de los últimos dieciocho meses, estoy empezando a preguntarme si he cometido algún tipo de error.

Suspiró y entrecerró los ojos hacia el pálido cielo deslavado mientras un par de estelas de avión se extendían sobre la ciudad, sus pensamientos volviendo a Adam.

La perspectiva de viajes al continente con él la emocionaba; no habían tenido unas vacaciones decentes en años, y si él podía conseguir algún trabajo en el circuito de conferencias como había sugerido, ella estaría más que dispuesta a acompañarlo.

Barnes tomó un sorbo de sopa y luego frunció el ceño. —No estarás pensando en renunciar, ¿verdad?

Ella se encogió de hombros en respuesta.

—Porque si lo hicieras, sería una verdadera lástima. Sé que estás conmocionada por lo que encontramos en ese edificio, todos lo estamos. Pero no es razón para desanimarse por la cantidad de criminales a los que nos enfrentamos.

—No es eso, Ian. Me refiero a que sí, eso fue desagradable, pero son las *políticas* de todo. Son todos los secretos y capas por encima de nosotros.

Él se enderezó y cambió de posición para poder mirarla de frente. —¿Esto es por Harrison?

—Supongo.

—Porque es igual que Larch, ¿sabes? Ambicioso.

—Hablando de ambiciosos, ¿sabías del traslado temporal de O'Reilly a la UCGO antes de que reapareciera aquí?

—No, fue una sorpresa para mí. Aunque, la verdad es que siempre hemos trabajado en equipos diferentes aquí, así que nuestros caminos no se han cruzado, para ser honesto.

Kay sorbió su sopa. —Parece una elección extraña, eso es todo. Nunca lo consideré un detective particularmente bueno.

—¿Ah, no?

—Bueno, es como ese asunto del ataque a Gavin. No ha llegado a ninguna parte.

—Para ser justos, Kay, sabes lo difícil que es obtener resultados con ataques así. Sin testigos, y sus atacantes cubrieron sus rostros.

Kay se encogió de hombros, sin querer ceder en el punto. —Todavía estoy enojada porque Harrison no se presentó hasta ahora para contarnos sobre su participación.

—¿Crees que lo hizo a propósito?

—¿Te refieres a posicionarse para hacerse cargo del caso? Tal vez.

Los ojos de Barnes se estrecharon. —Sabía que había una razón por la que no me caía bien.

—Supongo que tiene que proteger a su gente. Puedo entenderlo desde su punto de vista.

—Bueno, me alegro de que tú puedas. Supongo que no has perdido ese sentido de ambición después de todo.

Su mandíbula se abrió de golpe, y él le guiñó un ojo.

—Sé honesta. No vas a renunciar. ¿Recuerdas lo que me dijiste después de que encontramos a Emma aquel día? Tómate un descanso. Piénsalo. —Señaló a los cisnes que se alejaban nadando y se sacudió los pantalones mientras se ponía de pie—. Pero creo que ya has pensado suficiente por hoy. Vamos.

Tomó la taza vacía de ella y arrojó ambas a un bote de basura junto al camino de sirga antes de volverse hacia ella. —¿Qué hay de lo que te pasó con la investigación de Asuntos Internos? ¿Van a hacer algo al respecto?

Kay negó con la cabeza. —Quiero a Demiri, Ian. Por eso insistí en que Harrison me dejara entrar en su investigación. No pudo decir que no realmente; están faltos de personal tal como están.

Barnes emitió un silbido bajo y sacudió la cabeza.

—Espero que sepas en lo que te estás metiendo, Kay.

CAPÍTULO 28

Kay recorrió con la mirada a las personas que llenaban la sala de incidentes.

Todos y cada uno de ellos llevaban una expresión sombría; se había corrido la voz sobre lo que se había descubierto en las entrañas del club nocturno de Demiri, y Kay sabía lo que les preocupaba.

De alguna manera, él había logrado dirigir su enfermizo negocio sin que ninguno de ellos lo supiera, y no tenían idea de cuántas mujeres habían sido masacradas antes de que sus cuerpos fueran arrojados por los hombres de Demiri.

Incluso O'Reilly parecía abatido, su habitual bravuconería silenciada por las escenas de la redada.

Observó cómo Gavin se acercaba al escritorio de Carys, colocaba una taza humeante de café frente a ella y le daba una palmada en el hombro.

Carys logró esbozar una sonrisa, y los dos hablaron en voz baja, inclinados sobre sus bebidas.

Kay levantó la vista cuando Sharp entró en la sala de incidentes, seguido de un hombre más bajo que llevaba una expresión contrariada y una frente que empezaba a despejarse.

—Atención todos —dijo Sharp mientras pasaba entre los escritorios y se dirigía hacia la pizarra al final de la sala.

Kay tomó su taza de café y siguió a sus colegas.

Sharp caminaba de un lado a otro mientras se reunían, y luego hizo un gesto hacia el otro hombre.

—Este es Colin Fox, de la Agencia de Fronteras del Reino Unido —dijo—. Hemos estado reunidos con el inspector jefe Harrison y la comisario jefe sobre los acontecimientos de ayer, y aunque Demiri parece estar escondido en este momento, opinamos que lo que ha estado haciendo ha sido demasiado lucrativo para que simplemente se aleje. También tenemos la afirmación de Gareth Jenkins de que Demiri esperaba otro "cargamento". A la luz de lo que se encontró ayer en el club nocturno, creo que podemos decir con seguridad que "cargamento" se refiere a personas, no a drogas como se pensaba anteriormente.

Sharp continuó poniendo al día al resto del equipo de investigación sobre lo que se había encontrado.

—De particular importancia es que el sótano no ha sido limpiado de evidencias: el equipo de Harriet tiene abundantes datos forenses que están recopilando, incluyendo huellas dactilares en algunos de los implementos encontrados.

—¿Demiri? —dijo Kay, inclinándose en su asiento.

—No. Ningún rastro de Jozef Demiri allí abajo.

—¿Crees que nos está dejando pistas sobre quiénes eran sus clientes, jefe? —dijo Barnes.

—Es muy posible. Harriet y su equipo aún están en el lugar, y probablemente lo estarán por un tiempo más —concluyó—. Mientras tanto, Colin tiene un equipo separado monitoreando la costa de Kent en busca del barco de Demiri. Colin, ¿quieres informar al equipo sobre tus esfuerzos hasta ahora?

—Gracias, Sharp. Hemos tenido sospechas de que Jozef Demiri ha estado contrabandeando personas al país por barco, pero hasta ahora ha sido imposible determinar exactamente dónde ocurren los desembarcos. Creo que algunos de ustedes estuvieron involucrados en el seguimiento del movimiento de su flota de camiones entre aquí y el continente, y ciertamente así es como pensamos que estaba trayendo a la gente al principio.

Kay levantó la mano. —¿Por qué no han podido monitorear los barcos que entran? ¿Por qué se han perdido hasta ahora?

—Detective, este condado tiene trescientas cincuenta millas de costa. Nuestros equipos están constantemente siendo redirigidos para apoyar los esfuerzos antiterroristas en curso en Heathrow y el Eurotúnel. ¿Por qué cree que los perdimos?

Sharp se aclaró la garganta. —Creo que lo que Hunter quería decir era, ¿cómo está logrando Demiri meter a estas personas en el país a través del Canal de la Mancha? Después de todo, es una vía marítima muy transitada.

Fox se encogió de hombros. —Está dirigiendo un negocio muy lucrativo. Puede permitirse barcos rápidos. También son pequeños, así que a menudo no los detectamos. Muchos de nuestros éxitos hasta la fecha en relación con el contrabando de personas dependen de denuncias, o cuando los barcos están en tan malas condiciones desde el principio que se vuelcan antes de llegar a tierra y la Guardia Costera tiene que rescatar a los ocupantes. Tenemos vigías apostados a lo largo de la costa: educamos a la población local y ellos ayudan informando cualquier actividad inusual durante la noche. A menudo son los pescadores locales nuestros mejores activos. El problema es que Demiri y todos los demás contrabandistas de personas a lo largo de la costa tienen sus propios vigías.

—Entonces, ¿se enfrentan a personas que probablemente están pagando buen dinero a los mismos informantes que ustedes usan y ellos miran hacia otro lado? —dijo Barnes.

—Exactamente.

La sala quedó en silencio mientras el equipo

comenzaba a comprender lo difícil que era el papel de Fox y por qué la Agencia de Fronteras estaba bajo tanta presión.

Kay miró por encima del hombro cuando Harrison entró en la sala y se paró junto a O'Reilly, con los brazos cruzados mientras escuchaba.

—Uno pensaría que sabiendo que hay tal problema con los migrantes que entran al país a lo largo de la costa, el gobierno reclutaría a más personas en la Agencia de Fronteras —dijo Carys.

—Tal vez. Como dije, la mayoría de nuestros recursos han sido reubicados para hacer frente al aumento de las colas de inmigración en Heathrow, así que esa no es siempre la solución.

—¿Qué necesitas de nosotros? —dijo Sharp.

—Bueno, dado su involucramiento de vez en cuando con la Dirección Conjunta de Delitos Graves, ciertamente podríamos usar su ayuda en este caso. Ustedes conocen la localidad, y cualquier contacto que tengan ayudará a añadir a la inteligencia que hemos reunido hasta la fecha. —Fox se pasó la mano por el pelo—. Tal como están las cosas, solo vamos a recibir apoyo de una embarcación de la Agencia de Fronteras.

—¿Una? —dijo Gavin—. Seguramente pueden proporcionar más de una.

Fox negó con la cabeza. —La Agencia de Fronteras tiene cinco patrulleras. Una de ellas está en dique seco para mantenimiento, otra está en el

Mediterráneo por los próximos tres meses, y me temo que no podemos desviar las otras tres sin dejar otras partes de la costa inglesa expuestas a embarcaciones ilegales.

Barnes emitió un silbido bajo. —¿Cuántos barcos ilegales atrapan?

—No los suficientes, y no tenemos forma de saber cuántos hemos perdido. No ayuda que sepamos que muchos pescadores franceses están exacerbando la afluencia aceptando sobornos para traer gente a través del Canal.

—Pensé que la Marina sería enviada al Mediterráneo —dijo Gavin.

—Recortes presupuestarios —dijo Fox—, y el gobierno espera que la Agencia de Fronteras compense el déficit.

Un gemido colectivo pasó por la sala de incidentes.

—Mientras tanto —dijo Harrison, acercándose a la pizarra—, acabo de hablar con la comisario jefe. No podemos obtener más personal para nuestra investigación, así que tendremos que arreglárnoslas con lo que tenemos.

Sharp agradeció a Colin Fox y lo acompañó fuera de la sala mientras Harrison se movía entre los detectives, buscando una actualización de su trabajo.

Exasperado, se apartó de Carys. —¿Alguien tiene *algo* para hacer avanzar esta investigación?

Gavin levantó un fajo de documentos. —Demiri

tiene más negocios, vinculados a su empresa legítima, como subsidiarias de la organización principal.

Harrison chasqueó los dedos y señaló a Gavin. —Buen punto. Construye capas, lo que nos dificulta investigarlas. Hemos cerrado algunas de ellas en los últimos dos años, y ha habido algunas condenas, pero nunca nos hemos acercado al propio Demiri. Ha sido demasiado astuto para involucrarse directamente.

Carys tomó uno de los informes de Gavin y recorrió la página con la mirada antes de arrugar la nariz.

—¿Ajo? ¿Dirigía un negocio de importación de ajo?

—Una de las formas más fáciles de introducir ilegalmente a personas en el país por carretera —dijo Kay—. Antes de que ocurriera todo hace dieciocho meses con la desaparición de las pruebas, habíamos tenido cierto éxito arrestando a algunos hombres que trabajaban para ese negocio de importación de ajo. Solían conducir hasta el continente una vez al mes y volver con su furgoneta cargada de ajo para el mercado de agricultores franceses en Lenham.

Sonrió ante la mirada de confusión que se extendió por los rostros de Carys y Gavin. —El ajo desorienta a los perros rastreadores del olor de las personas escondidas en compartimentos secretos construidos en la parte trasera de las furgonetas. Solo atrapamos a ese grupo gracias a un soplo.

—Como dijo Fox antes, gran parte de lo que

hacemos depende de la vigilancia pública —dijo Sharp, volviendo al frente de la sala y colocándose junto a Harrison—. Alguien ahí fuera debe saber algo que nos pueda ayudar.

Kay levantó la mano para llamar su atención. —¿Jefe? Si Demiri ha estado haciendo películas snuff de las hazañas de sus clientes, podría haber otra forma de averiguar dónde podría estar. Esas películas tenían que distribuirse para que él estuviera ganando el tipo de dinero del que estamos hablando.

Sharp frunció el ceño. —¿Como qué?

—No qué. Quién. Bob Rogers.

CAPÍTULO 29

—¿Quién demonios es Bob Rogers?

Sharp cerró la puerta de su oficina e hizo un gesto hacia las sillas para visitantes frente a su escritorio.

Kay se hundió en la menos desgastada, y reprimió una sonrisa mientras Harrison se acomodaba en la otra, frunciendo el ceño ante la falta de acolchado mientras se removía tratando de encontrar una posición cómoda.

—Rogers era responsable de hacer películas snuff de chicas jóvenes —dijo Sharp mientras levantaba un montón de papeles de su silla y se sentaba, ignorando descaradamente la nota adhesiva marcada como "urgente" que habían colocado encima de la documentación. Empujó los papeles a una bandeja en la esquina de su escritorio y se aflojó la corbata—. Kay era la asistente del oficial a cargo en el caso y ayudó a encerrar a Rogers y a su cómplice, Eli Matthews, por mucho tiempo.

—¿Qué tiene que ver con Demiri?

—Rogers nunca nos dijo quién distribuía las películas snuff para él —dijo Sharp—. Eli no lo sabía; él era responsable de secuestrar a las chicas y organizar sus muertes. Muy elaborado en el caso en el que estuvimos involucrados. Rogers actuaba como intermediario. En algún lugar por encima de él estaba el comprador y distribuidor.

Harrison frunció el ceño.

—Ahora recuerdo haber oído hablar de ese caso. Eran padre e hijo, ¿no?

—Así es.

—Mi punto es que, para que pudieran salirse con la suya durante tanto tiempo sin ser atrapados, Rogers debía estar tratando con una red de distribución altamente sofisticada —dijo Kay.

—Una cuyos clientes estarían dispuestos a pagar mucho dinero para garantizar el anonimato —dijo Sharp—, y, como dijo Kay, Rogers no quiso hablar. Nunca pudimos encontrar un punto de apoyo en ese grupo de distribución.

—Eli murió en prisión hace seis meses —añadió Kay—. Fue atacado por dos hombres y posteriormente murió de lesiones internas cuatro días después.

—¿Qué pasó con sus atacantes?

—Acusados de homicidio involuntario y se les extendieron las condenas —dijo Sharp.

—¿Dijeron por qué lo atacaron?

Sharp se encogió de hombros.

—La prisión alberga a muchos delincuentes sexuales. A pesar de eso, los ataques a niñas pequeñas todavía se consideran lo peor, incluso dentro de esos muros y entre esa gente. En el juicio, cuando se presentaron pruebas sobre el historial criminal de Rogers en Suffolk, se descubrió que la víctima más joven de Eli tenía ocho años.

—¿Dónde está Bob Rogers ahora?

—Todavía aquí, en la prisión de Maidstone —dijo Sharp.

Harrison sonrió ampliamente.

—Conveniente.

—Deberíamos hablar con él lo antes posible —dijo Kay, entusiasmándose con el tema—. Quizás si encontramos un vínculo histórico entre Rogers y el club nocturno, podamos usarlo a nuestro favor. Podría darnos alguna información sobre Demiri por fin.

—Es una posibilidad remota, pero estoy de acuerdo en que deberíamos hablar con él. Haz algunas llamadas esta mañana y ve qué tan rápido se puede programar una reunión. Diles que es urgente. Necesitamos hablar con Rogers hoy —dijo Harrison, haciendo una mueca mientras se levantaba de su silla y se alisaba los pantalones—. Le dará menos tiempo para prepararse. Informaré a la sede mientras haces eso.

Los labios de Sharp se tensaron, pero asintió.

Kay esperó hasta que el inspector jefe hubiera salido de la habitación, cerrando la puerta tras él con un suave *clic*, y se volvió hacia Sharp.

—Yo haré la llamada si quieres.

—Por favor. A pesar de lo que piensa Harrison, tengo cosas mejores que hacer que actuar como su secretario. —Hizo un gesto hacia la pila de papeleo que le esperaba.

Kay sonrió.

—Luego te tendrá haciéndole tazas de té.

—Muy graciosa. Lárgate.

CAPÍTULO 30

La sonrisa que Kay llevaba al salir de la oficina de Sharp desapareció de su rostro cuando regresó a la sala de incidentes y vio a Gavin apresurándose hacia ella con una expresión afligida.

—¿Qué pasa?

—Los uniformados han localizado otro sitio.

—¿Otro sitio?

—Tres mujeres más, muertas. Asfixiadas.

Un escalofrío le recorrió la nuca, un segundo antes de que retrocediera hacia la oficina de Sharp.

—¿Jefe? Gavin dice que los uniformados han encontrado tres víctimas más. ¿Podría estar relacionado con Demiri?

Sharp echó su silla hacia atrás. —Reúne a todos. No tiene sentido que Gavin se repita.

Una rápida llamada telefónica sacó a Barnes y Carys de la cantina, ambos sin aliento cuando aparecieron en la sala de incidentes, el detective mayor secándose la boca con una servilleta mientras tomaba asiento.

—Bien, Piper, ponlos al día a todos y luego estableceremos prioridades —dijo Sharp.

—Sí, jefe. —Gavin se aclaró la garganta y luego se dirigió a sus colegas—. Esta mañana se asignó una patrulla uniformada a una llamada de una anciana en Thurnham. Dijo que había un mal olor proveniente de una propiedad vecina.

—¿Qué la hizo llamarnos a nosotros y no al control ambiental del ayuntamiento? —preguntó Barnes.

—Dijo que ya había intentado llamarlos antes por problemas con el inquilino de la propiedad que dejaba basura fuera y cosas así —explicó Gavin—, y reportó que en el pasado había escuchado ruidos de la casa: forcejeos, voces apagadas, cosas por el estilo. Cree que está alquilada por un inquilino del ayuntamiento, pero aparentemente había un problema con la fontanería y el ayuntamiento aún no lo ha arreglado. No ha visto al inquilino en un tiempo y estaba preocupada de que fueran ocupas.

—Continúa —dijo Sharp.

—Cuando los uniformados llegaron, hablaron primero con la mujer y confirmaron que ella escuchó los ruidos por última vez hace unas tres semanas. El agente Norris dice que fue a la casa, miró por el buzón e inmediatamente percibió el olor.

No necesitaba entrar en detalles.

Todos los miembros del equipo habían estado expuestos al hedor de la muerte en algún momento de sus carreras.

—Cuando derribó la puerta, encontró los cuerpos de tres mujeres. Obviamente, ha solicitado la presencia de un oficial superior de investigación y tiene la escena acordonada mientras espera que Harriet y su equipo lleguen.

—Muy bien, gracias, Gavin —dijo Sharp—. Kay, vienes conmigo. Ve a preparar un coche del parque móvil para salir en cinco minutos. Barnes, Carys, trabajen con los uniformados y que empiecen con las investigaciones casa por casa mientras ustedes hablan con la señora…

—Evans —dijo Gavin.

—Gracias. Debbie, ponte en contacto con el ayuntamiento y solicita una lista de inquilinos y cualquier otra persona que tenga acceso a una llave de esa casa. Incluyendo empleados del ayuntamiento, contratistas, todos. Vamos.

Dio una palmada y el equipo se puso en acción, Kay agarró su chaqueta y lideró el camino hacia el estacionamiento.

Sharp sacó su teléfono móvil del bolsillo de la chaqueta mientras ella dirigía el coche hacia Thurnham, y alcanzó a ver el número de Harrison en la pantalla antes de volver su atención al tráfico a su alrededor.

—¿Harrison? ¿Dónde estás en este momento?

Kay solo escuchó una respuesta apagada antes de que Sharp hablara de nuevo, pasando los detalles de la propiedad hacia la que se dirigían.

—Entendido. —Terminó la llamada y guardó el móvil en el bolsillo de su chaqueta—. Harrison va a estar en la sede central por un tiempo. Está de acuerdo con que nosotros vayamos, con la idea de recibir una actualización en la reunión de la tarde.

Permanecieron en silencio el resto del camino, Kay concentrándose en su conducción mientras intentaba maniobrar el coche a través del tráfico lo más rápido posible.

Al llegar a las afueras de la expansión urbana, pisó el acelerador y hábilmente dirigió el vehículo por estrechos caminos rurales.

Cuando giró hacia la carretera que llevaba a la dirección proporcionada por los uniformados, se dio cuenta de por qué la ubicación habría sido perfecta para los propósitos de Demiri.

Un único camino sinuoso revelaba solo dos propiedades. Dos coches patrulla estaban estacionados fuera de la primera a la derecha de la carretera, sus ocupantes ya ocupados hablando con una mujer mayor que estaba de pie entre los vehículos, con los brazos cruzados sobre el pecho.

Kay redujo la velocidad al acercarse, luego bajó la ventanilla.

Uno de los agentes uniformados se apresuró hacia

ella y se inclinó hasta quedar a su nivel. Asintió hacia Sharp en el asiento del pasajero, y luego señaló carretera arriba.

—La escena del crimen está allá arriba, justo después de la cresta de la colina. Hay dos coches más allí, y tenemos la zona acordonada.

Los ojos de Kay se desviaron hacia la mujer. —¿Es ella la que llamó?

—Sí. Estaba paseando a su perro temprano esta mañana. La dirección del viento debe haber cambiado cuando pasó por la casa de sus vecinos, porque dijo que no lo había notado antes a pesar de que pasea al perro por el mismo camino todas las mañanas. Aparentemente, se acercó a la puerta principal y llamó, pero no esperaba que nadie respondiera, porque dijo que la última vez que supo que alguien vivía allí fue hace más de un año. Intentó mirar por las ventanas, pero no pudo ver nada. Dice que no sabe por qué, pero simplemente sintió que algo no estaba bien y por eso nos llamó.

—De acuerdo, gracias.

Se apartó del coche y Kay revisó su espejo antes de volver al carril.

En segundos, pudieron ver la segunda propiedad y dos coches patrulla más estacionados afuera.

El viento azotó a Kay cuando salió del vehículo, y echó un vistazo al seto bajo frente a la propiedad que separaba el camino de un campo en barbecho.

Nubes grises se arremolinaban en el cielo, dando al paisaje una atmósfera opresiva.

Se estremeció al volverse hacia la casa, un brillante arbusto de acebo que se extendía por el frente del edificio en marcado contraste con el horror que sabía que encontraría dentro.

—¿Lista?

Las palabras de Sharp la sacaron de sus pensamientos.

—Sí. Echemos un vistazo.

Abrió la puerta trasera del coche y sacó dos juegos de trajes protectores, entregando uno a Sharp y luego poniéndose el suyo sobre su blusa y pantalones antes de atarse cubrezapatos de plástico sobre sus zapatos.

Mientras se enderezaba, el agente Norris se acercó con mirada preocupada.

—¿Inspector Sharp?

—Sí, y esta es la oficial Hunter, a quien creo que ya conoces. ¿Fuiste el primero en llegar a la escena?

—Tuve que derribar la puerta. El vecino de la calle no tenía llave y nadie respondió cuando llamamos —dijo Norris—. Dadas las circunstancias, tomé la decisión de que debíamos entrar lo más rápido posible. La escena del crimen ha sido preservada y he anotado todas las superficies que pude haber tocado. Se ha solicitado un patólogo y debería llegar pronto para declarar la muerte.

—De acuerdo —dijo Sharp—. ¿Entendemos que hay tres víctimas?

—Así es. Registramos el resto de la casa, así como un viejo cobertizo en la parte trasera, pero no hay más cuerpos. La propiedad tampoco tiene sótano.

—Bien. Guíanos.

Kay siguió a los dos hombres, preguntándose qué horrores les habrían dejado esta vez.

CAPÍTULO 31

Kay se vio inmediatamente golpeada por el hedor de la muerte. Comenzó a respirar superficialmente por la boca, tratando de evitar inhalar por la nariz el olor que inundaba la propiedad.

—Están por aquí. —Norris se acercó a una puerta y se colocó a un lado.

Kay observó mientras Sharp se paraba en el umbral de la habitación y miraba hacia adentro.

Después de un momento, se volvió hacia ella. —Llevan aquí un buen rato.

Kay tragó saliva y dio un paso adelante. —¿Cómo pudimos pasar esto por alto, jefe?

—Es astuto, Hunter, y tiene toda una red de personas trabajando para él y protegiéndolo.

Kay se cruzó de brazos y luego siguió a Sharp mientras comenzaba a rodear la habitación.

Vacía, excepto por tres sillas de madera dispuestas

para enfrentarse entre sí en el centro de la habitación, el espacio no reflejaba luz del exterior, la única ventana cubierta por cortinas de red y suciedad.

En cada una de las tres sillas, estaba sentada una mujer muerta.

A cada mujer le habían puesto una bolsa de plástico sobre la cabeza, los brazos atados detrás y las manos sujetas al respaldo de la silla.

Las moscas zumbaban en el aire, y Kay agitó la mano frente a su cara cuando uno de los insectos se acercó demasiado.

Su ceño se frunció mientras su mirada recorría el espacio en medio de las tres sillas.

Cada mujer había sido colocada de modo que pudiera ver a la víctima anterior, aumentando aún más el terror que debió haber soportado en sus últimos momentos.

Kay apartó la mirada cuando un gusano cayó al suelo desde el cuerpo de una de las víctimas, y luchó contra el impulso de huir.

—¿Cuánto tiempo crees que llevan aquí?

—Varias semanas, diría yo —dijo Sharp—. Excepto esta.

Se agachó al acercarse a la mujer que daba la espalda a la puerta, con la cabeza en un ángulo imposible respecto a su hombro. Su ceño se arrugó.

—¿Qué pasa? —Kay se acercó.

—Tendremos que hacer que Lucas lo confirme

durante la autopsia, pero no creo que haya muerto por asfixia… mira.

Kay contuvo la respiración y se inclinó más cerca de donde Sharp estaba en cuclillas, y miró hacia donde él señalaba.

Se podía ver un gran agujero en el plástico cerca de la boca de la mujer.

—¿Lo mordió?

—Eso creo, y pienso que alguien le rompió el cuello en su lugar.

Se enderezó y se sacudió el polvo imaginario de los pantalones.

Los ojos de Kay recorrieron los otros dos cuerpos.

Las bolsas de plástico habían protegido los rostros de las mujeres de ser devastados por la naturaleza, sus aterradores momentos finales encerrados para siempre en ojos lechosos.

—¿Crees que es Demiri?

En respuesta, Sharp señaló las tres marcas en el polvo en el suelo en medio de las sillas. —Esas parecen el tipo de marcas que dejaría un trípode de cámara. Así que sí, creo que él, o al menos alguien que trabaja para él, filmó los últimos momentos de estas mujeres. Lo sabremos con certeza una vez que Harriet y su equipo hayan pasado por aquí y Lucas haya hecho la autopsia, pero sería una coincidencia enorme si no fuera así, ¿no crees?

Kay murmuró una respuesta poco comprometida,

ansiosa por no inhalar aire fétido más de lo absolutamente necesario.

Sharp completó su recorrido por la habitación, pasó la mirada una vez más sobre las tres víctimas y luego hizo un gesto con la cabeza hacia la puerta.

—Vamos. No queremos contaminar esta escena más de lo necesario.

Se detuvo abruptamente en el pasillo cuando Lucas Anderson, patólogo forense del Ministerio del Interior, entró en la casa.

—Siento llegar tarde —dijo, con el rostro preocupado—. Tráfico en la M26.

Sharp se encogió de hombros. —No te llevará mucho tiempo declarar la muerte.

Pasó junto al patólogo y salió al jardín delantero de la casa.

Lucas levantó una ceja hacia Kay, y ella se encogió de hombros.

—Es un caso difícil —dijo ella—. Se lo está tomando personalmente.

El patólogo miró por encima de su hombro antes de volverse hacia ella. —Vigílalo, Hunter. He oído que ha estado bajo mucha presión últimamente.

Kay frunció el ceño, pero asintió mientras Lucas le daba una palmadita en el brazo y pasaba junto a ella, luego se apresuró a seguir a su inspector.

Lo encontró al otro lado del camino cuando se había quitado el traje de protección y lo había tirado en el contenedor que el equipo forense había instalado a su llegada.

Estaba de pie con las manos metidas en los bolsillos, mirando hacia la casa.

—Me parece que Demiri se está volviendo descuidado en su pánico por abandonar la zona —dijo cuando ella se acercó.

—No creo que sea tan simple, jefe. —Se estremeció mientras seguía su mirada y observaba cómo el equipo forense se detenía en el umbral para hablar con Lucas—. Para mí, es casi como si estuviera dejando un rastro de migas de pan.

CAPÍTULO 32

Una atmósfera apagada envolvía la reunión informativa de la tarde, ya que las noticias sobre el horroroso descubrimiento en la granja abandonada habían llegado al equipo de investigación antes de que Kay y Sharp regresaran.

Harrison asomó la cabeza desde la oficina de Sharp, su actitud eficiente en cuanto los vio.

—Bien, reunamos a las tropas. —Desapareció de nuevo en la habitación, el sonido de una puerta de archivador cerrándose de golpe llenó el vacío.

Sharp hizo una mueca.

—¿Todo bien, jefe?

—Ni siquiera estuvo en el maldito ejército —murmuró, y se dirigió furioso hacia la puerta abierta de su oficina.

Kay se encogió de hombros y cruzó la habitación hacia el dispensador de agua, tragando su bebida en tres grandes sorbos antes de dirigirse a su escritorio y dejar caer su bolso al suelo.

—Tienes cara de pocos amigos —dijo Barnes desde el escritorio frente al suyo.

Ella miró por encima del hombro para asegurarse de que sus superiores estuvieran fuera del alcance del oído, luego volvió a mirar a Barnes.

—Algo le pasa a Sharp —dijo—. Nunca lo había visto así. Incluso Lucas dijo que había notado que parecía estar bajo presión últimamente.

—Nos afecta a todos en algún momento.

—Tal vez.

—¿Crees que quizás se siente un poco amenazado por Harrison compartiendo la investigación?

—Sí. Podría ser. —Señaló con la barbilla hacia la oficina—. ¿Qué ha estado haciendo mientras estábamos fuera?

Barnes sonrió. —Llegó hace apenas una hora, algún tipo de reunión en la jefatura. Mucha charla motivacional sobre el trabajo en equipo cuando regresó. Pura palabrería, por supuesto. Creo que ha estado revisando los archivos para ver si hay alguno fácil de resolver para hacer quedar mal a Sharp.

—Cabrón. Sabía que no se podía confiar en él.

Interrumpieron su conversación al escuchar un silbido bajo desde la dirección de la pizarra.

Sharp estaba de pie junto a Harrison, con los ojos ardiendo.

—¿Podemos comenzar esta reunión, señoras y señores? Tenemos mucho que revisar.

El equipo se apresuró hacia el extremo más alejado de la sala de incidentes, agarrando sillas o acomodándose en los bordes de los escritorios antes de sacar sus cuadernos. Finalmente, el ruido se apagó.

—Debbie, ¿cómo te fue averiguando quién es el dueño de la propiedad?

—Los últimos inquilinos que el ayuntamiento tiene registrados se fueron hace dieciocho meses, jefe. Desde entonces, han enviado trabajadores para revisar el edificio: fugas de agua, seguridad, ese tipo de cosas. Aparentemente, eso no ha sucedido durante unos seis meses, por falta de recursos, me dijeron.

—¿Te dieron una nota de la última persona que visitó el lugar?

—Sí, y un número de móvil. Paul Robinson. Ha aceptado ser entrevistado a las tres en punto, cuando termine su turno.

Sharp miró su reloj. —En media hora. Buen trabajo, Debbie. ¿Algo más?

—No ha habido informes al ayuntamiento sobre llaves robadas o problemas desde que se fueron los últimos inquilinos. La propiedad simplemente fue abandonada. Estoy esperando que el ayuntamiento me envíe los detalles de los últimos inquilinos, y le daré seguimiento a eso.

—De acuerdo. Piper, Miles, me gustaría que hicieran la entrevista con Robinson. Si no ha estado allí en seis meses, no espero mucho, pero averigüen si notó algo sospechoso.

—Jefe —dijo Carys. Su bolígrafo se cernía sobre su cuaderno—. ¿Cree que podría haber vuelto en el ínterin, ya sabe, por curiosidad?

—Gran idea —dijo O'Reilly—. Brillante, definitivamente vale la pena preguntar, Miles. Podría ser un sospechoso.

—Haremos de ti una detective de UCGO, Carys —dijo Harrison.

Sharp se aclaró la garganta antes de consultar las notas en su mano. —Bien, desde que Hunter y yo regresamos, Harriet ha llamado con sus hallazgos preliminares. Como sospechábamos, dos de las víctimas habían estado allí por lo menos un mes, dado el estado de descomposición. La tercera víctima podría haber estado allí solo un par de semanas; Lucas lo confirmará en su momento. Es notable que la tercera víctima logró morder el plástico, por lo que no murió por asfixia. En su lugar, le rompieron el cuello. Hunter, los de la Unidad de Investigación de la Escena del Crimen también han confirmado que las marcas que vimos en el suelo se asemejan a las de un trípode de cámara, así que podemos asumir que la muerte de cada víctima fue filmada.

—Si a la tercera víctima le rompieron el cuello, entonces su asesino debe haber estado en cámara —dijo Kay.

Un silencio conmocionado llenó la sala.

—Si podemos localizar la película, entonces podríamos ser capaces de identificar a su asesino —dijo Harrison—. Aunque me sorprendería si no tuviera la cara cubierta.

—Vale la pena investigarlo, buen punto, Hunter —dijo Sharp.

Frunció el ceño cuando el teléfono en su oficina comenzó a sonar y señaló a Debbie. —West, atiende eso y si no es urgente, anota un número y devuelve la llamada.

—Sí, jefe.

Dirigió su atención a las tres fotografías ahora fijadas en la pizarra, sus sombrías representaciones de las tres víctimas demasiado claras. —Tan pronto como Harriet y su equipo tengan las huellas dactilares y cualquier otra información disponible sobre estas tres mujeres, quiero que sean identificadas.

—¿Y si son inmigrantes ilegales? —dijo Barnes, expresando las propias preocupaciones de Kay.

Sharp suspiró y se pasó una mano por el pelo. —Haremos lo mejor que podamos por ellas, ¿está claro?

—Sí, jefe —murmuró el equipo al unísono.

—¿Inspector?

Todas las miradas se dirigieron a Debbie cuando salió de la oficina de Sharp, con los ojos muy abiertos.

—¿Qué pasa, West?

—Era el director Bagley de la prisión —dijo Debbie—. Bob Rogers ha sido atacado.

CAPÍTULO 33

Kay se echó la chaqueta sobre los hombros y se apresuró a seguir a Sharp, ignorando la mirada fulminante de Harrison mientras los veía marcharse.

No tenía ni idea de por qué él y Sharp parecían estar enfrentados últimamente, pero parecía derivar de la reunión que dijo que había tenido en la jefatura.

Si era sincera, no le importaba. Lo único que le importaba era asegurarse de que arrestaran a Demiri lo antes posible. No tenía tiempo para la política que rodeaba el caso.

Sharp bajó las escaleras pisando fuerte delante de ella, sin esperar a ver si lo seguía. Ella cruzó la mirada con un sargento uniformado cuando Sharp pasó como una tromba, y este arqueó una ceja.

Ella negó con la cabeza.

No era momento para el humor, ni para explicaciones.

En su lugar, se apresuró a alcanzar al inspector, extendiendo la mano para evitar que la puerta trasera de la comisaría se le cerrara en la cara. Para cuando salió del edificio, él ya estaba arrancando el coche, con su mal humor grabado en el rostro.

Se subió al asiento del copiloto y se abrochó el cinturón mientras él aceleraba para salir del aparcamiento.

La prisión estaba solo a una milla más o menos de la comisaría en línea recta, pero gracias a la ingeniería civil de los años 60, tenían que viajar por una ruta enrevesada alrededor de la circunvalación para llegar allí.

Con más de doscientos años de antigüedad, la prisión albergaba alrededor de seiscientos reclusos, muchos de los cuales eran delincuentes sexuales. Un muro de ladrillos de piedra arenisca de Kent de color oscuro rodeaba los edificios de la prisión, ocultándolos de la vista pública.

A pesar de los numerosos premios que los reclusos habían ganado por sus esfuerzos en jardinería, Kay se sentía repelida por la indebida atención que esto le daba a la prisión. En lo que a ella concernía, estaban allí como castigo, y no para recreación, y no creía que ninguno de ellos pudiera ser rehabilitado para reintegrarse en la sociedad.

Reprimió sus pensamientos cuando el coche se detuvo en la garita, y revisó las notas que había impreso cuando sugirió por primera vez que hablaran con Bob Rogers.

La prisión comprendía cuatro edificios residenciales para reclusos, sin embargo, por su propia seguridad, Bob Rogers había sido enviado a la unidad de aislamiento.

Kay resopló ante la ironía.

—¿Dijiste algo?

—No, jefe. Solo estoy leyendo las notas.

Sharp gruñó una respuesta y bajó la ventanilla cuando un guardia se acercó.

—Tendrá que mover su coche.

—¿Qué?

El guardia señaló con el pulgar por encima de su hombro. —Una ambulancia está por salir. Están bloqueando el paso.

Sharp maldijo entre dientes, puso el coche en marcha atrás y pasó el brazo por encima del asiento de Kay mientras maniobraba el vehículo de vuelta a la estrecha calle que corría en línea paralela a los muros de la prisión. Casas adosadas daban frente a la prisión, y coches aparcados bordeaban la calle.

—No veo una mierda —murmuró mientras estiraba el cuello.

Kay se giró en su asiento. —Despejado.

Sharp metió el coche en la calle marcha atrás, y luego se quedó sentado, furioso en silencio, mientras tamborileaba con los dedos en el volante.

Kay se enderezó cuando una ambulancia salió

disparada por las puertas y se alejó a toda velocidad por la calle más allá de su posición, con la sirena aullando y las luces encendidas.

—Eso no pinta bien —dijo.

Sharp metió la primera marcha. —Yo también tengo un mal presentimiento sobre esto.

Una vez cruzadas las puertas, con el guardia ya tranquilo de que la ambulancia había podido salir rápidamente, Sharp metió el coche en un espacio y se dirigieron a la entrada de la prisión.

Un pequeño grupo se había reunido en el siguiente juego de puertas, y Kay reconoció entre ellos a un hombre de mediana edad como el director.

No parecía estar teniendo un buen día.

Levantó la vista del hombre con quien había estado conversando profundamente (un guardia con sangre en la parte delantera de su camisa) y les hizo señas para que se acercaran.

—Ve a limpiarte, Perkins. Por cierto, buen trabajo. Hiciste todo lo que pudiste.

Kay vio al guardia de la prisión desaparecer en un edificio a la izquierda, luego volvió su atención al director.

—Señor Bagley —dijo, estrechándole la mano después de Sharp.

—Detectives. —Se pasó la mano por la corbata y la alisó, un movimiento casi inconsciente mientras sus ojos recorrían el patio.

—¿Qué ha pasado? —dijo Sharp.

—Rogers fue atacado por un hombre armado con un destornillador. Heridas de arma blanca en el pecho y el abdomen. —Señaló con el pulgar por encima de su hombro—. Perkins fue el primero en llegar a la escena con un colega suyo. Inmovilizaron al atacante, y luego Perkins hizo lo posible por estabilizar a Rogers mientras esperábamos la ambulancia.

—¿Qué tan grave es?

Los ojos del director se veían preocupados. —Grave, me temo. La ambulancia tardó más de veinte minutos en llegar, ya saben, por el tráfico escolar. Para cuando llegaron, Rogers ya había perdido mucha sangre.

—¿Qué hay de su atacante? —dijo Kay.

El hombre negó con la cabeza. —Se niega a hablar. Habrá una investigación completa, obviamente.

Sharp frunció los labios. —Es una lástima que no pudiéramos conseguir una cita para hablar con él antes.

Bagley frunció el ceño. —Inspector, la prioridad de mi equipo es el bienestar de nuestros prisioneros. No podemos alterar toda la rutina de la prisión simplemente porque ustedes decidan que quieren hablar con uno de ellos. Hay que hacer arreglos, y se debe informar al prisionero de sus deseos.

Sharp levantó las manos. —Lo siento. Es frustrante, eso es todo.

Bagley asintió. —Entendido.

—¿Quién más sabía que planeábamos hablar con Rogers? —dijo Kay.

—Yo mismo y media docena de miembros del personal —dijo Bagley—. Además de Rogers, por supuesto, y a quien él haya podido contárselo.

Kay bajó la mirada cuando su bolso comenzó a vibrar, un momento antes de que su móvil empezara a sonar.

—Disculpen —dijo ella—. Tengo que atender esta llamada.

Se alejó unos pasos de Sharp y Bagley, luego contestó. —¿Qué pasa, Barnes?

—Acabamos de recibir una llamada del hospital —dijo el detective mayor, con voz resignada—. Bob Rogers no lo logró. Muerto al llegar.

—Mierda —murmuró Kay, y luego—: Gracias.

Al terminar la llamada, regresó hacia los dos hombres y les transmitió la noticia.

—No puedo decir que me sorprenda —dijo Bagley—. No estaba en buenas condiciones cuando salió de aquí.

Sharp suspiró y extendió su mano hacia el director. —Háganos saber lo que logre averiguar. Me mantendré en contacto y si nuestra investigación arroja luz sobre por qué sucedió esto, se lo haré saber.

—Igualmente —dijo Bagley.

Kay siguió a Sharp de vuelta al coche, ambos perdidos en sus pensamientos hasta que llegaron al vehículo.

—Demiri se enteró, ¿verdad? —dijo ella.

—O se nos adelantó.

—¿Crees que está limpiando cabos sueltos?

Sharp colocó sus manos sobre el techo del coche y giró la cabeza hacia la entrada de la prisión detrás de ellos. —Eso es lo que me preocupa, Hunter. ¿Y si toma a toda esta gente y huye? ¿Y si se establece en otro lugar? Habremos perdido toda ventaja que teníamos.

Kay hizo una mueca. No lo dijo en voz alta, pero en ese momento no podía recordar ni una sola ventaja que hubieran tenido en primer lugar.

CAPÍTULO 34

Kay ajustó el volumen de sus auriculares antes de presionar el botón de "reproducir" en el video una vez más.

En la pantalla de su ordenador se reproducía el video grabado de Paul Robinson, el último trabajador del ayuntamiento en visitar la pequeña granja en Thurnham; Gavin y Carys estaban sentados frente al hombre en una sala de interrogatorios mientras él les contaba sobre su última visita.

—No fue nada, en realidad —dijo, su voz sonando débil a través del equipo de grabación—. Uno de los propietarios más arriba en el camino se quejó por la cantidad de bolsas de basura dejadas fuera de la propiedad… preocupada por las ratas, dijo.

—¿Qué pasó cuando llegaste allí? —preguntó Carys.

—No había nadie, así que hice los arreglos para

que recogieran las bolsas en la próxima recolección de basura el lunes siguiente, y emití un aviso al inquilino para que se asegurara de mantener el lugar ordenado y libre de alimañas.

—¿No es inusual tener propiedades como esta en sus registros?

El hombre se encogió de hombros. —No realmente. Algunos de los edificios como este solían pertenecer a diferentes departamentos por diversas razones a lo largo de los años. Esa casa, por ejemplo, solía pertenecer al departamento de medio ambiente. A medida que el ayuntamiento ha tenido que reducir sus presupuestos en diferentes áreas a lo largo de los años, los edificios se han alquilado. Genera ingresos, ¿sabe?

—¿Qué hay de las referencias de los inquilinos de esta en particular, o direcciones de reenvío? —preguntó Gavin.

Robinson se reclinó en su silla y levantó las manos. —Por alguna razón, el último registro que tenemos de ese lugar es de una mujer mayor llamada señora Boyston. Hice algunas comprobaciones antes de venir aquí. Parece que, eh, ella falleció hace catorce meses.

—¿Hace catorce meses? —dijo Carys.

—Estamos con poco personal, como dije. Recortes presupuestarios. Mire, el alquiler se siguió pagando a tiempo, así que el ayuntamiento no tenía motivos para cuestionar el arrendamiento.

—Pero seguramente les habrían enviado el certificado de defunción, ¿no?

—Parece que se ha extraviado.

Kay gimió y se quitó los auriculares, luego extendió la mano y detuvo la grabación.

Cerró sesión en el sistema, apagó su ordenador y se colgó el bolso al hombro.

La sala de incidencias se había vaciado hace media hora, un aire sombrío flotaba entre el equipo mientras les llegaba la noticia de la muerte de Bob Rogers.

A pesar de la tentación de comprar comida para llevar de camino a casa por conveniencia, cambió de opinión cuando se dio cuenta de que los conejillos de indias habían estado comiendo una dieta más saludable que ella en ausencia de Adam de la casa.

Veinte minutos después, entró en su camino de entrada, decidida a usar la bolsa de ensalada en el refrigerador antes de que comenzara a brotar una especie completamente nueva, y se consoló con el hecho de que al menos le quedaban dos copas de borgoña blanco en una botella para acompañarla.

Después de alimentar a Bonnie y Clyde y luego a sí misma, se sentó en la encimera de la cocina, con una carpeta de manila abierta a su lado llena de sus propias notas sobre la investigación mientras dibujaba una serie de círculos enlazados, todos conectados a un nombre.

Jozef Demiri.

Dejó caer el bolígrafo y tomó un sorbo de vino. Todo apuntaba a que Demiri se retiraba de sus empresas comerciales, quizás incluso de la costa sur de Inglaterra, y simplemente no podía permitirse dejarlo escapar.

Sus pensamientos volvieron a Harrison y O'Reilly.

¿Le daría Harrison la oportunidad de ser ella quien arrestara a Demiri cuando llegara el momento, o aprovecharía la oportunidad para sí mismo? ¿Se aseguraría de que O'Reilly fuera quien lo acompañara en lugar de permitir que alguien del equipo de Sharp se llevara el crédito?

Dejó su copa de vino, decidida a que, pasara lo que pasara políticamente entre sus dos oficiales superiores, ella estaría presente para ver la cara del traficante de personas albanés cuando fuera acusado del asesinato de Katya y las otras víctimas.

Su móvil vibró en la encimera un segundo antes de que comenzara a sonar, y ella lo alcanzó, reconociendo el número de teléfono de su hermana.

—Hola, Abby.

—Espera un momento.

Kay puso los ojos en blanco mientras su hermana intentaba cubrir el teléfono antes de que su voz amortiguada llegara a sus oídos, regañando a la mayor de sus dos niñas pequeños y luego regresando, sin aliento.

—Honestamente, esas dos. Juro que voy a poner

un temporizador cuando estén jugando para que compartan los juguetes de manera justa.

—¿Como lo hacía mamá con nosotras, quieres decir?

—Funcionó, ¿no?

Ambas se rieron ante el recuerdo.

—No había tenido noticias tuyas en un tiempo. ¿Todo bien? —dijo Abby.

Después de meses de silencio, Kay finalmente había confiado a su familia sobre el aborto involuntario desencadenado por la investigación de Estándares Profesionales a la que había sido sometida.

Sus colegas de trabajo se habían enterado por accidente; un rumor se había extendido por la comisaría gracias a una serie de dispositivos de escucha colocados en su casa. Kay sospechaba que Jozef Demiri (o al menos uno de sus lacayos) era el responsable de la obra y del posterior soplo para intentar fracturar el equipo a su alrededor, pero aún no tenía pruebas y, en lugar de que se enteraran por otros medios como sus colegas, había tomado la decisión de contárselo a su familia una tarde de verano en que ella y Adam habían estado en casa de sus padres para una barbacoa.

No había sido bien recibido.

—¿Estás ahí?

—Lo siento. —Kay tomó otro sorbo de vino—. Estoy bien. Ocupada en el trabajo, como siempre.

Adam está en Aberdeen en una conferencia toda la semana. ¿Cómo van las cosas contigo?

Sonrió mientras su hermana continuaba hablando sobre las travesuras de Emily en su grupo de juego diario, y luego se desconectó cuando el tema cambió a la bebé, Charlotte, y los peligros del entrenamiento para ir al baño.

—¿No vas a preguntar cómo está mamá?

—¿Ella preguntó por mí?

La madre de Kay se había enfurecido cuando finalmente le contaron sobre el aborto involuntario de Kay, tanto por haberle ocultado la noticia como porque ella tomara su carrera tan en serio que había puesto en peligro la vida de su nieta.

Conmocionada por el egoísmo de su madre, y decepcionada consigo misma por no haberse dado cuenta de que la reacción de su madre era predecible dado su previo desinterés por cualquier cosa que Kay hiciera con su vida, Kay había salido furiosa de la casa, dejando a Adam para que se disculpara por su partida mientras ella echaba humo en el coche.

Su padre había quedado destrozado.

Él la había llamado el martes siguiente por la mañana, su hora habitual para charlar mientras su madre estaba fuera de casa, y ambos habían terminado la llamada entre lágrimas.

No había hablado con su madre desde la barbacoa.

—No, no preguntó por ti.

Kay suspiró.

—Siento que te hayas visto envuelta en esto. No era mi intención que sucediera.

Casi podía oír el encogimiento de hombros al otro lado del teléfono.

—No pasa nada. Ya entrará en razón.

—Eventualmente.

Ambas dijeron la palabra al mismo tiempo, y Abby logró soltar una pequeña risa.

—Tengo que irme, hermana. Mañana es un gran día —dijo Kay.

—Vale. Te quiero.

—Yo también te quiero.

Kay terminó la llamada, deslizó el teléfono por la encimera y tomó la fotografía que mostraba a su presa saliendo de sus oficinas hacía unos seis meses.

—Preferiría enfrentarme a *ti* cualquier día antes que a mi familia, Demiri.

CAPÍTULO 35

—Silencio.

Harrison se dirigió con paso firme al frente de la sala de incidentes y caminó de un lado a otro frente a la pizarra mientras Kay y sus colegas dejaban de hablar y se volvían hacia el inspector jefe.

Sharp se apoyó contra un escritorio a un lado de la sala, sus ojos recorriendo a los oficiales uniformados y detectives reunidos mientras buscaban asientos o algún otro lugar donde acomodarse, y un silencio descendió, salvo por el rasgueo de los bolígrafos sobre el papel.

—Bien. Primero que nada, gracias a todos por el comienzo temprano. Aprecio que no sea divertido estar en el trabajo al despuntar el alba, pero estoy seguro de que comprenden la importancia de atacar a Demiri ahora.

Harrison levantó dos documentos en su mano

derecha. —Estas son las órdenes que estábamos buscando para registrar tanto sus oficinas en Ashford como su casa. Debbie, querida, ¿puedes atenuar las luces?

Kay captó la expresión de Gavin ante el término cariñoso y le hizo un leve gesto negativo con la cabeza.

Las técnicas de gestión de Harrison pertenecían a la Edad Media, pero ahora no era el momento de debatirlo.

Mientras se volvía, vio a O'Reilly inclinarse desde su posición en la esquina del escritorio de Carys y susurrarle algo a la agente de policía. Carys se cubrió la boca con la mano y respondió, sin apartar nunca los ojos de Harrison, pero Kay vio el guiño que O'Reilly le dio antes de volver su atención al frente de la sala.

—A este paso, perderemos aún más gente con la UCGO —refunfuñó en voz baja—. Incluyendo al club de fans de Jake O'Reilly.

—¿Qué has dicho? —susurró Gavin a su lado.

—Nada.

—Bien. —La voz de Harrison cortó a través de la sala, y señaló la imagen en la pizarra—. Planos de las oficinas de Demiri.

Kay dirigió su atención al inspector jefe mientras este elogiaba los intentos de Carys de obtener copias del diseño del edificio del departamento de planificación del ayuntamiento, y se preguntó por qué no había buscado ayuda de sus colegas en Ashford.

Mordisqueó el extremo de su bolígrafo mientras escuchaba, y luego se dio cuenta de que Harrison estaba tan decidido a que Demiri fuera arrestado por su equipo de investigación, que probablemente estaba dejando a tantas personas fuera del círculo como fuera posible para proteger su posición.

Le preocupaba, y a pesar de sus afirmaciones durante la sesión informativa de que contarían con el apoyo de un contingente local uniformado al realizar la redada, se preguntó cuáles podrían ser las ramificaciones cuando los detectives de allí se enteraran de que habían sido ignorados.

Se hizo una nota mientras la imagen parpadeaba y aparecía una nueva, una fotografía aérea de una gran casa extensa rodeada de bosque.

Harrison sonrió, su rostro iluminado en una máscara grotesca por la luz del proyector.

—No hemos tenido tanta suerte con la casa de Demiri —dijo—. Para aquellos que se unen a nosotros hoy y no están al tanto, esta propiedad está en las afueras de Pluckley.

Pulsó el interruptor y apareció otra imagen. —Esta fotografía fue tomada esta mañana por oficiales de la UCGO que vigilaban la propiedad a cierta distancia. Pueden ver aquí que parece haber tres entradas: la puerta principal, la puerta trasera junto a lo que creemos que es una cocina, y estas puertas dobles que dan al patio pavimentado que conduce al jardín. Quiero oficiales en todas las entradas antes de que entremos. Actualmente, la inteligencia de informes previos de Gareth Jenkins sugiere que Demiri tiene al menos cuatro empleados internos y un número de personas que visitan su casa día a día, así que necesitamos asegurarnos de retener a cualquiera que intente irse apresuradamente. ¿Quieres poner al día a tu equipo, Sharp?

El inspector asintió y se dirigió al frente de la sala. —Quiero dos equipos acompañando a los uniformados, así que Piper y Miles, vosotros lideraréis el registro de las oficinas de Demiri. Barnes, te quiero en la casa. De esa manera, podemos tener una sesión informativa de alto nivel en el momento en que regresen aquí en lugar de esperar a que los informes se actualicen en el sistema.

Levantó la mano pidiendo silencio cuando un murmullo recorrió la sala, la impaciencia del equipo era palpable. —No necesito deciros cuán peligrosos son Demiri y sus hombres, o cuán importantes son estos registros para nuestra investigación, así que cuidaos mutuamente y haced el trabajo correctamente.

Le devolvió la reunión a Harrison, quien concluyó haciendo eco de la orden de moderación de Sharp antes de despedir al equipo.

Kay se volvió al oír la voz de O'Reilly cuando pasaba por su escritorio.

—¿Miles? Ten cuidado, ¿eh?

Los ojos de Carys se abrieron de par en par ante

las palabras de O'Reilly, pero asintió. —Por supuesto, oficial. Siempre.

—Obviamente no ha oído hablar de cuando te enfrentaste a un tren en movimiento —murmuró Gavin mientras la seguía fuera de la sala.

Kay podía oírlos todavía discutiendo mientras la puerta se cerraba detrás de ellos, y sonrió para sí misma.

Al menos se podía confiar en que Gavin mantendría la mente de Carys en el trabajo y no en el oficial durante la redada.

—¿O'Reilly?

—¿Jefe?

—Una palabra en la oficina de Sharp. Tengo una tarea especial para ti. —Harrison sonrió ampliamente y señaló hacia la puerta abierta.

Kay permaneció en su asiento mientras las luces del techo volvían a la vida, y miró fijamente la imagen que se desvanecía de la casa mientras apagaban el proyector.

¿Por qué no había sido incluida en uno de los equipos de búsqueda?

CAPÍTULO 36

Kay se frotó el ojo y aguzó el oído para escuchar las órdenes que se ladraban rápidamente por la radio.

Debbie dejó una taza de té frente a ella y luego se quedó de pie al final del escritorio.

—¿Ya ha empezado?

—No. Están esperando la orden para entrar.

—Apuesto a que desearías estar allí —dijo Debbie, antes de volver a su lado de la sala de incidentes.

Los pensamientos de Kay se dirigieron al sótano que habían descubierto debajo del club nocturno de Demiri, y se estremeció. No dijo nada y, en cambio, se inclinó sobre la pila de papeles frente a ella y subió el volumen de la radio.

La puerta de la oficina de Sharp se abrió de golpe y apareció Harrison, todo su cuerpo exudando tensión.

—¿Están listos?

—Sí, jefe. Esperando su orden —dijo Kay, y le entregó la radio—. La central también está lista. Tienen coches patrulla preparados para bloquear el acceso de entrada y salida a la calle del parque industrial donde están las oficinas de Demiri, así como la calle frente a su casa.

—Bien. —Harrison miró por encima del hombro mientras Sharp se dirigía hacia ellos, con la corbata torcida.

Kay frunció el ceño y luego se dio la vuelta.

Su rostro parecía furioso, y nunca lo había visto con una corbata que no estuviera anudada y perfectamente recta.

Se preguntó qué le habría dicho Harrison a puerta cerrada que lo tenía tan alterado, pero apartó ese pensamiento cuando Harrison levantó la radio.

—A todos los equipos, habla el inspector jefe Harrison. Tienen luz verde para la Operación Éxodo. Repito, la Operación Éxodo tiene luz verde.

Kay gimió internamente ante el nombre en clave que se había designado aleatoriamente para la operación de búsqueda, y cruzó los dedos con la esperanza de que no fuera un mal presagio.

Harrison dejó la radio en el escritorio frente a Kay y se volvió hacia Sharp.

—Esperemos que tu equipo se desempeñe bien. No podemos permitir que retrasen a la UCGO, después de todo.

Un músculo se tensó en la mandíbula de Sharp. —Todos son buenos oficiales, Simon, y más que capaces de realizar el trabajo en cuestión. Igual que cuando allanamos el club nocturno.

Harrison resopló. —Ya veremos. ¿Qué opinas, Hunter? ¿Crees que finalmente atraparemos a Demiri después de todo este tiempo?

—Eso espero, jefe.

—Es una lástima que tuviéramos que mantenerte aquí, en realidad —dijo—. No me habría importado ver la cara de Demiri cuando aparecieras en su casa.

Los ojos de Kay se dirigieron nuevamente hacia Sharp.

El inspector estaba de pie con las manos en los bolsillos, contemplando la alfombra.

—No hay problema, jefe —le dijo a Harrison, inyectando más calidez en sus palabras de la que sentía—. Al menos podremos filtrar toda la información a medida que llegue y desarrollar un enfoque estratégico para interrogarlo mientras continúan las búsquedas.

Harrison sonrió radiante. —Tienes toda la razón, Hunter. Un pensamiento encomiable.

Dirigió su atención a un policía uniformado que se acercó a ellos y estampó su firma en una serie de formularios antes de despedir al hombre, y luego se dirigió a la pizarra y se paró frente a ella, con las manos en las caderas, aparentemente perdido en sus pensamientos.

Sharp se dejó caer en la silla junto a la de ella y se inclinó hacia adelante, con los codos sobre las rodillas mientras escuchaban la charla por la radio.

Ambas búsquedas estaban siendo coordinadas a través del equipo de comunicaciones en la central donde, para su evidente disgusto, el agente O'Reilly había sido enviado por Harrison para monitorear el progreso y proporcionarle acceso inmediato al coordinador del equipo si necesitaba enviar un mensaje urgente.

—Debería estar en el campo —se había quejado a Kay al salir por la puerta.

Kay había sonreído dulcemente, pero había tenido el buen sentido de quedarse callada.

—Las cámaras de los chalecos de Piper y Miles están en vivo —dijo Debbie desde su escritorio—. Les he enviado un enlace a la transmisión por correo electrónico.

Kay abrió sus correos electrónicos e hizo clic en el enlace, y tomó un sorbo de té mientras la pantalla se cargaba.

—Por fin —murmuró Sharp cuando las imágenes cobraron vida.

La grabación de video en vivo de la cámara de Gavin tenía sonido, pero Kay lo bajó en favor de escuchar el comentario de O'Reilly por la radio.

El equipo uno era responsable de la redada en las oficinas de Demiri, mientras que al segundo equipo se le había asignado su casa.

Cronometrados con precisión, ambos equipos convergieron en cada una de las propiedades con segundos de diferencia.

Kay observó cómo la cámara de Gavin captaba al equipo de respuesta táctica revoloteando en los márgenes de los vehículos de respuesta reunidos, antes de que se acercara a las puertas delanteras de la unidad industrial.

Inhaló bruscamente cuando él puso su mano en la puerta principal y esta se abrió hacia adentro.

—¿Sin llave?

—No es una buena señal —dijo Sharp.

Harrison se apartó de la pizarra. —¿Qué pasa?

Sharp señaló la transmisión de video. —Cuando entrevistamos a Demiri en sus oficinas, las puertas estaban cerradas y tuvimos que esperar a que nos dejaran entrar. Había una cámara de video sobre la puerta y un sistema de intercomunicación.

Harrison se frotó la barbilla. —Probablemente nos está esperando y no se molestó con la farsa de seguridad.

Kay captó la mirada que Sharp le lanzó a Harrison y levantó una ceja, pero su inspector negó ligeramente con la cabeza y volvió su atención a la pantalla.

La imagen en blanco y negro se tambaleó ligeramente cuando Gavin pasó por la puerta y la mantuvo abierta para Carys. Kay captó un destello del rostro de Carys, la expresión de la mujer determinada, y luego el ángulo volvió al área de recepción en la que ella y Sharp habían entrado solo días antes.

Frunció el ceño. —¿Jefe? ¿Dónde está el mostrador de recepción?

Sharp negó con la cabeza, sus ojos sin apartarse de las imágenes en la pantalla.

En la radio, la voz de Gavin resonó, confirmando sus temores.

—Parece que el lugar ha sido abandonado.

Harrison arrebató la radio del escritorio. —Piper, revisa la sala de conferencias a la izquierda.

Kay contuvo la respiración mientras la cámara de Gavin giraba y luego comenzaba a moverse hacia la gran sala de reuniones a la que Demiri los había llevado a ella y a Sharp.

La puerta se abrió de golpe, revelando un gran espacio vacío donde antes estaba la mesa de conferencias, y un rectángulo más oscuro contra la pared del fondo donde alguna vez había colgado el gran televisor de pantalla plana.

Harrison maldijo por lo bajo, luego sacó su teléfono móvil del bolsillo. —¿O'Reilly? Las oficinas de Demiri están vacías. ¿Cuál es el estado del equipo en la casa?

Kay observó cómo el rostro del inspector jefe se enrojecía, sus ojos ardiendo ante la imagen en la pantalla frente a él, antes de terminar la llamada.

—Barnes ha confirmado que la casa de Demiri también ha sido abandonada —dijo, con la voz peligrosamente baja. Tomó la radio una vez más—. Piper, despeje el edificio. Asegúrelo para el equipo forense de inmediato.

—Entendido, jefe.

—Ha cerrado todas sus operaciones, ¿verdad? —dijo Kay—. Está huyendo.

A su lado, Sharp se desplomó en su silla y se pasó una mano por la cara.

Harrison le entregó la radio a Kay, se alejó furioso de su escritorio, luego entró a zancadas en la oficina de Sharp y cerró la puerta de un golpe con suficiente fuerza como para hacer temblar las ventanas.

CAPÍTULO 37

Jozef Demiri estaba de espaldas a la habitación, con la mirada recorriendo el paisaje frente a él.

Una sonrisa se dibujó en la comisura de su boca, pero sabía que no podía relajarse.

Todavía no.

Sin embargo, era demasiado fácil imaginar la reacción de la policía cuando descubrieran que los había burlado, y deseaba poder ver sus caras al encontrar sus oficinas y su casa vacías y sin ninguna evidencia.

Tiró de un hilo suelto del jersey de lana que llevaba sobre una camiseta de manga larga y vaqueros, ropa común que no había usado en años en favor de sus trajes de diseñador. Su huida de la casa se había ejecutado en un momento de pánico al darse cuenta de lo rápido que avanzaba la investigación policial.

Había querido esperar, quería provocar un poco más a la detective Hunter y sus colegas, pero Oliver Tavender había insistido.

La recepción segura del cargamento era más importante, después de todo.

El hombre tenía razón, por supuesto. Ya se había invertido mucho dinero, y tenía que responder ante cuatro accionistas extremadamente poderosos si la mercancía no llegaba según lo programado.

Hombres cuyo alcance se extendía mucho más allá de las fronteras del condado del sur.

Hombres que podían acabar con su vida en cualquier momento.

Oliver Tavender había trabajado incansablemente durante los últimos tres días para asegurarse de que se borraran todas las huellas de la vida de su jefe, y Demiri admitió a regañadientes que el hombre no era prescindible.

Le preocupaba tener que depender tanto de una sola persona, pero no tenía otra opción. No si quería sobrevivir.

Sabía que cuando llegara el momento sacrificaría a Tavender para asegurar su propia libertad, y le inquietaba que el hombre probablemente lo supiera.

No tenía a nadie en quien confiar, y todo era culpa de la detective Hunter.

Apretó el puño, resistiendo el impulso de abandonar la seguridad del edificio y salir a cazarla.

Ella vendría a él, lo sabía.

No podría resistirse.

Bajó la mirada hacia la carretera al notar un movimiento a su derecha, pero solo era el pequeño hatchback plateado que pertenecía a una anciana que vivía a medio kilómetro de distancia. Miró su reloj, notando que su partida encajaba con el horario exacto que se había observado cada semana durante los últimos tres meses, y dejó que sus hombros se relajaran.

Se apartó de la ventana y se dirigió a un sillón apolillado, hundiéndose en los suaves cojines antes de estirarse hacia una pequeña mesa lateral y coger la gran taza de sopa que su anfitrión le había traído minutos antes.

Tavender estaba fuera, realizando un último recado a última hora de la tarde que borraría la última pieza del rompecabezas para la detective Hunter y aseguraría que Demiri pudiera dejar atrás su legado y empezar de nuevo.

Pasó la mirada por el nuevo pasaporte que yacía sobre la mesa, su rico color borgoña grabado con los símbolos de la Unión Europea. Se consoló con el hecho de que aún podía escapar con facilidad y viajar a cualquier parte del continente, y había pasado los últimos tres días contemplando dónde establecer mejor sus nuevas operaciones.

Llevaría tiempo y dinero, pero tenía ambos.

Era el efecto que huir tendría en su celosamente guardada reputación lo que le preocupaba.

Había pasado años haciendo crecer el negocio, expandiéndolo más allá del arriesgado imperio de las drogas que primero había codiciado y luego descubriendo una demanda completamente nueva entre sus clientes más exclusivos.

Sin embargo, no los consideraba sus iguales, y se sentirían insultados si pensaran que lo hacía.

Para ellos, él era un proveedor, nada más.

Dejó la taza de sopa, de la que salía vapor en el aire frío de la habitación, y cogió su cuaderno, pasando el pulgar por la cubierta de cuero marrón antes de quitar la banda que rodeaba las páginas y abrirlo en una página con una pulcra caligrafía.

A pesar de las garantías que siempre había dado a sus clientes, llevaba un registro de sus nombres, visitas y el dinero que pasaba entre ellos. Junto con la película que se guardaba en un servidor enterrado en los rincones más oscuros de la red mundial, Demiri esperaba tener suficiente seguro para evitar que lo cazaran durante un tiempo.

Sus pensamientos volvieron a la oficial de policía Hunter, y un agradable escalofrío recorrió su espina dorsal.

Había oído, por supuesto, que no la habían visto en ninguna de sus propiedades esa mañana, y por un momento se sintió decepcionado. Pronto se templó con la idea de que quizás sus superiores la consideraban demasiado valiosa para desperdiciarla en lo que resultó ser una búsqueda infructuosa, y se acomodó en el sillón, satisfecho con saber que ni ella ni sus colegas sabían dónde estaba, ni de sus planes para ella.

Sus instrucciones a Tavender habían sido claras.

La oficial de policía Hunter era suya, y solo suya.

Dejó que la sopa caliente le quemara la boca y la garganta, saboreando el dolor que le producía, y miró fijamente el desolado paisaje más allá de la ventana.

Tendría su momento con la detective Hunter, y pronto.

CAPÍTULO 38

Para cuando el equipo regresó a la sala de incidentes, una penumbra gris había envuelto la ciudad y un fresco había puesto fin a la tarde, amenazando con lluvia.

Un abatido Barnes se había hundido en su silla antes de poner los pies sobre el escritorio y apoyar la barbilla en su mano.

Kay colocó una humeante taza de té frente a él y luego frunció el ceño.

—¿Debbie? ¿Has visto al inspector jefe Harrison? Pensé que quería que todos estuviéramos aquí para una reunión a las cuatro y media.

—No en los últimos treinta minutos. Desapareció con el móvil pegado a la oreja.

Kay tragó saliva.

Sin duda, el inspector jefe estaría recibiendo las opiniones la comisario jefe sobre la desaparición de

Demiri, y a su vez el equipo podía esperar un trato brusco cuando regresara.

Barnes arrugó una nota que uno de los miembros del equipo administrativo había pegado en la pantalla de su ordenador y la lanzó hacia la papelera, curvando el labio superior cuando rebotó en el borde y cayó al suelo en su lugar.

Ambos levantaron la vista cuando Gavin abrió la puerta, manteniéndola abierta para Carys antes de que los dos se arrastraran hacia sus escritorios, con expresiones abatidas.

Sharp se asomó desde su oficina. —Piper, Miles, tómense algo caliente y haremos el informe.

—¿Quieres esperar a Harrison, jefe? —dijo Kay.

—No, no quiero esperar al maldito Harrison. Fue su idea tener este informe, así que puede presentarse a tiempo. Empezaremos sin él. Miles parece muerta de cansancio.

Carys le dirigió una débil sonrisa y se dirigió hacia la tetera.

Kay y Barnes se acercaron a la pizarra, rápidamente seguidos por los demás.

Ya habían pasado diez horas desde la reunión informativa de la mañana temprano, y Kay agradeció que Sharp hubiera enviado a casa a los miembros más jóvenes del equipo hacía un tiempo.

Necesitarían tener la mente despejada cuando regresaran temprano al día siguiente para comenzar a examinar la escasa información que estaban procesando los equipos forenses en la casa y la oficina de Demiri con la esperanza de un avance.

—Bien, Barnes. Danos una actualización rápida sobre la búsqueda en la casa de Demiri —dijo Sharp.

—No había vehículos en la entrada cuando llegamos, jefe. Hay un edificio separado a la derecha de la casa, un antiguo establo que había sido convertido en garajes, con espacio para dos vehículos, pero estaba vacío.

Barnes señaló con su taza de té la imagen aérea que Sharp había colocado nuevamente en la pizarra.

—El bosque alrededor de la propiedad en realidad no pertenece a Demiri; se lo arrienda el granjero vecino. No hace falta decir que ahora hay un equipo forense adicional en el sitio, usando GPS para buscar cualquier tierra removida u otras anomalías recientes.

—¿La casa estaba sin llave como las oficinas? —dijo Gavin.

—No, tuvimos que derribar la puerta principal. Todos los muebles seguían allí, pero todos los efectos personales de Demiri han desaparecido: ropa y cosas por el estilo, y no hay señales de ningún equipo electrónico. Incluso se llevó el televisor.

—Se largó a toda prisa —dijo Carys.

—No, y eso es lo curioso —dijo Barnes—. No me dio la sensación de que esto se hiciera en pánico. Parecía demasiado coordinado.

—¿Como si nos estuviera esperando? —dijo Kay.

—Exactamente.

—Cuando lo entrevistamos, mencionó un nuevo negocio en Romford —dijo Sharp—. ¿Apareció algo sobre eso?

—No —dijo Kay—. Recibí noticias de mi contacto en la Unidad de Inteligencia Conjunta antes, y no han encontrado nada. No creo que Demiri tenga intereses comerciales allí. Nos estaba mintiendo.

—Bueno, en este momento ha hecho un acto de desaparición tan famoso como uno de los malditos fantasmas de Pluckley —dijo Barnes, y luego se giró cuando Simon Harrison irrumpió por la puerta y se apresuró hacia ellos.

—Bien, todavía están aquí —dijo, metiendo su teléfono móvil en el bolsillo de la chaqueta.

—¿Qué está pasando? —dijo Sharp.

—La comisario jefe ha acordado realizar una conferencia de prensa en la sede para hablar sobre el caso Demiri. Si nos damos prisa, podemos conseguir que salga en las noticias locales de las seis. La cobertura nacional saldrá a las nueve de esta noche.

—¿Qué? —Kay sintió que su mandíbula se abría, un momento demasiado tarde—. Lo siento, jefe. Es solo que… ¿queremos alertarlo sobre la investigación?

Los ojos de Harrison se oscurecieron. —Dado el desastre de las búsquedas de hoy, no diría que tengamos mucha elección, ¿verdad, Hunter? Quiero decir, por el amor de Dios, ¿ninguno de ustedes sospechó *nada* cuando lo entrevistaron en sus oficinas?

—No pedimos el tour guiado cuando estuvimos allí —dijo Sharp entre dientes apretados.

Harrison se enderezó la corbata y luego miró por encima de su hombro antes de hacerles señas para que volvieran hacia la puerta.

—Bueno, ya es tarde —dijo—. Vamos. Tenemos que irnos. Demiri sabe que nos estamos acercando. Ahora mismo, lo tenemos huyendo. Su negocio ha cerrado, sus oficinas están cerradas y no hay señales de él en su casa. Se está escondiendo en algún lugar, y ustedes saben tan bien como yo que, si hacemos un llamamiento televisado pidiendo información, alguien cercano a él podría presentarse.

Kay captó la mirada de Sharp en su dirección y se encogió de hombros antes de agarrar su chaqueta del respaldo de su silla y seguirlo.

Basándose en su propia implicación con Jozef Demiri, dudaba mucho que alguien que lo conociera fuera lo suficientemente valiente, o estúpido, como para revelar su paradero, a pesar de las afirmaciones de Harrison.

Por la expresión que llevaba Sharp, era evidente que pensaba lo mismo, aunque permaneció en silencio.

—¿Tomamos tu coche? —Harrison atravesó la puerta y se dirigió por el estacionamiento delante de ellos.

—¿Qué está pasando? —dijo Kay en voz baja.

—Ni idea —dijo Sharp—. Mantén los ojos abiertos y la boca cerrada. Nos reuniremos después de la conferencia de prensa. En algún lugar fuera del alcance del oído del señor Harrison y su secuaz, O'Reilly.

—De acuerdo.

CAPÍTULO 39

Cuando llegaron a la jefatura, varios furgones de noticias y coches adornados con los logotipos de los canales de televisión se peleaban por el espacio en el aparcamiento de visitantes.

Harrison miró su reloj mientras bajaba del asiento del copiloto y esperó a que Sharp cerrara el coche.

—Vamos con retraso —dijo, y se apresuró hacia el edificio.

Kay echó un vistazo a un vehículo de noticias cercano mientras un técnico cerraba la puerta de golpe y se echaba al hombro una hilera de cables, silbando mientras trabajaba.

Frunció el ceño.

Sabía que las ruedas de prensa eran necesarias para involucrar al público y buscar información sobre investigaciones en curso, pero detestaba el hecho de que a menudo se vieran como entretenimiento, una forma de aumentar la audiencia de la noche, y que la competencia entre los canales de televisión fuera alta.

Miró a Sharp mientras seguían a Harrison y notó que él también tenía una expresión preocupada.

Permanecieron en silencio mientras seguían al inspector jefe a través del edificio hasta la sala que se había reservado para la rueda de prensa.

Kay se detuvo en el umbral y ordenó sus pensamientos mientras observaba a los diversos reporteros, camarógrafos y fotógrafos tomar sus lugares.

Se había instalado una larga mesa en un extremo de la sala, cubierta con un mantel azul y una fila de micrófonos que ocupaban la mayor parte del espacio.

Varios logotipos de canales de noticias conocidos estaban sujetos a los micrófonos, cada cadena de televisión asegurándose de recibir publicidad gratuita de las cámaras de sus competidores.

Había cuatro sillas detrás de la mesa, con un vaso de agua frente a cada una.

Se había erigido un gran panel con el logotipo de la Policía de Kent detrás de la mesa, con el número de teléfono del programa Crime Stoppers claramente visible desde el fondo de la sala.

A pesar de las cinco filas de sillas que se habían colocado en la pequeña sala, los reporteros tenían que pelear por el espacio alrededor de los bordes, y Kay alcanzó a oír los reproches murmurados de los operadores de cámara mientras seguía a Harrison hacia el frente de la sala.

Él señaló los dos asientos a la derecha de la mesa. —Sharp, si tomas el de la derecha del todo, con Hunter a tu izquierda. Yo estaré a su izquierda, y luego la comisario jefe estará a mi izquierda —bajó la voz—. Viene un poco tarde, pero con suerte estará aquí en los próximos minutos. Algún papeleo de último minuto que necesita firmar para otra investigación. Presentaré a todos y leeré la declaración que nuestro equipo de medios ha preparado. Me remitiré a ustedes si es necesario.

Kay se movió entre la mesa y el panel, le dirigió una pequeña sonrisa a Sharp cuando este le apartó la silla, y se sentó. Al alcanzar su vaso de agua, se dio cuenta de que le temblaba la mano y la retiró rápidamente. Si Demiri la estaba observando desde algún lugar, no quería que la viera parecer menos que en control.

Tenía que hacerle saber que era más que capaz de llevarlo ante la justicia.

Un sonido en la parte trasera de la sala a su izquierda la sacó de sus pensamientos, y comenzó a levantarse cuando la comisario jefe entró en la sala por una segunda puerta.

La mujer le hizo un gesto para que volviera a sentarse. —Como estaba, Hunter. ¿Cómo vamos de tiempo, Harrison?

—Todavía estamos en horario, señora. Preparé un

poco de tiempo de contingencia sabiendo lo ocupada que está.

Kay giró la cabeza y captó la mirada divertida de Sharp.

Él le guiñó un ojo, luego tomó un sorbo de su vaso de agua antes de reclinarse en su silla, con las manos entrelazadas sobre la mesa frente a él.

Kay deseó sentirse tan relajada como él parecía, luego se giró de nuevo para enfrentar la sala cuando Harrison se aclaró la garganta.

—Damas y caballeros, si pudieran tomar asiento, comenzaremos.

Esperó mientras los últimos reporteros se acercaban al frente de la sala, con micrófonos y móviles en alto, y luego comenzó.

Los ojos de Kay recorrieron los rostros de los reporteros mientras él leía la declaración preparada para los medios, dando los hechos conocidos y que se habían considerado necesarios para impulsar la investigación sin dar demasiada información a Demiri, antes de que fuera sacada de sus observaciones por el sonido de su nombre.

—Me gustaría presentar a los dos detectives principales en este asunto, el inspector Sharp y la oficial Kay Hunter —dijo Harrison. Se giró en su asiento para mirar a Kay—. Tal vez a la oficial Hunter le gustaría decir algo.

Kay tragó saliva, luego se enfrentó a la sala llena

y trató de no parpadear cuando un flash de cámara se disparó hacia el fondo de la sala.

Le había sorprendido la insistencia de Harrison en que asistiera a la rueda de prensa en primer lugar. Ciertamente no había imaginado que la presentaría por su nombre y le pediría que hablara con los medios.

Se aclaró la garganta.

—Estamos muy interesados en hablar con cualquier persona que pueda tener información que nos ayude en nuestras investigaciones —dijo—. Creemos que Jozef Demiri todavía está en la zona.

Miró a su derecha a Sharp y fue recompensada con un asentimiento casi imperceptible antes de que él dirigiera su atención a los reporteros.

—Bajo ninguna circunstancia el público debe acercarse a Jozef Demiri —dijo—. Lo consideramos peligroso y posiblemente armado. A cualquier persona que tenga información sobre su paradero se le pide que se ponga en contacto con la sala de incidentes de la Comisaría de Maidstone o a través del número de Crime Stoppers. Les recuerdo a los espectadores que las llamadas al número de Crime Stoppers se tratan de forma anónima.

Hizo un gesto a Harrison para que concluyera la sesión informativa, y Kay contuvo la respiración mientras los dos detectives superiores respondían preguntas de los periodistas antes de que Harrison se inclinara más cerca de la fila de micrófonos.

—Damas y caballeros, gracias por su tiempo. Les informaremos tan pronto como tengamos más detalles disponibles para ustedes.

La comisario jefe se levantó de su asiento y los guio hacia la puerta trasera de la sala.

Esperó hasta que Sharp la cerró detrás de ellos antes de hablar.

—Bien hecho, Harrison. ¿Me mantendrán informada de los avances?

—Lo haremos, señora. Puede estar segura de que, si recibimos alguna información sobre el paradero de Demiri o sus operaciones, se lo haremos saber de inmediato.

—Gracias.

Estrechó la mano de todos ellos y luego se marchó a grandes zancadas, sacando su teléfono móvil del bolsillo de su uniforme y llevándoselo al oído mientras desaparecía al doblar una esquina.

Harrison sonrió radiante mientras la veía alejarse, y luego se volvió hacia Sharp y Kay.

—Buen trabajo, Hunter. Has expuesto el asunto de manera concisa y clara. Sin duda tendremos más llamadas telefónicas que atender por la mañana.

—Eh, gracias, jefe. Lo aprecio.

Harrison miró hacia abajo cuando su teléfono móvil emitió un pitido. —Bien, si me disculpan ambos, la comisario jefe quiere hablar un momento conmigo. ¿Nos vemos mañana a las siete en punto, Sharp?

—De acuerdo —dijo Sharp. Se volvió hacia Kay mientras el otro detective se alejaba a grandes pasos y doblaba una esquina—. Vamos. Te llevaré de vuelta a la comisaría y luego sacaremos al equipo a tomar algo y veremos la rueda de prensa en el pub. Por cierto, buen trabajo ahí fuera. A este paso, Harrison te estará preparando para entrevistas en programas de televisión diurnos.

Ella comenzó a seguirlo, luego miró su rostro, pero sus facciones permanecieron impasibles.

—Estás bromeando, ¿verdad?

Su boca se torció en una mueca, y ella se quedó paralizada mientras él se alejaba silbando.

—Cabrón —murmuró.

CAPÍTULO 40

Gavin zigzagueó entre la multitud sosteniendo una bandeja de bebidas en alto antes de llegar a la mesa del fondo, y la colocó frente al equipo.

Como si fueran uno solo, se lanzaron sobre las pintas de cerveza y chocaron sus vasos.

—Bueno, esperemos que haya valido la pena. Con suerte, tendremos algunas nuevas pistas para trabajar por la mañana —dijo Barnes.

Sharp levantó la mano para silenciarlo y luego señaló el televisor sobre la barra. —Está empezando.

Kay dio un sorbo a su bebida y observó por encima de la cabeza de Carys cómo el canal de noticias comenzaba a mostrar la rueda de prensa.

Un alivio la invadió al darse cuenta de que sus nervios no se notaban en absoluto, y se alegró de que su voz sonara firme y autoritaria.

Sharp se giró en su asiento y levantó su vaso hacia

el de ella.

—Buen trabajo.

—Gracias.

Se quedó en silencio cuando terminaron las noticias y el dueño del bar bajó el volumen, dejando que los sonidos del pub la envolvieran.

En la esquina más alejada, un grupo de tres oficinistas estaba alrededor de una máquina de trivial, sus ruidosos vítores entremezclados con bromas amistosas, mientras que junto a ellos dos hombres jugaban al billar, el familiar sonido de la madera contra la resina llegaba hasta donde ella estaba sentada.

Sintió que sus hombros se relajaban mientras escuchaba las bromas amistosas entre sus colegas.

—Entonces —dijo Carys—. ¿Estamos hablando extraoficialmente mientras estamos aquí?

—Código de silencio —dijo Barnes, y dio un trago a su cerveza.

—Podemos —Sharp barrió un polvo imaginario de la mesa y luego apoyó los codos sobre ella—. ¿Qué querías saber?

—¿Harrison usó esa rueda de prensa para impulsar la investigación o su propia carrera?

Gavin contuvo la respiración antes de darle una palmada en la espalda a Carys. —Fue un placer trabajar contigo, Miles.

—Tiene razón —dijo Kay—. Te hace preguntarte qué estaba tratando de lograr. Podría haber emitido un comunicado de prensa normal en lugar de hacer una rueda de prensa. Tal como fue, no dejó mucho tiempo para preguntas.

—Para ser justos, probablemente estaba tratando de asegurarse de que los periodistas tuvieran todos los detalles a tiempo para las noticias de las seis —dijo Sharp, y señaló con el pulgar por encima de su hombro hacia el televisor ahora silencioso—, y hay más gente que ve la televisión que lee periódicos hoy en día. Me imagino que nuestro equipo de medios estará subiendo eso a todas nuestras redes sociales mientras hablamos. Así que creo que lo usó para impulsar la investigación.

Kay miró a Carys y notó que la detective más joven parecía avergonzada.

—Sin embargo —dijo Sharp, con la comisura de la boca temblando—, estoy seguro de que no perjudicó su carrera.

Estallaron en carcajadas y luego volvieron a caer en un silencio amistoso.

—Me pregunto de qué quería hablarle la comisario jefe después —dijo Kay finalmente.

Sharp se encogió de hombros. —Todo es política allá. Estoy seguro de que Harrison va a usar este caso para su beneficio de alguna manera.

—¿No te importa? ¿Que él venga y tome el mando?

Negó con la cabeza. —Quiero encerrar a Demiri. Eso es lo único que importa —Hizo una mueca—. De todos modos, no estoy seguro de querer estar en los zapatos de Harrison.

—¡Basta de hablar de trabajo! —dijo Barnes, y se puso de pie—. La siguiente ronda va por mi cuenta. ¿Lo mismo para todos?

————

Dos horas y un curry después, Kay se inclinó hacia adelante y tocó el hombro del taxista.

—Es la de la derecha, justo después de la tienda.

—Entendido.

El vehículo redujo la velocidad al doblar la curva, justo a tiempo para que Kay viera un coche alejándose a toda velocidad de la puerta de su casa.

Sus luces de freno brillaron al final de la calle, antes de girar a la derecha y perderse de vista.

Su corazón golpeó contra sus costillas.

El taxista frenó y encendió la luz interior.

—Son diez libras con cincuenta, cariño.

—Gracias.

Pagó al taxista y se apresuró hacia su puerta principal, su aliento empañándose en la fría noche de otoño.

Al acercarse a la puerta principal, las luces de seguridad se encendieron, y ella caminó de un lado a otro sobre la grava, sus ojos recorriendo la superficie pedregosa en busca de cualquier rastro de quién había estado allí.

Grandes huellas se habían hundido en la grava, pero no podía determinar si pertenecían a Adam o a su misterioso visitante.

Se dirigió de vuelta a la puerta principal, y cuando insertó su llave en la cerradura, los dos conejillos de indias comenzaron sus chillidos agudos.

Maldijo por lo bajo, dándose cuenta de que probablemente estaban hambrientos después de no haber sido alimentados durante casi doce horas, y entró tambaleándose en el pasillo.

La suela de su pie se deslizó sobre el felpudo, y bajó la mirada frunciendo el ceño, antes de recoger la tarjeta de visita que yacía boca abajo sobre la áspera superficie.

Una breve nota había sido garabateada en el reverso blanco y liso de la tarjeta.

Llámame, por favor. Necesitamos hablar.

Le dio la vuelta y volvió a maldecir.

Jonathan Aspley, Kentish Times.

—Maldito Harrison.

Satisfecha de que su visitante nocturno no representaba una amenaza para su seguridad, solo para su temperamento, y maldiciendo una vez más al inspector jefe por su insistencia en su presencia en la rueda de prensa, cerró la puerta principal de un golpe, corrió los cerrojos y se dirigió pisando fuerte hacia la cocina, encendiendo las luces a su paso.

Dejó caer su bolso sobre la encimera y tomó la

caja de plástico que contenía la comida de los conejillos de indias, agachándose frente a su jaula.

—Hola, ustedes dos. Siento llegar tarde.

Clyde emitió un sonido irritado en su garganta, luego hundió su cara en la comida fresca. Los brillantes ojos reprochadores de Bonnie miraron a Kay, antes de que ella también se apresurara hacia el cuenco de comida.

Kay rellenó su botella de agua y luego se enderezó y se colocó el cabello detrás de las orejas antes de agarrar un vaso y llenarlo del grifo de la cocina.

Había tomado dos pintas de cerveza en el pub antes de cambiar a agua con gas en el restaurante indio, pero sabía que la comida picante la dejaría sedienta. Después del madrugón, quería dormir bien.

Se acercó a la encimera y sacó uno de los taburetes antes de hundirse en él con un suspiro.

Como si fuera una señal, su teléfono móvil comenzó a sonar.

Gimió y alargó la mano hacia su bolso, formándose una sonrisa al reconocer el número de Adam.

—Pensé que estabas en el trabajo —dijo a modo de saludo.

—¿Un día largo?

—No tan malo. Fuimos a comer un curry después.

—Qué envidia. La comida del hotel es terrible.

—¿Cómo te fue la visita a los establos?

—Fantástica, pero jodidamente fría. Tiene algunas ideas geniales, y creo que podremos trabajar juntos.

—Eso es estupendo.

—Lo es, ¿verdad? Escucha, tendré que ser breve porque estamos en medio de la cena y me he escabullido para llamarte. Mi vuelo de regreso podría retrasarse. Al parecer, se acerca un frente de mal tiempo y podríamos quedarnos atrapados por la niebla.

Kay tragó saliva, pero ocultó su decepción en su voz.

—Qué fastidio. ¿Saben por cuánto tiempo?

—Un día o así, quizás. Te lo haré saber tan pronto como pueda.

—Vale.

—Tengo que irme. Te quiero.

—Yo también te quiero.

Kay terminó la llamada, luego empujó el móvil a través de la encimera y se dirigió al panel junto a la puerta principal.

En su prisa por alimentar a los conejillos de indias, se había olvidado de activar la alarma de seguridad.

Puede que solo hubiera sido un periodista en su puerta esa noche, pero no estaba dispuesta a arriesgarse.

No ahora que Demiri sabría que ella era una parte activa de la investigación para llevarlo ante la justicia de una vez por todas.

CAPÍTULO 41

Kay agradeció que la sala de investigación estuviera tranquila cuando llegó al trabajo a la mañana siguiente.

A pesar de sus planes de dormir bien, había pasado las primeras horas de la madrugada dando vueltas en la cama, ensayando mentalmente lo que le diría a Harrison sobre el reportero que había descubierto dónde vivía.

Barnes y Piper no se veían por ningún lado, y Carys tenía el teléfono pegado a la oreja cuando Kay dejó caer su bolso bajo el escritorio y se dirigió a la puerta de la oficina de Sharp.

Golpeó dos veces con los nudillos y contuvo su enojo.

No serviría de nada descargar su frustración con su oficial superior, pero quería dejar claro que su vida personal estaba fuera de los límites.

—Adelante.

La voz de Sharp resonó a través de la superficie de madera, y ella giró el pomo.

Para su sorpresa, el inspector jefe Harrison ya estaba presente, girándose en una de las sillas para visitantes para mirarla.

—Buenos días, Hunter.

—Buenos días. ¿Puedo hablar un momento, por favor?

—Por supuesto —dijo Sharp, e hizo un gesto hacia la silla libre.

Kay notó que Harrison había aprendido la lección y había tomado la más cómoda.

Aprendía rápido, tenía que reconocérselo.

—¿Cuál parece ser el problema?

—Esto.

Levantó la tarjeta del periodista. —Cuando llegué a casa anoche, el coche de este hombre salía de mi entrada. Dejó esta tarjeta. Me gustaría saber cómo averiguó dónde vivo.

—¿Cómo se llama? —preguntó Sharp.

—Jonathan Aspley.

Una mueca de desprecio curvó el labio superior de Harrison.

—Ese hombre es un dolor de cabeza —dijo—. Te aconsejo que no lo contactes. Le diré al equipo de medios que se ponga en contacto con él y responda cualquier pregunta que tenga. Necesito que mis oficiales trabajen en este caso, no que traten con reporteros.

—Sin embargo, Kay tiene razón —dijo Sharp—. Necesitamos determinar cómo averiguó dónde vive. No me importa que mis oficiales ayuden con una conferencia de prensa para crear conciencia sobre nuestra investigación, pero trazo la línea en que los contacten directamente.

Harrison se inclinó hacia adelante y chasqueó los dedos, y cuando Kay no reaccionó, le arrebató la tarjeta y echó un vistazo a la nota en el reverso. —Ignóralo. Si te vuelve a contactar, házmelo saber y hablaré con él.

Kay pudo sentir el tono de despedida en su voz y decidió no tentar a su suerte.

—Gracias, jefe.

Salió de la oficina de Sharp, cerrando la puerta tras ella, y cruzó la sala de investigación hasta su escritorio.

Hojeando una pila de papeleo que habían dejado en su bandeja, sujetó el teléfono de su escritorio entre la oreja y el hombro y comenzó a revisar los mensajes de voz que le habían dejado.

Dos eran del oficial al que le había pasado su carga de casos existente, y para cuando le devolvió la llamada y charlaron sobre dos de los casos de robo que estaba gestionando en su nombre, ya era media mañana.

Una voz fuerte desde el pasillo precedió a Barnes

entrando en la sala de investigación, seguido de cerca por Gavin, cuyo rostro estaba gris.

Kay se mordió el labio. El joven agente había sido elegido personalmente por Sharp para asistir a la autopsia de las tres víctimas descubiertas en la granja junto con Barnes, y claramente le había pasado factura.

—¿Cuáles son los hallazgos preliminares de Lucas? —preguntó mientras Barnes se dejaba caer en el asiento de su escritorio.

—Asfixia de dos de ellas, y cuello roto para la tercera, como sospechábamos —dijo, con voz cansada.

Kay apartó su papeleo y se reclinó con un suspiro.

—También cree que fueron golpeadas antes de ser asesinadas —dijo Barnes—. La víctima más antigua, me refiero a la que ha estado allí más tiempo, tenía una fractura en la tibia y en la muñeca. Las otras dos tenían dedos rotos. También hay evidencia de que fueron violadas múltiples veces.

Kay se pasó una mano por el pelo e intentó no imaginar los últimos momentos de las mujeres.

—Jesús, Barnes.

—Sí. Lo sé.

Sus ojos se desviaron hacia donde Gavin estaba sentado, con la barbilla apoyada en la mano mientras revisaba sus correos electrónicos.

—Lo ha tomado mal.

—Tiene una hermana mayor de la misma edad que la última víctima.

Kay asintió. —¿Alguna suerte identificándolas?

Barnes negó con la cabeza. —No. Tengo el horrible presentimiento de que no vamos a encontrar ninguna identidad. —Suspiró y se inclinó hacia adelante—. En fin, ¿qué ha pasado aquí esta mañana? ¿Qué jugosos chismes me he perdido?

Carys y Gavin se acercaron, tazas de café en mano, sus rostros inquisitivos ante la pregunta de Barnes.

—¿De qué iba todo eso de antes? —dijo Carys, señalando con la cabeza hacia la puerta cerrada de la oficina de Sharp.

Kay bajó la voz y les contó sobre el periodista que había dejado su tarjeta en su casa la noche anterior, y las afirmaciones de Harrison de que haría que el departamento de medios informara al reportero que presentarse en los hogares de los detectives no sería tolerado.

—Todo es culpa de Harrison. Nunca quise salir en las noticias —se quejó.

—No hace mucho tiempo, habrías matado por una oportunidad como esta —dijo Barnes.

—No hace mucho tiempo, estaba felizmente trabajando bajo el radar —gruñó.

Barnes se abanicó teatralmente. —¡Oh, soy una celebridad! ¡No puedo manejar la presión!

Kay cruzó los brazos sobre el pecho y lo miró con furia mientras Carys y Gavin se deshacían en risas.

—A veces, Ian Barnes, eres un verdadero dolor en el…

—Parece que todos se están divirtiendo aquí. ¿Qué está pasando?

Kay giró su silla para ver a O'Reilly acercándose a ellos frotándose las manos, con una amplia sonrisa en su rostro.

Sonrió. —Oh, nada. Demasiado difícil de explicar.

—Bueno, es bueno saber que todos pueden mantener su sentido del humor en estas circunstancias. Así se hace —añadió, dando una palmada en la espalda a Gavin mientras se dirigía a su propio escritorio.

Gavin lo fulminó con la mirada hasta que Carys le dio un codazo.

—Sé amable —susurró.

—No necesito serlo —dijo él—. Tú estás siendo lo suficientemente amable por todos nosotros.

Se dio la vuelta y se dirigió furioso hacia la pizarra, donde se quedó mirándola fijamente mientras terminaba el resto de su café.

Abatida, Carys se volvió hacia Kay, pero esta negó con la cabeza.

—En eso estás sola.

—Oye, mira esto.

Kay se giró para ver a Debbie acercándose con su cuaderno en la mano.

—¿Qué tienes?

—Un tipo llamó a la línea directa. Dice que vio la rueda de prensa y cree que vio algo en la playa debajo de su casa hace dos noches.

—¿Tienes un nombre?

—Adrian Webster. Vive en un pueblo llamado Amesworth, a unos diez kilómetros de Dymchurch.

—Ya han tenido problemas con inmigrantes ilegales desembarcando en Dymchurch antes, oficial —dijo Gavin—. Podría valer la pena echar un vistazo.

—Estoy de acuerdo —dijo Kay—. ¿Tienes un número de teléfono?

—Sí, y una dirección —respondió Debbie.

—¿Qué está pasando?

Kay miró por encima del hombro al oír la interrupción y vio a Harrison acercándose a grandes zancadas, con Sharp pisándole los talones.

—Puede que tengamos una pista. —Indicó a Debbie que pusiera al día a los dos oficiales superiores.

—Es un gran comienzo —dijo Harrison—. Bien, quiero que todos vayan allí ahora mismo. Entrevisten a tantos lugareños como puedan, empezando por los que tienen casas más cerca de la playa.

—¿Qué hay de los uniformados locales?

—Estoy seguro de que podemos reunir a algunos

para que ayuden con las investigaciones puerta a puerta.

Kay miró por la ventana el cielo gris y las nubes sacudidas por un viento helado, y gimió interiormente antes de volverse hacia el inspector jefe.

Harrison estaba sonriendo.

—¿Qué te dije? —comentó—. La rueda de prensa funcionó.

CAPÍTULO 42

Kay hundió las manos en los bolsillos de su abrigo, agradecida de haber recordado poner la gruesa prenda de lana en el asiento trasero del coche antes de salir de la comisaría.

A su lado, Carys se envolvía el cuello con una bufanda, entrecerrando los ojos contra el viento cortante que soplaba desde el mar y alrededor del estacionamiento expuesto.

—Empiezo a desear haber traído una de esas.

—Mi padre siempre me decía que usara bufanda y me cubriera las muñecas y los tobillos —dijo Carys—. Funciona. No he tenido un resfriado en años.

Kay entrecerró los ojos y miró a través del estacionamiento mientras otro vehículo reducía la velocidad y giraba sobre la grava, su chasis crujiendo mientras se balanceaba sobre la superficie llena de baches.

Barnes bajó del asiento del copiloto cuando el coche se detuvo junto al suyo.

—Juro que la suspensión de la mitad de los malditos vehículos del parque móvil está hecha polvo —se quejó, antes de ser golpeado por una ráfaga de viento—. Maldita sea. No es exactamente la Costa del Sol, ¿verdad?

—Estoy segura de que es agradable en verano —dijo Kay.

El detective mayor no parecía convencido.

—No puedo imaginar lo desesperado que debe estar alguien para intentar cruzar eso —dijo Gavin mientras se unía a ellos, guardando las llaves del coche.

Se volvieron hacia el agua, las olas gris oscuro agitándose y rompiendo en la superficie.

—¿Te apetece surfear, Gav? —dijo Carys.

—No, gracias. Tendría hipotermia en segundos.

Kay se levantó el cuello del abrigo. —Bien, pongámonos manos a la obra. Los uniformados tienen tres patrullas empezando en el extremo opuesto del pueblo, así que con suerte habremos terminado a media tarde y volveremos a tiempo para la reunión informativa. Nos dividiremos en parejas, así que Carys, tú vienes conmigo. Tomaremos cada una un lado de la calle.

Los demás murmuraron su acuerdo.

—El último en llegar a la cafetería del final paga las bebidas calientes —dijo Barnes.

—Trato hecho.

—¿Por qué casa quieres empezar? —dijo Carys mientras Barnes y Gavin se alejaban.

Kay señaló una pequeña cabaña desgastada por el clima, la más cercana al estacionamiento. —Esa es la casa para la que tenemos la dirección de Adrian Webster, así que empezaremos por ahí. De ahí, iremos trabajando hacia atrás.

Caminaron pesadamente por la grava salpicada de barro hacia la cabaña, y Kay notó un hilo de humo escapar de la chimenea de ladrillo antes de ser arrastrado por el viento. A medida que se acercaban, el edificio no parecía tan destartalado como había pensado al principio, y en su lugar sus paredes estaban cubiertas por una glicina desnuda, sus hojas marchitas mientras esperaba la llegada de la primavera.

La puerta se abrió cuando Carys empujó la pequeña verja incrustada en el muro, y un hombre mayor se asomó, con una taza de porcelana en la mano.

—Usted es la detective Hunter, ¿verdad?

—Sí —dijo Kay, frunciendo el ceño.

—La reconozco de la tele —dijo, sonriendo—. Adrian Webster.

Kay reprimió el impulso de poner los ojos en blanco, tomó la mano extendida y presentó a Carys.

—Encantado de conocerlas. El agua está hirviendo. Pasen.

Se limpiaron los pies en el felpudo para aflojar los restos que se adherían a sus suelas antes de que él señalara a su derecha con la taza.

—Adelante. Traeré una bandeja.

Kay tomó la delantera hacia una sala de estar que mostraba su edad, a pesar de los intentos de decoración de Webster.

—¿Vive solo? —dijo Carys cuando él regresó con sus bebidas.

—Sí, mi esposa murió hace tres años. —Se encogió de hombros—. Cáncer. Fue una bendición al final, para ser honesto.

—Cuando llamó a nuestros colegas antes, ¿mencionó que podría tener información que pudiera ayudarnos? —dijo Kay.

Webster dejó su taza en un posavasos sobre la mesa frente a ellas antes de reclinarse en su silla y colocar las manos en su regazo. —Sí. No sé si es mucho, pero pensé que sería mejor decir algo, ¿saben? Especialmente después de todo el esfuerzo que hicieron con la rueda de prensa y todo. Se ve igual que en la tele, por cierto.

Kay asintió y tomó un sorbo de su té, calculando que él captaría la indirecta y seguiría hablando.

—Bueno —dijo—, desde que Sarah murió ya no duermo tan bien. Me encuentro acostado pensando demasiado en las cosas, así que hace como un año cogí la costumbre de levantarme, encender la estufa eléctrica aquí abajo y prepararme una bebida caliente.

Me gusta sentarme junto a la ventana y mirar el mar. Es relajante.

Se encogió de hombros, como para deshacerse de un recuerdo demasiado doloroso. —En fin, últimamente ha habido un par de cosas que me han hecho sospechar. Luces en el agua que parecen dirigirse hacia aquí, pero luego se apagan antes de acercarse demasiado a veces. Salgo a caminar durante la noche ocasionalmente, para despejarme. Siempre lo he hecho, incluso cuando Sarah vivía, pero hace como una semana o así estaba a punto de volver arriba cuando las nubes se separaron, y creí ver un bote inflable o algo así acercarse a la orilla.

—¿Vio a alguien en él?

—Vi a alguien correr hacia el bote, Dios sabe dónde se habían escondido, porque ya han visto el paisaje aquí. Plano como una tabla. Pero no puedo estar seguro de haber visto a alguien salir del bote; la luna desapareció detrás de las nubes otra vez, y no pude ver nada más. Me puse un poco curioso, y no hacía tanto frío en ese entonces, así que salí rápidamente por la puerta de entrada para ver si podía ver a alguien más.

—Eso podría haber sido increíblemente peligroso, señor Webster —dijo Kay.

Él le dio una sonrisa de arrepentimiento. —Solo pensé en eso después —dijo—. Estaba demasiado interesado en lo que estaba pasando. De todos modos, llegué demasiado tarde para ver lo que fuera que estuviera sucediendo, porque para cuando llegué a la verja pude oír el motor acelerando mientras el bote dejaba la playa.

—¿Por qué no lo reportó en ese momento?

Se encogió de hombros. —Lo he hecho en el pasado, pero nunca pasa nada. Me di por vencido. Ustedes son las primeras que me han tomado en serio.

—¿Pudo ver a alguien en la playa después de que el bote se fuera?

Webster negó con la cabeza. —El lugar estaba desierto.

—¿Y al día siguiente? ¿Había algo tirado por ahí, algún objeto que pareciera fuera de lugar?

—No —dijo—. Es como si nunca hubieran estado allí.

CAPÍTULO 43

Después de agradecer a Adrian Webster por su tiempo y abandonar de mala gana el calor de su casa, Kay siguió a Carys a través de la verja y salió a la carretera costera, luego miró por encima del hombro mientras comenzaban a alejarse.

La cortina de encaje de la ventana de la sala se movió, una silueta desplazándose más allá de su línea de visión antes de desaparecer.

Frunció los labios.

—¿Qué estás pensando, oficial?

Kay apretó los dientes mientras un viento amargo le alborotaba el cabello y le azotaba la cara y las orejas antes de subirse el cuello de la chaqueta y hundir la barbilla en el grueso material. —Bueno, obviamente tendremos que ver si el incidente que mencionó coincide con la declaración de alguien más, pero se lo comentaremos a Sharp en la reunión más tarde. No puedo creer que no lo haya denunciado en su momento.

—Bueno, como él dijo, él y otros lugareños lo han denunciado antes, pero sigue ocurriendo —Carys suspiró—. No envidio a Colin Fox y su equipo. Debe ser muy frustrante para ellos.

—Sí, supongo. Hazme un favor cuando volvamos a la comisaría. Revisa HOLMES2 y averigua si realmente denunció algo antes de esto, o si nos está haciendo perder el tiempo.

—¿Crees que tu estatus de celebridad se le subió a la cabeza?

Kay entrecerró los ojos mientras aparecían hoyuelos en las mejillas de Carys.

—Muy graciosa.

Kay levantó la mirada hacia el camino más allá, ahora un sendero irregular que se había estrechado hasta el ancho de un solo coche. Entrecerrando los ojos contra el viento, divisó a Barnes y Piper saliendo de una propiedad en el extremo más lejano.

Más allá de ellos, en la distancia, un imponente monolito de ladrillo se alzaba desde el paisaje plano; una torre de agua victoriana que había sido golpeada por los elementos durante siglos y ahora se erguía vigilante sobre la pequeña aldea que la rodeaba.

Barnes levantó la mano antes de que ambos hombres se dieran la vuelta y desaparecieran de vista.

Kay se pasó la lengua por los labios, el sabor salado recordándole las vacaciones de su infancia en la costa de Devon. Miró a su izquierda mientras se dirigían hacia la siguiente casa, un parche de hierba descuidado dividiendo la carretera costera y la playa más allá.

De alguna manera, la costa de Kent siempre le había parecido más desolada; alienígena. Las marismas planas al este del condado nunca la habían atraído cuando se aventuraba allí en paseos con Adam cuando recién había llegado a la zona. En cambio, el paisaje la ponía nerviosa mientras miraba a través de la niebla los botes de pesca abandonados, mientras que los bordes del sur del condado la dejaban con una sensación de melancolía cada vez que los visitaba, incluso en verano.

Parpadeó para aclarar el pensamiento cuando comenzó el límite de la siguiente casa, y notó que a diferencia de la propiedad anterior que habían visitado, el jardín trasero se conectaba con la playa más allá.

El frente de la casa estaba enmarcado por un muro bajo que coincidía con el estilo del que bordeaba el resto de la calle, con una puerta de hierro blanca que llevaba a una puerta principal.

Olfateó, el fuerte aroma de un cigarrillo flotando en la brisa mientras Carys tocaba el timbre.

No se escuchó ningún sonido desde el interior de la casa, y Carys golpeó dos veces antes de bajar la mano y volverse hacia Kay.

—¿Qué piensas, oficial?

—Por detrás.

Ella lideró el camino a lo largo del sendero de grava desgastado pasando por la ventana frontal de la casa y alrededor del costado del edificio, sus ojos observando la hiedra que se aferraba a las paredes y subía junto a una única ventana cerca del techo inclinado.

Cuando llegó a la parte trasera de la casa, el viento levantó un remolino de polvo, soplando arena en sus ojos.

—Mierda —murmuró, bajando la cabeza y parpadeando para aclarar la arenilla.

—¿Estás bien?

—Sí.

Metió la mano en su bolso y sacó un pañuelo de papel de un paquete antes de sonarse la nariz y parpadear una vez más.

Carys se protegió los ojos con la mano y luego señaló un bote con casco de madera que se abrazaba a los mechones de hierba que sobresalían de la arena. —Allí.

Se acercaron, y Kay notó una bocanada de humo aparecer hacia la proa antes de que una cabeza asomara por encima del nivel del casco al sonido de sus pasos.

Un hombre de unos sesenta y tantos años con un gorro de lana calado hasta las orejas las miró, con una expresión de confusión en su rostro.

—¿Qué queréis?

Kay mostró su placa. —Oficial Kay Hunter y agente Carys Miles de la Policía de Kent. Nos preguntábamos si podría ayudarnos con algunas investigaciones que estamos realizando en la zona.

Él se quitó el cigarrillo de la boca, exhaló humo hacia un lado, luego entrecerró los ojos antes de dejar caer un martillo en el bote.

—¿Sobre qué?

—Entendemos por algunos de sus vecinos que ha habido actividad sospechosa a lo largo de la costa aquí. Estamos tratando de determinar si la playa aquí se está utilizando para desembarcar inmigrantes ilegales.

Kay se movió alrededor de la embarcación para unirse a él.

—¿Han estado hablando con ese Webster al comienzo de la calle? Siempre dice que ve cosas. No siempre se puede confiar en su palabra. —Resopló y señaló la amplia extensión de playa que se extendía detrás de donde estaban—. Aunque, a los contrabandistas siempre les ha encantado esta costa —dijo—. Brandy, té, tabaco… y ahora personas. No ha cambiado en siglos.

—Disculpe, ¿no escuché su nombre?

—Tom Harcourt.

—¿Cuánto tiempo ha vivido aquí, Tom?

—Unos quince años.

—¿Tiene interés en la historia del lugar?

—Supongo que sí. Me mudé aquí desde Wiltshire después de divorciarme.

—Creí reconocer el acento. Está lejos de Wiltshire.

Se encogió de hombros. —La casa pertenecía a un tío abuelo mío. Me la dejó en su testamento. Necesitaba vivir en algún lugar diferente después de perder a Celia.

Kay recorrió con la mirada las líneas del bote. —¿Pesca?

—Solo para mí. No comercialmente. A veces es bueno salir al agua y alejarse de tierra firme. Me da tiempo para pensar.

Kay se acercó a la valla de alambre de púas que separaba la propiedad de la playa y arrancó una pequeña pluma atrapada en una de las puntas afiladas.

—¿Esta valla es una adición reciente?

—No hay mucho más que pueda hacer. No puedo permitirme uno de esos sistemas de alarma sofisticados.

Pasó junto a ella y se dirigió hacia la casa, luego se quitó la colilla de la boca y la dejó caer en un brillante cubo de playa azul para niños lleno de arena junto a la puerta trasera.

—¿Ha visto alguna actividad sospechosa recientemente? —preguntó Carys.

Se rascó la oreja.

—No. Pero oigo cosas por aquí y por allá.

Webster mencionó luces en la playa a altas horas de la noche.

—¿Y no lo denunció?

—¿Qué sentido tiene, cariño? Incluso si Webster no está imaginando cosas, los suyos y ese grupo de la Agencia de Fronteras no pueden hacer nada al respecto, ¿verdad? Detienen un barco y habrá tres más listos para tomar su lugar en la marea de la noche siguiente. —Suspiró—. Está muy bien hablar de cómo están aumentando la seguridad en las terminales de ferry y el Eurotúnel, pero ¿dónde nos deja eso a nosotros? Recuerdo que hace diez años por aquí, nadie cerraba sus puertas por la noche. Ahora nos están robando cosas a diestra y siniestra.

Kay cerró su libreta de golpe, incapaz de proporcionar al hombre las respuestas que buscaba. Sacó una tarjeta de visita.

—Mi número directo está ahí. El móvil también. Si ve algo, o quizás oye algo en los próximos días, ¿me llamará?

—Supongo que sí.

—Gracias.

CAPÍTULO 44

Kay se hundió en su asiento y echó un vistazo a su teléfono móvil para comprobar si había mensajes antes de dejarlo sobre el escritorio.

La sala de incidentes tenía una atmósfera de desesperación. La noticia se había extendido rápidamente de que los cuatro detectives y el equipo de agentes uniformados que habían viajado a Amesworth no habían logrado obtener los resultados que esperaban.

La propia Kay no podía evitar pensar que había sido una pérdida total de tiempo. No podía entender por qué Harrison había insistido en que ella viajara para hablar con Adrian Webster, cuando el hombre tenía muy poca información que darles. De hecho, habría sido mejor uso de su tiempo y el de los otros detectives si se hubiera realizado una entrevista por teléfono.

Sharp caminaba de un lado a otro frente a la pizarra blanca, su impaciencia por el lento progreso de la investigación era demasiado evidente.

Carys se movía entre ellos, repartiendo café que había recogido de su cafetería favorita al regresar a la comisaría. —No puedo entender por qué alguien querría vivir en un lugar tan desolado —dijo, apoyándose en el escritorio de Kay y sorbiendo su propia bebida caliente—. Dios, esto está mejor. No podía sentir las puntas de mis dedos por un momento.

—Ni me lo digas—dijo Kay—. La calefacción del coche que conducía Gavin también estaba rota.

Había optado por cambiar de lugar con Barnes en el viaje de regreso, dejando que el detective mayor viajara con Carys para que ella pudiera ponerse al día con Gavin y escuchar sus comentarios sobre las investigaciones puerta a puerta antes de la reunión informativa.

También aprovechó el tiempo para preguntarle cómo se sentía después de la triple autopsia a la que tuvo que asistir el día anterior. Sus instintos habían sido correctos; el joven detective estaba luchando.

—Sé que no debería alterarme —dijo, dirigiendo el coche por una serie de curvas detrás del vehículo de Carys y Barnes—. Pero no puedo sacarme las imágenes de la cabeza, y el olor…

—Eres humano, Gavin —le había dicho ella—, y eso es lo que te va a convertir en un gran detective.

Dicho esto, si estás luchando y necesitas hablar con alguien al respecto, no lo dejes para demasiado tarde, ¿de acuerdo? Se puede hacer de forma anónima. Nadie tiene que saberlo.

Una leve sonrisa había cruzado su rostro. —Gracias, oficial. Lo aprecio.

No habían dicho nada más sobre el asunto, y ahora Gavin estaba sentado en posición de alerta y escuchando atentamente mientras Sharp se dirigía a la sala.

—¿Aprendieron algo útil de esta gente? —dijo el inspector—. Pensé que este tipo Adrian Webster era el que llamó a la línea directa después de la conferencia de prensa.

—Lo era —dijo Kay—. Es un poco insomne e informa haber visto movimiento por la noche en la playa, pero no pudo darnos ninguna evidencia sólida que sugiriera que lo que había visto era un barco desembarcando, y solo informa haber visto a una persona en la playa por un breve momento. Otro residente de Amesworth con quien hablamos, Tom Harcourt, sugirió que Webster estaba imaginando cosas.

Sharp arrojó el bolígrafo que había estado sosteniendo sobre el escritorio junto a la pizarra blanca y se pasó una mano por la cara. —Entonces, ¿podría haber estado sufriendo delirios causados por la falta de sueño?

Kay se encogió de hombros. No estaba dispuesta a añadir combustible a su mal humor.

—O simplemente quería conocer a Hunter después de su aparición en televisión —dijo Barnes.

Kay le lanzó una mirada fulminante, pero concedió el punto. Había sucedido antes con otros detectives; a veces el público simplemente quería sentirse parte de una investigación porque no había nada más en sus vidas.

—No parece ser una comunidad unida —dijo Gavin, hojeando las páginas de su cuaderno—. Cuando hablamos con una Sra. Greaves en el extremo de Dymchurch del pueblo, no tenía idea de quién vivía dos puertas más arriba de ella, aunque había vivido allí durante casi ocho años y ellos ya estaban cuando ella llegó.

—Es porque el lugar no tiene un pub —dijo Barnes.

—¿Qué tiene que ver eso? —dijo Debbie.

—Como dijo Gavin, no hay sentido de comunidad. Si hubiera un pub, la gente tendría un lugar donde congregarse. En cambio, se mantienen para sí mismos.

—Tampoco tiene una iglesia.

—El pub tendría una audiencia más grande.

—Es un buen punto —dijo Kay, notando la mirada de exasperación de Sharp y decidiendo dirigir la conversación de vuelta a la investigación—.

Ninguno de ellos tiene una razón para socializar entre sí, y todos parecen sospechar de lo que el otro está haciendo, o no les importa.

La respuesta de Sharp fue interrumpida por el teléfono de escritorio de Kay sonando, y él le indicó que atendiera la llamada mientras finalizaba la reunión informativa.

Con la esperanza de que una nueva pista hubiera surgido de la conferencia de prensa o de sus conversaciones con los residentes locales ese día, se apresuró a contestar antes de que el que llamaba cambiara de opinión.

—¿Hola? oficial Hunter al habla.

—Detective Hunter, soy Jonathan Aspley del *Kentish...*

—No tengo tiempo para hablar con un reportero. Estamos en medio de una...

—Por favor. No se trata de su investigación. Bueno, no directamente. —Aspley exhaló y pareció reunir sus pensamientos antes de continuar—. No les diga a sus colegas que está hablando conmigo, ¿de acuerdo? Necesito reunirme con usted para que podamos hablar en privado.

Kay se alejó del resto del equipo, que ahora empezaba a volver a sus escritorios, la reunión informativa concluida, y bajó la voz.

—No le voy a dar una exclusiva, Aspley. ¿Por quién me toma?

—Esto no se trata de que usted me ayude —dijo él—. Se trata de que yo la ayude a usted. ¿Podemos reunirnos? Le prometo que no la haré perder el tiempo. Es importante.

Kay miró su reloj. —Está bien. ¿Dónde?

CAPÍTULO 45

Después de inventar una excusa de que tenía que recoger información del equipo de análisis forense digital de Grey en la jefatura, Kay salió de la sala de incidentes y se apresuró hacia la recepción.

El sargento Hughes levantó la vista de su periódico y arqueó una ceja.

—¿Con prisa?

—¿Puedo tener un coche del parque móvil, por favor, Hughes?

Él aspiró aire. —Bueno, no estoy seguro…

—*Por favor*. Lo siento, no tengo tiempo para tonterías.

Apartó el periódico y movió el ratón hasta que se iluminó la pantalla de su ordenador. —¿Dónde está tu coche?

—Aparcado frente al White Rabbit. Fuimos a tomar algo después del trabajo anoche.

—¿Disfrutando de tu recién adquirido estatus de celebridad?

—No empieces tú también.

Sonrió con suficiencia, tecleó con dos dedos y luego sacó un juego de llaves de un cajón y se lo entregó. —Es tuyo por dos horas.

—Gracias.

Salió disparada del área de recepción y recorrió el pasillo que conducía al aparcamiento, agradeciendo en voz baja a dos agentes uniformados que se hicieron a un lado cuando pasó corriendo, con expresiones desconcertadas en sus rostros.

Volvió a mirar su reloj antes de girar la llave en el contacto del pequeño utilitario que Hughes le había asignado.

Aspley le había dicho que esperaría veinte minutos. Después de eso, tomaría su ausencia como señal de que no estaba interesada en lo que tenía que decir.

El lugar que había elegido, Mote Park, era un popular espacio abierto en el centro de la ciudad que abarcaba más de ciento ochenta hectáreas. Con una mezcla de praderas, zonas boscosas, ríos y un gran lago, existía desde la época medieval.

Kay sacudió ligeramente la cabeza para borrar la imagen de un hombre ahorcado que había sido descubierto en el parque hacía un año.

En su lugar, sus pensamientos se dirigieron a lo que el periodista quería hablar con ella. Su insistencia en que no tenía que ver con la rueda de prensa despertó su interés.

Entró en el aparcamiento diez minutos después y se apresuró desde el vehículo hacia una figura que estaba de pie junto a las mesas de picnic desiertas.

—¿Jonathan Aspley?

Él extendió su mano. —Detective Hunter. Gracias por acceder a reunirse conmigo.

—No me gusta que los reporteros se presenten en mi casa sin invitación.

—Lo siento. Necesitaba hablar con usted lejos de la comisaría.

Kay frunció el ceño. —¿Por qué?

Sus ojos se desviaron de ella al aparcamiento, y luego miró por encima de su hombro. —¿Le importa si caminamos?

Ella entrecerró los ojos. —¿Lleva un micrófono oculto?

—¡No! —Abrió su chaqueta de un tirón—. No, no lo llevo. Puede comprobarlo si quiere.

Kay negó con la cabeza, reprimió su frustración ante su actitud de capa y espada, y le hizo un gesto para que la guiara.

Le dejó caminar un poco por delante de ella, para tener tiempo de estudiarlo.

No había tenido la oportunidad de buscarlo en el sitio web de un periódico, y era más joven de lo que había sonado por teléfono.

Un poco más bajo que ella, llevaba su cabello

castaño claro más largo en la parte delantera y notó que tenía la costumbre de apartárselo de los ojos antes de hablar. Sus ojos azul claro daban a sus rasgos ya fríos un aspecto desvaído, especialmente bajo la débil luz invernal.

Dirigió su atención a sus alrededores mientras caminaba tras él.

Donde en verano habría un puesto de helados estacionario, rodeado de padres acosados y niños irritables, el área ahora estaba vacía, con un puñado de hojas marchitas persiguiéndose a través del asfalto roto y picado.

Las raíces nudosas de los árboles rompían los bordes del camino, con ramas desnudas crujiendo en el viento arriba.

Aspley esperó hasta que estuvieron a la altura de la casa de botes antes de reducir la velocidad, con la mirada fija en un par de cisnes en el lago a la derecha.

Kay se abrazó el abrigo contra el pecho y entrecerró los ojos contra la fuerte brisa que le levantaba el pelo del cuello.

—Si necesitas decirme algo, ¿podrías darte prisa? Hace un frío de muerte aquí fuera.

—Lo siento. Quería que habláramos en un lugar donde pudiera estar seguro de que no nos oirían.

—¿Qué está pasando?

—¿Qué tan bien conoces a Simon Harrison?

Ella se encogió de hombros. —Esta es la primera vez que trabajo con él. Es de la UCGO, así que no he tenido nada que ver con él antes. ¿Por qué?

Aspley infló las mejillas antes de responder.

—He estado investigando el método de trabajo policial de Harrison durante un tiempo. Cuando me di cuenta de que se había trasladado a Kent desde la Metropolitana hace tres años, solicité un puesto en el periódico de aquí para poder seguirlo.

Kay señaló un banco de madera a la orilla del lago. —Muy bien. Has captado mi atención.

Se movieron hacia el asiento, y Aspley se abrochó la chaqueta antes de continuar.

—Mientras estaba en la Metropolitana, Harrison ganó reputación por hacer cualquier cosa para impulsar su carrera. Encerró a muchos criminales, pero siempre ha habido dudas sobre sus métodos.

—¿Qué quieres decir?

—Antes de ser transferido, un detective que trabajaba con él fue asesinado por un sospechoso al que habían estado persiguiendo durante seis meses.

Kay tragó saliva. —Debió ser terrible para él, tener eso en su conciencia.

—Harrison no tiene conciencia. Usó a su colega para tender una trampa al sospechoso, y salió mal. ¿Te suena familiar?

Los pensamientos de Kay se dirigieron a Gareth Jenkins, y una sensación de malestar empezó en su estómago. —Si Harrison fuera responsable de la muerte de su colega, habría habido una investigación de Asuntos Internos, y lo habrían relevado del servicio.

—Hizo un trato. Aceptó el traslado y el expediente se cerró.

—¿Qué tiene que ver todo esto conmigo?

—Ese es mi punto, Kay. Te está usando como cebo para Demiri. ¿Por qué otra razón te pediría que te presentaras en la rueda de prensa?

Kay resopló. —No seas ridículo. Fue idea mía formar parte de su equipo.

—¿Lo fue? ¿O simplemente te dio la impresión de que era tu idea?

Ella entrecerró los ojos mirándolo, luego pensó en todas las veces que Harrison había desaparecido sin dejar rastro durante el corto tiempo que había estado trabajando con él, y se preguntó qué tan desesperado estaría por asegurarse de que ella y el resto del equipo de Sharp se mantuvieran al margen de ser quienes arrestaran a Demiri.

¿Llegaría tan lejos como para sobornar a un periodista para intentar asustarla? ¿Trataría de hacerla dudar de sus propias afirmaciones de que la había hecho parte integral de su investigación, solo para aprovechar cualquier oportunidad que pudiera para socavar sus capacidades?

O, ¿estaba el periodista intentando causar paranoia, con la esperanza de que ella confiara en él?

Se levantó del banco y miró fijamente a Aspley. —Esta conversación ha terminado.

Kay metió las manos en sus bolsillos y giró sobre sus talones.

—¡Espera!

Se detuvo y miró por encima del hombro. —¿Qué?

Aspley estaba de pie junto al banco, con expresión afligida. —Mira, ten cuidado, ¿de acuerdo?

Ella frunció los labios y negó con la cabeza. —Buen intento, Aspley. Ahora, si me disculpas, tengo una investigación que continuar.

Se dio la vuelta y se apresuró hacia el coche, sin confiar en sí misma para mirar atrás de nuevo, y con la mente trabajando a toda velocidad.

CAPÍTULO 46

Kay se incorporó de golpe en la cama, con el corazón acelerado y los pensamientos confusos al ser arrancada de un sueño profundo.

—¿Qué demonios...?

Una serie de chillidos agudos alcanzó su punto álgido desde la cocina de abajo, y ella tanteó a ciegas en busca de la lámpara de la mesita de noche, protegiéndose los ojos cuando la bombilla cobró vida.

Acercó la muñeca a su rostro y entrecerró los ojos intentando leer el dial de su reloj, justo antes de que su teléfono móvil comenzara a sonar y vibrar sobre la superficie del tocador.

Gruñó y apartó el edredón, tropezando al cruzar la habitación para coger el móvil antes de que saltara el buzón de voz.

La alarma no debía sonar hasta dentro de diez minutos, y sin embargo ahí estaba ella con dos bolas de pelo gritando por su desayuno y, sin duda, una crisis en el trabajo.

—¿Diga? —murmuró.

—Soy Sharp.

—¿Qué pasa?

—Han encontrado muerto a Reg Powers en el taller cerca de Hythe. ¿Cuánto tardarás en llegar aquí?

Kay hizo un cálculo rápido mentalmente.

—¿Hora y media?

—Intenta que sea menos si puedes. Trae a Barnes.

Terminó la llamada sin esperar respuesta, y Kay maldijo por lo bajo antes de marcar el número de marcación rápida de Barnes.

—Ughhh.

—Buenos días.

—¿Qué hora es?

—Las seis menos cuarto. Han encontrado muerto a Reg Powers. Sharp quiere que vayamos a la escena. ¿Puedes recogerme lo antes posible?

—Vale.

Revisó la pantalla de su móvil hasta encontrar la alarma, la apagó y lanzó el móvil sobre la cama antes de dirigirse al baño. Se quitó la camiseta por la cabeza, se metió bajo los chorros de agua caliente y se frotó el sueño de los ojos mientras procesaba las noticias de Sharp.

Bajó las escaleras a toda prisa, echó comida en el comedero de los conejillos de indias y luego cogió su bolso de la encimera.

Abrió la puerta y se apresuró hasta el final del camino de entrada para esperar a Barnes.

Ya presentía que iba a ser un día largo.

———

Kay se desabrochó el cinturón de seguridad cuando Barnes frenó junto a la acera a varios metros del taller, y saltó del coche antes de que él hubiera apagado el motor.

Sus ojos recorrieron la escena mientras se acercaba, y se le cayó el alma a los pies.

Una furgoneta de noticias de televisión estaba aparcada frente a la explanada del taller, que había sido acordonada con cintas de escena del crimen que ondeaban en el aire gélido de la mañana.

Una reportera arriesgaba su vida parada en medio de la carretera, hablando a la cámara enfocada en ella y gesticulando con entusiasmo hacia las carpas blancas que se habían instalado para actuar como pantalla entre la calle y el taller.

Su traje rojo brillante hería los ojos descafeinados de Kay.

Kay se acercó y esperó hasta que la mujer terminó su perorata y bajó el micrófono.

—Perfecto, Suzie —gritó el cámara.

—Disculpe —dijo Kay.

La mujer alzó una ceja depilada casi hasta la extinción.

—¿Sí?

Kay mostró su placa y luego señaló la curva ciega de la carretera detrás de la mujer.

—Esta es una vía principal, con un límite de velocidad de cien kilómetros por hora. Para evitar que mis colegas de Tráfico tengan que raspar lo que quede de usted cuando pase el próximo vehículo pesado, ¿le importaría realizar sus entrevistas en la acera?

La mujer hizo un mohín.

—No tendrá el mismo efecto. Joe no podrá conseguir el ángulo adecuado.

—Bueno, Joe va a tener una toma fantástica de usted salpicada por toda la carretera si no hace lo que le digo.

La reportera suspiró, se echó su pelo negro azabache sobre el hombro y se alejó pavoneándose, quejándose en voz alta al cámara.

—¿Haciendo amigos e influyendo en la gente, oficial?

—Honestamente, Barnes. Pensarías que tendrían algo de sentido común.

Volvieron su atención al taller, cruzaron la calle y firmaron en una tablilla que les tendió un agente uniformado.

Anotó sus nombres y luego levantó la cinta.

—El inspector Sharp está allí, con el jefe del equipo de la Científica —dijo.

—Gracias —dijo Kay. Hizo una pausa y dejó que

Barnes caminara delante de ella—. ¿Algún problema con la reportera?

Él sonrió.

—No, se mantiene bien alejada. Lástima. Se ve bien con falda.

Kay puso los ojos en blanco y siguió a Barnes.

Afortunadamente, los primeros en responder habían tenido el sentido común de establecer el cordón bien alejado de la carpa principal donde trabajaba el equipo de la Científica, y ella hizo una nota mental para agradecerles su previsión.

Sin duda, Suzie sería acompañada por varios otros reporteros una vez que se corriera la voz.

—Hunter.

Sharp asomó la cabeza por la carpa y les hizo señas para que se acercaran.

—¿Cómo llegó la reportera tan rápido? —dijo Kay.

Sharp señaló con la barbilla uno de los coches patrulla, en cuyo asiento trasero estaba sentado un anciano charlando con una agente.

—Un tipo llamado Harry Bertram pasaba por aquí para comprar el periódico en el quiosco. Vio a Powers sentado en uno de los coches fuera del taller y no le gustó el aspecto, así que se acercó a echar un vistazo. Cuando logró abrir la puerta, se dio cuenta de que Powers estaba muerto, así que le dijo al quiosquero que nos llamara. Parece que el quiosquero llamó a algunas personas más.

—Maldición —dijo Barnes—. ¿Grabaron algo con la cámara antes de que se instalaran las pantallas?

—No, los primeros en responder fueron excelentes: encontraron esas lonas en el taller y las colocaron antes de que llegara el equipo de noticias.

—¿El taller estaba abierto?

—Algo que averiguaremos como parte de la investigación, así que añádelo a tu lista —dijo Sharp.

—De acuerdo, ¿qué le pasó a Powers?

Sharp sostuvo abierta la solapa de la carpa.

En lugar de entrar en el área segura, Kay y Barnes se quedaron en el umbral.

No tenía sentido que todos se amontonaran para ver; ya habían visto suficientes cadáveres en el pasado, y dos personas más merodeando por la escena del crimen no habrían sido apreciadas.

Tal como estaba, el hedor a orina y excremento se mezclaba con el rastro de gases de escape, y Kay se llevó la manga a la nariz para enmascararlo.

—Asfixia —dijo Sharp—. Obviamente, la autopsia lo confirmará, pero es bastante evidente. Se envió una ambulancia al mismo tiempo que los primeros en responder, así que declararon la muerte por nosotros.

Kay asintió. Que el equipo de la ambulancia confirmara la muerte les ahorraba arrastrar a Lucas fuera de la morgue y perder tiempo esperando a que llegara. Al menos Harriet y su equipo podían trabajar rápidamente para preservar la mayor cantidad de evidencia posible.

—¿Suicidio? —dijo Barnes.

—Lo dudo —dijo Sharp—. A menos que se haya arrancado sus propias uñas antes de gasearse.

Barnes hizo una mueca y sopló entre los dientes.

—¿Cómo logró su asesino asfixiarlo de todos modos? —dijo Kay—. Pensé que eso era difícil con los coches modernos.

—Este vehículo tiene más de veinte años —dijo Sharp.

—La ventana del pasajero está agrietada —dijo Barnes.

—Estoy trabajando con la teoría de que la pateó intentando romper el cristal —dijo Harriet mientras pasaba junto a uno de sus colegas y se acercaba—. Se ha movido ligeramente en su asiento con las caderas giradas hacia la izquierda, como si hubiera intentado usar el talón de su bota para romperlo, pero confirmaré eso una vez que hayamos terminado aquí. Las grietas ciertamente se hicieron desde el interior del coche, no desde el exterior.

—¿Cómo es que no abrió la puerta, si podía alcanzar la ventana con los pies? —dijo Kay.

—Las cerraduras habían sido pegadas —dijo Harriet—. Bertram les dijo a tus colegas que tuvo que abrir la puerta del conductor con una palanca que encontró en el garaje.

Se subió la mascarilla sobre la boca y volvió a

donde trabajaba su equipo, y Sharp dejó caer la solapa de la tienda de vuelta a su lugar, luego hizo un gesto a Kay y Barnes para que lo siguieran al edificio.

Las puertas dobles de la entrada habían sido apuntaladas, y otro de los equipos de Harriet se movía meticulosamente por el espacio sombrío del interior.

Sharp se volvió hacia Kay y Barnes, y bajó la voz.

—Esto es resultado directo de la insistencia de Harrison en una conferencia de prensa demasiado temprano en la investigación —dijo, con los ojos ardiendo—. No se puede saber el daño que ha hecho. ¿Cuántas personas más van a morir antes de que encontremos a Demiri?

Kay se volvió para mirar la carretera más allá del patio delantero.

Dos vehículos más se habían unido a Suzie y su camarógrafo; diferentes canales de noticias luchando por espacio a lo largo de la estrecha acera.

Su corazón dio un vuelco cuando reconoció a Jonathan Aspley, y desvió la mirada cuando él comenzó a caminar hacia el cordón policial.

—¡Inspector!

La voz de Harriet llegó hasta donde estaban parados, con su cabeza asomándose desde la tienda.

—¿Qué pasa? —dijo Sharp.

—Necesita ver esto.

Se apresuraron de vuelta al área cubierta y se unieron a Harriet en la entrada.

—Entren —dijo ella—. No quiero arriesgarme a que uno de esos equipos de noticias vea esto.

Se apretujaron en el espacio reducido, y Kay notó que los ojos de la investigadora de la escena del crimen brillaban de emoción.

—¿Qué tienes? —dijo Barnes.

Les hizo señas para que se acercaran al asiento del conductor y se agachó. —Notamos que tenía un trozo de papel en la mano; lo abrimos y parece que usó su propia sangre para dejar un mensaje.

Kay sintió un escalofrío recorrerle el cuello mientras Harriet le entregaba el papel a Sharp.

Mientras tomaba la esquina entre los dedos enguantados, su ceño se frunció antes de girarlo para que lo vieran.

—Un lugar y una hora —dijo—. ¿Os dice algo a vosotros dos?

—Tiene que ser el próximo envío de Demiri —dijo Kay, con el corazón acelerado—. Es cuando va a traer el siguiente lote de chicas.

CAPÍTULO 47

—No hay tiempo para planear esto adecuadamente —dijo Sharp entre dientes—. Será un desastre.

—No, no lo será —dijo Harrison—. Tendremos apoyo de la Agencia de Fronteras y mi equipo de la UCGO, además de agentes uniformados.

—Con todo respeto, jefe, solo tenemos el nombre de un lugar. No una ubicación exacta. Podría estar planeando desembarcar el bote en cualquier parte de ese tramo de costa —dijo Kay, y agitó la mano hacia el documento que Sharp estaba leyendo—. Y, según ese correo electrónico de la Agencia de Fronteras, quieren basar la mayoría de su equipo en Dymchurch porque es donde los contrabandistas anteriores han desembarcado. Solo tendremos un puñado de sus oficiales disponibles para apoyarnos.

Harrison caminaba por la habitación, su frustración era palpable.

—Miren —dijo finalmente—. Somos suficientes para tener cuatro equipos de cuatro distribuidos a intervalos de tres cuartos de milla. Mantendremos contacto por radio en todo momento. El pronóstico del tiempo muestra lluvia, así que no tendremos tanta visibilidad como me gustaría, pero aún podremos ver un bote acercándose; de hecho, podremos escuchar el motor antes de que lo apaguen y se deslicen hacia la orilla.

—¿Tú crees? —Sharp se pasó una mano por la mandíbula y se rascó la barba incipiente—. No me gusta. Es demasiado arriesgado.

—No tenemos opción, Sharp —dijo Harrison—. Si perdemos este bote, esas chicas van a terminar exactamente como las que encontramos muertas. ¿Quieres eso en tu conciencia?

Kay observó cómo su oficial superior se desplomaba en su asiento, con los ojos preocupados.

—Eso pensé —dijo Harrison. Tomó su chaqueta del respaldo de la silla de visitas y se la echó sobre los hombros—. Iré a informar a la sede y hacer las llamadas necesarias a Colin Fox y su equipo en la Agencia de Fronteras. Tendremos una reunión informativa conjunta aquí mañana a las ocho en punto, Sharp. Asegúrate de que tu equipo esté listo.

Salió rápidamente de la habitación, sus pasos apresurados resonando a través de la sala de incidentes antes de que Kay oyera la puerta cerrarse de golpe tras él.

Se levantó de su silla y se acercó a la ventana, con los brazos cruzados sobre el pecho.

Abajo, el inspector jefe caminaba hacia su coche, con el móvil en la oreja.

—Empieza a hacer llamadas al resto del equipo —dijo Sharp—. Además de ti y Barnes, quiero a Miles y Piper en esa playa mañana por la noche, y no quiero problemas, así que hazlos venir temprano mañana, al menos media hora antes de que comience la reunión informativa, para asegurarnos de que entiendan los peligros involucrados.

—Lo haré, jefe.

Se volvió al oír un golpe en la puerta abierta.

—Lucas acaba de enviar por correo electrónico el informe de la autopsia de las tres víctimas encontradas en la propiedad de Thurnham —dijo Barnes—. Imprimí una copia para cada uno de ustedes.

Sharp hizo un gesto hacia el asiento que Harrison había desocupado momentos antes, y Barnes entregó los documentos.

Kay hojeó las páginas, sus ojos absorbiendo los detalles de la tortura que las mujeres habían sufrido antes de ser asesinadas. Los huesos rotos que ella y Sharp habían notado en la escena del crimen eran bastante horribles, pero mientras leía el informe, la extensión de sus lesiones internas le dejó una sensación de náusea en el estómago.

Barnes se aclaró la garganta. —Como verán en las

conclusiones de Lucas, él determina que las lesiones de las tres víctimas fueron causadas, antes de su muerte.

Kay exhaló y colocó su copia en el escritorio de Sharp.

De repente, cualquier riesgo asociado con la operación de la noche siguiente palidecía en comparación con lo que sucedería si Demiri no era aprehendido y las inmigrantes ilegales rescatadas de las garras de él y sus hombres.

Kay se detuvo en la puerta y miró por encima del hombro.

—Dado tu historial militar y experiencia, tengo que decir que me sentiría más tranquila recibiendo órdenes tuyas para esta operación, jefe.

Él se encogió de hombros, con un cansancio cruzando sus facciones que ella no había visto antes.

—Es lo que hay, Hunter. Ve a casa y descansa. Mañana será un día largo.

CAPÍTULO 48

Kay bajó las escaleras en calcetines, con el pelo recién lavado. Llevaba sus vaqueros favoritos y un jersey holgado, perfecto para relajarse frente al televisor con una copa de vino.

Alargó la mano y subió el termostato un poco, asegurándose de que la calefacción central contrarrestara el frío viento que hacía temblar las ventanas de doble cristal, y luego se dirigió a la cocina.

Sus dos peludos protegidos la miraron desde su jaula con expresiones esperanzadas.

—Ya lo sé, ya lo sé. Es hora de comer —dijo. Le sorprendió lo rápido que se había acostumbrado a su presencia en la casa, y en secreto se alegraba de que el cobertizo del jardín hubiera resultado estar demasiado desordenado para su jaula.

Tampoco soportaba la idea de que tuvieran que enfrentarse a los elementos en el patio trasero.

Tarareó para sí misma mientras cambiaba los periódicos sucios, reemplazándolos por unos limpios y sacando la basura antes de coger una de las bolsas de verduras ya cortadas del refrigerador.

Bonnie parloteaba para sí misma mientras Kay sacaba a Clyde de la jaula y le aplicaba suavemente un ungüento en la piel mientras él masticaba la parte superior de una zanahoria.

Lo giró en sus manos hasta que la criatura peluda quedó frente a ella, y luego lo levantó para que estuvieran cara a cara.

—¿Sabes qué, Clyde? Vosotros dos tenéis una vida mimada. No tenéis que preocuparos por la gente malvada. Todo lo que tenéis que hacer es sentaros ahí y comer vuestras zanahorias.

Clyde movió la nariz.

Kay sonrió, lo volvió a meter en la jaula y aseguró el cierre, y luego se lavó las manos antes de servirse una gran copa de vino mientras preparaba su propia cena.

Mientras trabajaba, iba comentando todo lo que hacía a los conejillos de indias, y luego se detuvo de repente.

—Estoy perdiendo la cabeza.

Frunció el ceño, reconociendo sus acciones por lo que eran: una forma de apartar el pensamiento de la operación de mañana.

Una sensación de inquietud la invadió, y sacudió la cabeza mientras servía la pasta en un plato y sacaba un taburete al final de la encimera.

No serviría de nada preocuparse. El inspector jefe Harrison y su equipo de la UCGO estaban bien versados en estos asuntos, y contaban con el apoyo de la Agencia de Fronteras y algunos de sus propios agentes uniformados.

Aun así, un escalofrío de nervios y emoción le recorrió la espalda.

¿Estaría allí Demiri?

¿Tendría por fin la oportunidad de arrestarlo?

Apartó el plato, incapaz de soportar la comida, dándose cuenta de que no podría relajarse esta noche, a pesar del consejo de Sharp.

Se acercó al refrigerador y rellenó su copa, y casi la dejó caer cuando su teléfono móvil empezó a sonar.

—Contrólate —murmuró, y se apresuró a volver a la encimera. Sonrió al ver el nombre del que llamaba.

—Hola, tú.

—Hola —dijo Adam—. Malas noticias, me temo. El pronóstico del tiempo no mejora y han cancelado mi vuelo. Parece que no podré salir de aquí hasta mañana por la noche.

—Qué fastidio. ¿Has podido ponerte en contacto con la clínica?

Mientras Adam hablaba de las diversas llamadas que había hecho a sus colegas y de los arreglos que había hecho para su ausencia prolongada, Kay se preguntó si debería contarle sobre la operación planeada para la noche siguiente.

Después de todo, si Adam estuviera en casa ahora mismo, se lo diría.

Sin embargo, estaba a más de seiscientos kilómetros de distancia, varado sin forma de volver a casa, y parecía injusto darle cualquier motivo de preocupación.

Lo conocía demasiado bien: solo se preocuparía, o haría algo drástico, como alquilar un coche y conducir hasta casa.

Se mordió el labio.

—Entonces, ¿qué está pasando allí? —dijo él.

—Todo bien. La investigación ha ido bien, y esperamos tener un resultado pronto.

—¿Te estás manteniendo alejada de los problemas?

Cerró los ojos, agradecida de que no hubiera mencionado el nombre de Demiri, y agradecida de no tener que mentir.

—Sí.

—Bueno, mantente alejada de los problemas durante otras veinticuatro horas —dijo, y suspiró—. No puedo creer que esté atrapado aquí esta noche en lugar de estar contigo.

—No te preocupes —dijo Kay—. Estaré bien.

CAPÍTULO 49

Kay metió las manos en sus bolsillos y hundió el rostro en la gruesa bufanda que se había enrollado alrededor del cuello antes de salir de la comisaría para conducir hacia la costa.

Entrecerró los ojos bajo la menguante luz de la luna que se escabullía tras las nubes, oscureciendo su visión del agua embravecida del Canal de la Mancha que golpeaba la playa más abajo.

El sonido de botas sobre la arena se escuchó a su lado, y Gavin apareció junto a ella.

—¿Crees que estará aquí?

Ella levantó la cabeza y jadeó cuando el viento frío azotó su rostro. Se dio la vuelta, dando la espalda a la playa para tener un breve respiro de los elementos, y escudriñó la maleza que bordeaba la carretera costera.

—Estará aquí. En alguna parte. No puedo imaginar que quiera perder su inversión.

Gavin gruñó en respuesta y miró hacia el cielo.

—Se está nublando. Parece que vamos a tener más lluvia.

Kay volvió su atención al mar. —Eso le ayudará. No podremos divisar el barco hasta que esté casi aquí.

—Si es que estamos en el lugar correcto.

—¿Dónde está Harrison?

—A unos ochocientos metros en esa dirección. —Gavin señaló a su izquierda—. Tiene equipos distribuidos a lo largo de la playa y en la cala siguiente, por si acaso.

—¿Carys y Barnes?

—Más allá de la posición de Harrison, junto al siguiente grupo de espigones a lo lejos.

Kay entrecerró los ojos contra el viento, captando una sombra oscura al final del poste más alejado del borde del agua. Miró por encima de su hombro hacia la destartalada cabaña apartada de la playa, sus paredes cubiertas de hiedra y su interior en penumbras.

—¿Ninguna señal del propietario?

—No. Hay un periódico gratuito asomando del buzón. Debe estar fuera. Barnes intentó despertar a alguien hace media hora, pero no hubo respuesta.

—Qué lástima. Me sorprende que el inspector jefe no conozca al propietario. Pensé que estaba vigilando esta parte de la costa.

—¿Crees que sea uno de los informantes de Harrison?

Kay se estremeció. —Preferiría que fuera suyo y no de Demiri.

Se quedaron en silencio y volvieron a mirar hacia el agua.

Kay había querido cuestionar las órdenes de Harrison de que el equipo se dividiera a lo largo de la playa, pero un sentido de respeto hacia Sharp la hizo contenerse.

No podía evitar sentir que ella y Gavin estaban expuestos muy lejos del resto del equipo, pero Harrison había insistido y, al final, ella se había tragado sus preguntas y se había resignado a un papel de apoyo en la operación.

Sus pensamientos fueron interrumpidos por un toque en su brazo de Gavin.

—Mira.

Señaló hacia las aguas oscurecidas, y ella siguió su línea de visión.

—No veo nada.

—Creí ver algo. Supongo que no.

—Esto sería mucho más fácil si el equipo de Fox de la Agencia de Fronteras estuviera aquí.

—Bueno, lo oíste hablar con Sharp y Harrison antes de que saliéramos de la comisaría. Insistió en que posicionaría a su equipo más allá por la costa cerca de Dymchurch, porque es donde han atrapado gente antes.

—Sí, y estuvo en todas las noticias cuando eso sucedió, así que estoy segura de que ahora es una "zona prohibida" para los traficantes de personas.

—Supongo que tenemos que tratar de cubrir tanto como podamos, oficial.

—Lo sé. Tienes razón. Sería la ley de Murphy que aparecieran por allá, y…

Kay escuchó la brusca inhalación de Gavin al mismo tiempo que él levantaba la mano para silenciarla.

Una embarcación de bajo perfil se aferraba a las olas, acercándose a la playa a la izquierda de su posición. El suave sonido de su motor llegó hasta ella, y su ritmo cardíaco se aceleró un poco.

—Son ellos —dijo Gavin.

Kay tomó los prismáticos que él le entregó.

En la débil luz de luna causada por la cobertura de nubes, Kay pudo distinguir ocho figuras aferradas a los lados, acurrucadas contra los elementos.

En el centro de la pequeña pero poderosa embarcación, pudo distinguir dos figuras más corpulentas que se habían agachado junto a la columna de dirección central, tratando de disimular su presencia.

El bote coronó una gran ola, su popa elevándose en el aire antes de estrellarse sobre la siguiente.

Un grito se pudo escuchar por encima del ruido del mar, y el corazón de Kay se conmovió por las jóvenes, probablemente aún adolescentes y a cientos de kilómetros de sus hogares y familias, que habían hecho el aterrador viaje a través de una de las vías marítimas más transitadas del mundo.

El motor aceleró una vez más, y luego se apagó cuando el bote fue empujado hacia la playa, con el final de su viaje a la vista.

—¿Oficial? —susurró Gavin.

A regañadientes, Kay devolvió los prismáticos y se mordió el labio.

Harrison tendría que cronometrar cuidadosamente la captura de la embarcación.

Demasiado pronto, y los hombres que pilotaban la embarcación simplemente reiniciarían el motor y se alejarían de la playa.

Peor aún, si perdían el control o el motor se apagaba mientras el bote estaba en medio de un giro, podría significar un desastre para todos a bordo si una de las grandes olas golpeaba al mismo tiempo, volcando el bote.

Kay contuvo la respiración.

Se había sentido tranquilizada cuando el equipo de Harrison había instalado sus vehículos hacia el extremo más alejado de la playa y había sacado mantas térmicas y botiquines de primeros auxilios. Era evidente que no estaban corriendo riesgos, pero si los ocupantes del bote no podían nadar hasta la seguridad en las peligrosas aguas heladas…

—Ahí van —dijo Gavin.

Kay forzó la vista en la oscuridad, enfocándose a tiempo para ver la popa del bote tocar tierra.

Segundos después, una docena de oficiales armados de respuesta táctica se levantaron de sus posiciones a lo largo de la arena y corrieron hacia él, gritando a los ocupantes que levantaran las manos en el aire.

Ella se adelantó, ansiosa por involucrarse, luego se detuvo cuando la radio sujeta a su chaleco antibalas cobró vida con un crujido.

La voz de Harrison atravesó la feroz estática. —Todo el personal que no esté directamente involucrado en la captura de la embarcación, mantengan sus posiciones.

Escuchó a Gavin emitir un fuerte suspiro.

—Siempre dama de honor, nunca la novia —refunfuñó.

CAPÍTULO 50

Kay entrecerró los ojos en la escasa luz.

Tres de los vehículos todoterreno de la División rebotaron sobre las plantas achaparradas que bordeaban el camino irregular antes de atravesar la arena, dirigiéndose hacia la multitud que se reunía alrededor del bote varado.

Las luces de alta potencia fijadas al techo de cada vehículo se encendieron iluminando la escena, y Kay maldijo profusamente al quedar temporalmente cegada, a pesar de estar a casi un kilómetro y medio de distancia.

—No puedo oír una mierda a través de esto —murmuró Gavin, y golpeó la palma de su mano contra la parte posterior de su radio—. Tanto que nos organizamos.

Kay lo miró de reojo mientras la radio protestaba

con un siseo, luego desenganchó la suya de su chaleco antibalas. —Toma.

Él la cogió, guardando la suya en su chaleco, y ajustó el volumen para que pudieran escuchar los informes desde el otro extremo de la playa.

Kay se balanceó hacia adelante sobre la punta de los pies, ansiosa por participar más activamente en los arrestos.

—Todos los demás oficiales deben mantener su posición. —La voz de Harrison cortó la estática—. Tenemos a Oliver Tavender bajo custodia, pero no hay señales de Demiri.

—Maldita sea, se escapó —dijo Gavin.

—Shh. Estoy tratando de escuchar.

Ella le hizo un gesto para que subiera el volumen, pero cuando lo hizo, poco mejoró la calidad del sonido.

Frustrada, arrastró sus botas por la arena, borrando sus huellas.

Siempre había preferido las playas rocosas: lugares para trepar y escalar; fósiles por descubrir; anémonas marinas que se aferrarían a un dedo extendido si se las provocaba.

Aquí, el paisaje parecía más expuesto e implacable, sin lugar donde esconderse.

—Entonces, ¿dónde estás, Jozef? —murmuró.

—¿Oficial?

—Nada.

Pateó la arena una última vez, luego se acercó a donde Gavin caminaba cerca de la orilla del agua.

Parpadeó para tratar de evitar que sus ojos lagrimearan por el viento y se ajustó la gorra con más fuerza en la cabeza, antes de darse cuenta de que había pasos en la arena suave detrás de ella.

Se dio la vuelta, con las manos levantadas en posición defensiva.

—¿Detective Hunter?

—¿Señor Webster?

Miró por encima de su hombro para ver a Gavin manipulando la radio, una fuerte maldición emanando del joven detective antes de que levantara la radio y se encogiera de hombros.

—Esta también está muerta.

Se volvió hacia Webster.

El hombre mayor llevaba un anorak desgastado sobre unos vaqueros, sus pies enfundados en un par de viejas botas de trabajo y un gorro de lana calado hasta las orejas.

—Señor Webster, necesita regresar a su casa por su propia seguridad.

Él la ignoró y, en su lugar, miró por encima de su hombro, sus ojos parpadeando sobre Gavin antes de desviarse hacia la escena más allá, y luego volver a ella.

—Creo que hay otro bote —dijo, con los ojos preocupados. Extendió la mano hacia su brazo y la llevó unos pasos más allá antes de señalar hacia la playa oscurecida.

—Allí. Salí de casa para ver qué era todo este alboroto, pero mientras caminaba por el sendero, escuché una voz que llamaba, en voz baja.

El ritmo cardíaco de Kay aumentó, y se acercó más al anciano para tratar de ver lo que estaba señalando.

—¿Dónde?

—¿Ve ese poste de espigón, a unos cuatrocientos metros? Detrás de allí.

—¿Gav?

—¿Oficial?

—¿Alguna suerte con esa radio?

—No —escupió la palabra.

Kay sacó su teléfono móvil y se mordió el labio.

Las instrucciones de Harrison habían sido claras: nada de teléfonos móviles, por temor a que la luz de la pantalla o un tono de llamada errante alertara a alguien de su presencia.

Miró fijamente la pantalla oscurecida un momento más, luego lo volvió a guardar en su chaleco.

—Maldita sea.

Iría en contra de todo su entrenamiento, pero no podía dejar que Demiri escapara. Repasó los riesgos en su cabeza, descartándolos uno por uno.

—¿Gav? Vamos a necesitar refuerzos, así que ve a buscar a Sharp y trae un equipo para ayudarnos.

—¿Qué vas a hacer tú?

—Voy a acercarme un poco más, y hacer que el señor Webster me muestre dónde está este bote.

—Oficial, con todo respeto, sería mejor esperar. No puedes ir sola.

Ella bajó la voz. —No voy a dejar que se escape. Mantendré la distancia. Ve, tardarás menos de diez minutos, ¿verdad?

Él asintió, con cara de miseria. —Aun así, no me gusta, oficial.

—Estamos perdiendo el tiempo hablando de esto. ¡Ve!

Observó cómo Gavin se daba la vuelta y comenzaba a trotar, su andar torpe sobre la arena, y luego se volvió hacia Webster.

—Muéstreme.

—Está por aquí —dijo Webster—. Por este camino.

Para ser un hombre mayor, Webster mantuvo un ritmo constante a través de la playa, alejándose de las luces del vehículo de la agencia fronteriza y adentrándose en la penumbra más allá.

—Más despacio —siseó Kay.

—Lo siento —dijo Webster—. Supongo que estoy acostumbrado a caminar por aquí. Olvido que usted no es local.

Kay le hizo un gesto para que continuara, el rugido del oleaje obliterando cualquier otro ruido a su alrededor.

Cuando la fila de postes del espigón apareció a la

vista, extendió la mano y la colocó sobre el hombro de Webster.

—Espere.

A su derecha, podía distinguir el contorno de la cabaña de Webster al otro lado del sendero desde la playa. No brillaba ninguna luz en las ventanas, y se preguntó con qué frecuencia el hombre encontraba que el sueño lo eludía y optaba por caminar por la playa de noche en su lugar.

—No puedo ver ningún bote.

Él se llevó un dedo a los labios. —Está justo al otro lado de los postes del espigón —dijo—, y baje la voz. El sonido viaja mejor cerca del agua.

Kay frunció el ceño, incapaz de creer que se pudiera escuchar algo por encima del ruido del viento y el oleaje que actualmente batallaba en sus oídos.

Sintió el peso de su teléfono móvil, seguro en su bolsillo del chaleco antibalas, y se preguntó si valía la pena el riesgo de encenderlo y enviarle un mensaje de texto a Sharp para hacerle saber que estaba a tiro del bote que Webster dijo haber visto. Descartó el pensamiento casi de inmediato, sabiendo que, si Demiri escapaba porque había visto la luz de su teléfono móvil, nunca dejaría de oírlo ni de Harrison ni de sus superiores.

Gavin no estaba por ningún lado.

Sintió que Webster se escurría de su agarre.

—Venga —dijo él—. Le mostraré dónde está.

Ella tropezó tras Webster, el rocío del oleaje

cegándola momentáneamente mientras el viento tiraba de su cabello.

Webster se agachó cuando se acercaron a los postes del espigón y le hizo una seña.

En silencio, ella lo siguió, preguntándose dónde estaría Gavin, pero decidida a que Demiri no se escapara.

Volvió a mirar por encima del hombro, pero aún nadie la seguía. Al girarse de nuevo, emitió un grito sorprendido.

Webster había desaparecido.

—¿Señor Webster?

Se apartó el cabello de los ojos, luego se quitó una goma elástica de la muñeca y se lo ató. El anciano no se veía por ningún lado en la oscuridad, y su corazón dio un vuelco.

Se deslizó alrededor de los postes del espigón, esperando ver otra lancha cargada de mujeres que habían arriesgado todo para cruzar el Canal de la Mancha.

Se le cortó la respiración, la confusión apoderándose de ella.

La playa estaba vacía. Se enderezó, sus pensamientos atropellándose unos a otros mientras trataba de comprender lo que estaba pasando. Sintió movimiento detrás de ella y giró sobre sus talones un momento antes de que un puño se estrellara contra su cara.

Mientras yacía jadeando en la arena suave,

levantó una mano temblorosa hacia su labio sangrante, antes de que una sombra se alzara sobre ella.

—Hola, detective Hunter —dijo Jozef Demiri—. La estaba esperando.

CAPÍTULO 51

Las botas de Gavin golpeaban la arena, su aliento formando una neblina frente a su rostro mientras corría hacia la escena iluminada en el extremo más alejado de la playa.

Ya se arrepentía de haber dejado atrás a Kay, pero ella era su superior y su tono había sugerido que no estaba de humor para debatir con él.

Se detuvo, con el pecho agitado, y miró por encima del hombro.

Kay y Webster no se veían por ninguna parte, sus figuras se habían perdido en la oscuridad.

Maldijo, y luego volvió a correr, maldiciendo la superficie suelta bajo sus pies. Aunque se sentía como en casa junto al mar y era un ávido surfista en cualquier oportunidad, estaba acostumbrado a correr por la arena descalzo, no con botas reglamentarias con cordones. La parte superior de cuero y las suelas de goma resistente lo ralentizaban, haciendo que sus pasos fueran pesados.

A medida que se acercaba, sus ojos escudriñaban la multitud en busca de uno de sus colegas.

Dos agentes uniformados estaban ayudando a las mujeres empapadas a salir del bote inflable.

Las mujeres no tenían más de veinte años, sus cuerpos estaban demacrados, y sus expresiones aterrorizadas revelaban su confusión al ser arrestadas en lugar de escapar hacia la vida mejor que sin duda Demiri y sus hombres les habían prometido.

—Fuera de mi camino.

Un agente uniformado mayor pasó junto a él rozándolo, con su mano en el codo de una mujer mientras la guiaba hacia uno de los vehículos que esperaban ahora estacionados en el camino sobre la playa. Mientras pasaban, la mujer le lanzó una mirada suplicante a Gavin, pero él negó con la cabeza.

Tenía que encontrar a Sharp, o a uno de los otros, y rápido.

Estiró el cuello por encima de la multitud que rodeaba la pequeña embarcación, y finalmente vio a Carys hablando con Barnes y su inspector mientras ayudaba a otra de las mujeres a salir del bote, sosteniendo su mano mientras tropezaba en la arena.

Gavin se abrió paso a codazos entre la multitud, ganándose varias miradas sucias y exclamaciones de molestia.

No le importaba.

—¡Sharp! ¡Señor! —gritó mientras se acercaba.

Su voz se perdió con el viento y el bullicio a su alrededor, llegó a la popa del bote inflable y se dio cuenta de que no podía acercarse más.

La multitud era demasiado grande.

Se metió el dedo índice y el pulgar en la boca y silbó tan fuerte que el hombre a su lado dio un salto visible.

Ignorando su mirada fulminante, Gavin aprovechó el breve silencio de sorpresa.

—¡Sharp, señor! ¡Es Hunter!

Su oficial superior no dudó. Le dio una palmada en el hombro a Barnes, empujó a Carys delante de él y se abrió paso entre los otros oficiales hasta llegar a Gavin.

—¿Qué sucede?

—Adrian Webster apareció en nuestra posición más adelante en la playa. Dice que cree que vio otro bote inflable. No pudimos comunicarnos con nadie por radio, y Hunter no quería llamarlo por teléfono debido a nuestras órdenes operativas.

Sharp agitó la mano con impaciencia. —¿Dónde está Hunter ahora?

—Me ordenó que viniera a buscarlo a usted y a algunos otros. Ella se fue con Webster para encontrar el otro bote.

—¿Que hizo qué?

Sharp se volvió y saludó por encima de la

multitud hacia donde Harrison estaba hablando con uno de sus colegas de la UCGO.

La cabeza del inspector jefe se levantó de golpe, y se apresuró a acercarse, con O'Reilly pisándole los talones.

—Buen trabajo a todos. Habrá tiempo para felicitarse más tarde, sin embargo…

—Hunter se fue en busca de otro supuesto bote inflable —dijo Sharp, ya alejándose. Volvió su atención a Gavin, Barnes y Carys—. Todos ustedes, conmigo, ahora.

Harrison frunció el ceño. —¿Cuál es la prisa?

—¿Habías oído hablar de Adrian Webster antes de que llamara a la línea directa después de la conferencia de prensa?

—No, yo…

—Entonces, ¿no es uno de tus informantes?

—No. ¿Es eso un problema?

—Significa que es uno de los de Demiri. Kay ha caído en una trampa.

Los ojos de Harrison se abrieron de par en par. —¿Demiri está aquí?

O'Reilly puso una mano en la manga de Harrison. —Vamos a atraparlo.

El corazón de Gavin dio un vuelco, su atención se dirigió rápidamente al oficial. —¿Qué has dicho?

O'Reilly dio un paso atrás, una expresión de miedo cruzó su rostro por un momento antes de recuperarse. —¿Qué quieres decir?

—Fuiste *tú* —gruñó Gavin, y se lanzó contra el otro detective.

O'Reilly tropezó hacia atrás, levantando las manos en posición defensiva, pero no le sirvió de nada.

El puño de Gavin encontró el rostro del hombre con un crujido satisfactorio, segundos antes de que O'Reilly aullara de dolor.

—¡Piper!

Gavin se dio cuenta de la voz de Sharp a través del sonido de la sangre corriendo en sus oídos, y contuvo su siguiente golpe, jadeando.

Una mano en su hombro lo hizo girar, y los ojos grises de Sharp lo taladraron.

—Tienes treinta segundos para explicarte, Piper.

Gavin tragó saliva, el tono de Sharp le recordó que el inspector había pasado sus años previos a la policía en un campo de entrenamiento militar, ladrando órdenes. Miró por encima de su hombro y vio a O'Reilly tambaleándose para ponerse de pie, ayudado por Harrison.

El oficial tenía una expresión acorralada, y Gavin le lanzó una mirada de desprecio antes de volverse hacia Sharp.

—O'Reilly fue uno de los hombres que me golpearon a principios de este año —dijo—. Reconozco su voz ahora.

Sharp dio un paso atrás. —Te quedan veinte segundos.

—Cuando se abalanzaron sobre mí en el

estacionamiento esa noche, justo antes de que me atacaran, escuché a uno de ellos decirle al otro "vamos a atraparlo". Exactamente como lo dijo O'Reilly ahora. Es por eso que cuando Kay pidió ver las imágenes de videovigilancia del ataque, O'Reilly le dijo que no había mucho que ver; obviamente había conseguido la grabación y la había editado antes de mostrársela a alguien. Solo se podía ver a dos hombres en el video, pero había tres hombres allí. O'Reilly se quedó en las sombras, pero sé que era él.

Sharp miró por encima del hombro de Gavin. —¿Es esto cierto, O'Reilly?

Un silencio absoluto siguió a sus palabras, y Gavin apretó los puños al darse cuenta de que uno de los suyos se había asegurado de que sufriera.

Pero ¿por qué?

Captó la expresión afligida que cruzó el rostro de Carys cuando comprendió lo que estaba escuchando, y que el oficial al que había puesto en un pedestal era responsable del ataque a su colega.

—O'Reilly, ve a la ambulancia y ocúpate de esa nariz. Harrison, nos ocuparemos de esto más tarde —dijo Sharp—. En este momento, uno de mis oficiales está en peligro.

Se dio la vuelta y salió corriendo a toda velocidad, con el resto del equipo pisándole los talones.

—¿Adónde fue, Piper?

—Hay una fila de postes de espigón a unos

cuatrocientos metros de nuestra posición original. Webster nos dijo que había visto un bote allí.

Carys se puso a la par de ellos, con el sonido de la respiración pesada de Barnes varios pasos atrás.

—¿Jefe? Kay no es una nadadora fuerte. Hicimos nuestro entrenamiento de actualización juntas. No puede contener la respiración bajo el agua por mucho tiempo.

Sharp no dijo nada, y comenzaron a correr más rápido.

CAPÍTULO 52

La garganta de Kay se contrajo.

Jozef Demiri se erguía sobre ella, su cabello blanco oculto bajo un gorro de lana oscuro, un grueso abrigo cubriendo sus hombros para protegerlo de los elementos.

Dio un paso atrás, y Kay comenzó a incorporarse con dificultad.

La bota de él conectó con su rodilla antes de que pudiera reaccionar.

El dolor abrasó la articulación, y Kay gritó, derrumbándose sobre la arena mientras las lágrimas le escocían los párpados.

Se abrazó la rodilla con las manos e intentó calcular cuánto tiempo llevaba Gavin fuera y cuánto tardaría en volver con Sharp.

Reprimió un sollozo al darse cuenta de que quizás no la encontraría.

Solo habían tenido la vaga descripción de Webster sobre dónde estaba supuestamente el bote, y ella había enviado a Gavin por refuerzos antes de que Webster proporcionara más detalles.

Todo ese tiempo él la había estado conduciendo hacia el peligro.

Demiri se acercó, su pesada respiración llegando a sus oídos por encima del ruido del oleaje.

Al principio, pensó que estaba sin aliento, limitado por la edad y el esfuerzo de moverse en la arena.

Entonces la realización la golpeó con una nueva oleada de náuseas.

Él estaba disfrutando de su tormento.

—¿Por qué ahora, Demiri? —escupió ella—. Te habíamos perdido. ¿Por qué huir y esconderte, solo para mostrarte ahora?

Él se agachó junto a ella, el suave denim de sus vaqueros rozándole la mejilla, y ella se estremeció antes de maldecir su reacción.

—No hui ni me escondí, zorra —dijo él—. Esperé. Por ti. Tu persistencia te destruirá, detective Hunter. Destruiste mi negocio. Yo destruiré tu vida. Pieza por pieza.

Se enderezó, sin apartar los ojos de los de ella.

—Sabía que todo lo que tenía que hacer era esperar. Dejarte un rastro de migas de pan que no podrías resistir.

—¿Por qué Webster?

—¿Por qué no? Al hombre se le pagó bien. Me proporcionó un lugar donde quedarme. Debo decir, detective, que me emocioné cuando te enviaron a reunirte con él después de nuestra llamada telefónica a tu supuesta línea directa. Podía oír tu voz, y me preguntaba qué harías si supieras que estaba allí, escuchándote, tan cerca de donde te sentabas en su sala de estar, escuchando sus mentiras. Lo hizo bien al tenderte la trampa, y caíste como una tonta.

Kay gimió.

Tenía razón, por supuesto. Debido a que Webster había sido el más ansioso por ayudar a la policía e informar sobre actividades sospechosas en la playa, ella había confiado en él.

Confiado en él lo suficiente como para seguirlo ciegamente hacia la trampa de Demiri.

—Nunca te saldrás con la tuya.

La conmoción al escuchar el miedo en su propia voz se convirtió en ira al ver el efecto que tuvo en él.

Él mostró los dientes.

Kay arañó las manos de Demiri mientras él se inclinaba y agarraba el frente de su chaleco antibalas y comenzaba a arrastrarla hacia el agitado oleaje.

A pesar de su edad, el hombre poseía una fuerza enorme, y la levantó con facilidad.

Sus pensamientos volvieron a la evidencia que él y sus hombres habían dejado atrás en el sótano del club nocturno, y luchó contra las ganas de vomitar.

Tenía que frenarlo. Tenía que esperar a que Gavin y el resto del equipo estuvieran cerca.

Abrió la boca para gritar, para llamar, para hacerles saber dónde estaba, pero antes de que pudiera hacerlo, Demiri se detuvo en seco y la abofeteó.

Jadeó por el impacto, y entonces él la estaba arrastrando una vez más.

Clavó los talones en la arena mojada, tratando desesperadamente de frenarlo, de retrasar lo que sabía que iba a suceder.

Sus pensamientos se dirigieron a su entrenamiento obligatorio, las clases extra de natación que le permitieron aprobar pero que no hicieron nada para aplacar su miedo al agua.

El aliento fétido de Demiri le barrió el rostro mientras trabajaba, y de repente estaba cayendo. Gritó cuando su brazo se torció en un ángulo imposible por la fuerza del impacto, y luego el agua de mar llenó su boca y fosas nasales.

Un peso aterrizó sobre sus piernas, y una mano agarró su chaleco antibalas mientras una vez más era arrastrada fuera del oleaje tosiendo y escupiendo.

Con los ojos ardiendo y su brazo izquierdo inútil a un lado, giró la cabeza y vomitó desde su posición sentada.

Una gran ola golpeó contra su columna, extendiéndose por sus hombros y salpicando la cara de Demiri.

Ahora temblaba incontrolablemente, y luchaba por enfocarse en las grandes manos que la sujetaban.

Su cabeza cayó hacia adelante, su barbilla descansando sobre los nudillos de él mientras trataba de tragar aire precioso.

—¡Mírame!

Demiri la sacudió hasta que ella volvió los ojos hacia él.

Cada vez que había imaginado arrestar al jefe del crimen organizado, se había imaginado sintiéndose victoriosa, asestando un golpe a la comunidad criminal, y siendo aclamada como heroína por las mismas personas que habían intentado destruir su carrera.

Ahora, se dio cuenta de que lo había subestimado gravemente, y estaba absolutamente aterrorizada.

Demiri la levantó por el chaleco antibalas hasta que sus rostros casi se tocaban.

Podía sentir el odio emanando de él, un mal puro que se arrastraba sobre sus hombros y le aflojaba las entrañas.

En ese momento, supo que iba a morir.

CAPÍTULO 53

Gavin miró a su izquierda mientras Sharp reducía la velocidad, luego se dio cuenta de que el inspector estaba sacando su linterna del cinturón utilitario, y lo imitó.

La seguridad de Kay era más importante que los requisitos operativos de Harrison.

Carys y Barnes los alcanzaron, y Sharp levantó la mano para evitar que siguieran adelante.

—Caminaremos el resto del trayecto. No sabemos con certeza si Demiri está allí, y solo tenemos la palabra de Webster de que hay un segundo bote inflable.

—Ella está en problemas, jefe —dijo Barnes—. Puedo sentirlo.

—Con más razón no debemos precipitarnos como tontos. Podría ser una trampa.

—¿Cuál es el plan? —preguntó Carys.

—Nos desplegaremos —dijo Sharp—. Quiero que se distribuyan uniformemente entre la orilla y la carretera. Eso deja unos cuatro metros entre nosotros, así sabremos que nadie puede intentar salir de la playa sin que lo veamos. Mantengan los haces de sus linternas en la arena frente a ustedes, barriendo de izquierda a derecha. Sabemos que nuestro objetivo son los postes del espigón de allá, así que sigan avanzando. Si digo que se detengan, se detienen. No es momento para heroísmos.

Se colocaron en posición trotando y siguieron avanzando. Gavin se encontró con Sharp a su izquierda y Carys más cerca del camino sin pavimentar que recorría la longitud de la playa. Apenas podía distinguir a Barnes, más cerca de la rompiente.

Una sensación de náusea lo invadió, y deseó haber insistido en quedarse con Kay. Sabía que había hecho lo correcto al seguir las órdenes y que ella se habría ido de todos modos, pero la sensación de temor había estado creciendo desde que le contó a Sharp lo sucedido.

Sus pensamientos volvieron al comentario de Carys sobre que Kay no era una nadadora fuerte. Sabía que las aguas turbulentas harían que nadar fuera peligroso, no solo por el frío sino también por el riesgo de ser arrastrada por una corriente.

Si no podía contener la respiración por mucho tiempo…

El viento tiró de su gorra, y luego el rugido de un motor llegó a sus oídos. Sin disminuir la velocidad, miró por encima del hombro y vio dos vehículos uniformados acercándose a toda velocidad por la carretera, con las luces encendidas.

Una figura se tambaleó hacia ellos, recortada contra los faros de los vehículos, y reconoció la figura desgarbada del inspector jefe.

Evidentemente, Harrison estaba más alarmado por sus noticias de lo que inicialmente pensó, y aceleró el paso.

—Tranquilo, Piper —dijo Sharp—. La encontraremos.

—Ese es un vehículo de respuesta táctica —dijo Gavin.

—Lo sé. Eso es bueno. Significa que se están tomando tu mensaje en serio, y más razón para no ir corriendo hacia allá. Demiri podría tener un arma.

Gavin tragó saliva.

La idea de que Demiri pudiera tener un arma ni siquiera se le había pasado por la cabeza, y se maldijo por dudar de Sharp. Dirigió su atención a la cabaña alejada de la playa.

Adrian Webster los había engañado a todos.

Gavin no tenía dudas de que el hombre era un informante de Demiri, como Sharp había sugerido.

—Aquí es donde la dejé con Webster —le dijo a Sharp. Señaló los postes del espigón, aún a unos cuatrocientos metros de distancia.

—Intenta contactarla por radio —dijo Sharp.

—No puedo.

—¿Qué? ¿Por qué no?

—Mi radio no funcionaba cuando intentamos llamarte pidiendo refuerzos, así que Hunter me dio la suya.

Sharp se detuvo en seco. —¿Hizo qué?

—Las radios son inútiles, jefe. La suya tampoco funcionaba y, como dije, no quería encender su teléfono móvil debido a las órdenes de Harrison. No quería alertar a Demiri ni a nadie más de nuestra presencia aquí.

Sharp miró a lo largo del camino donde los vehículos se acercaban a toda velocidad.

—No van a llegar a tiempo.

Comenzó a correr hacia los postes del espigón, y el resto de ellos, ignorando sus órdenes de desplegarse, lo siguieron de cerca.

Mientras corría, Gavin supo que nunca se perdonaría por haber dejado atrás a Kay.

Debería haberse quedado.

Debería haber insistido en acompañar a Webster en su lugar, mientras Kay buscaba ayuda.

Debería haber...

—Basta, Piper.

Las palabras de Sharp interrumpieron sus pensamientos.

—¿Jefe?

—Deja de culparte. Recibiste una orden directa de un oficial superior. Actuaste en consecuencia.

—Me equivoqué.

—No, no lo hiciste.

—¡Sharp!

Gavin redujo el paso a una caminata mientras Harrison se tambaleaba hacia ellos, respirando pesadamente.

El inspector jefe levantó una mano para protegerse los ojos de los haces de sus linternas. —¿Alguna señal de Hunter?

—Nada. ¿Por qué tu equipo de comunicaciones no verificó que las radios funcionaran correctamente?

Harrison frunció el ceño. —No hay nada malo con las radios.

Sharp entrecerró los ojos, pero señaló con el pulgar por encima de su hombro. —Hunter debía dirigirse hacia allá.

—¿Qué hay de Demiri?

—Tampoco lo hemos visto todavía.

—¿Quién demonios es ese?

Gavin se giró al oír la voz de Carys, justo a tiempo para ver una figura sombría tambaleándose por la arena, alejándose de la dirección de los postes del espigón.

—Webster —gruñó.

Un movimiento a su izquierda lo tomó por sorpresa, y luego Barnes estaba corriendo por la playa hacia Webster, cubriendo el espacio entre ellos con una velocidad sorprendente para un hombre de su tamaño.

Todos lo siguieron, con Gavin a la cabeza, pero no llegó a tiempo.

Barnes se lanzó contra el hombre, enviando a ambos rodando por la arena.

Webster gritó, luego se zafó de debajo de Barnes y comenzó a arrastrarse para alejarse.

Barnes estiró la mano y agarró el tobillo del hombre, usando su peso para inmovilizar a Webster mientras luchaba para evitar que escapara.

—¡Barnes, no!

Barnes ignoró el grito de Sharp. Envolvió sus dedos alrededor del abrigo del hombre y lo sacudió.

—¿Dónde está? ¿Dónde está Hunter?

Una mano agarró su hombro y lo apartó de Webster, con una voz baja en su oído.

—Oye —dijo Gavin.

Barnes se encogió de hombros para aflojar el agarre del detective más joven y miró fijamente a Webster, que aún yacía en la arena, con los ojos brillando a la luz de sus linternas.

De repente, un grito penetrante cortó la oscuridad.

Carys gimió al lado de Sharp.

—¿Qué has hecho con Kay? —dijo Gavin.

El anciano soltó una carcajada.

—Llegáis tarde. Demiri la tiene.

CAPÍTULO 54

El cabello blanco de Demiri se agitaba salvajemente alrededor de sus facciones curtidas, sus ojos negros ardiendo un segundo antes de escupir en la cara de Kay.

—¿Crees que eres mejor que yo, no es así, detective Hunter?

Cambió de posición, sus piernas a horcajadas sobre las de ella mientras recorría su cuerpo con la mirada. —Me insultas. Me subestimaste. Eres demasiado estúpida para comprender alguna vez el poder que comando. La gente que responde ante mí.

Kay respiró hondo y cerró los ojos un momento antes de que él la sumergiera una vez más bajo las olas.

La parte posterior de su cabeza golpeó la arena compacta, expulsando el aliento que tan desesperadamente había intentado contener.

Las lágrimas le picaron los ojos mientras levantaba su mano derecha y la extendía a ciegas. Arañó la cara de Demiri, tratando de averiguar dónde estaban los ojos y la nariz del hombre, blancos fáciles y blandos en una situación defensiva normal, pero imposibles mientras luchaba bajo el agua.

Una opresión en el pecho comenzó a apoderarse de ella, un impulso repentino de abrir la boca y buscar oxígeno, pero sus instintos le gritaban que hacerlo significaría una muerte segura.

De repente, fue arrastrada hacia arriba una vez más, y el viento frío y fresco le golpeó la cara una fracción de segundo antes de que el puño de Demiri la golpeara en el estómago.

Él soltó su agarre del chaleco antibalas, y ella se desplomó sobre la arena mojada, jadeando, con el vientre ardiendo.

Su visión comenzó a debilitarse, apareciendo manchas negras en los bordes de su campo visual.

—Creo que ya es suficiente diversión por hoy.

La voz de Demiri sonaba cerca, y Kay se dio la vuelta sobre su estómago e intentó levantarse sobre sus piernas temblorosas.

Se desplomó, amortiguando la caída con su brazo bueno, y comenzó a arrastrarse, sorprendida por el sonido de sus propios sollozos.

No quería morir.

No ahora.

No aquí.

No así.

Su brazo fue barrido de debajo de ella, una patada brutal que la envió de bruces contra la arena, y luego él la estaba arrastrando hacia las olas una vez más.

—No. Por favor.

Clavó los talones en la arena, tratando de frenarlo, y golpeó las manos que sujetaban su chaleco.

Escupió arena de su boca, su respiración escapando en jadeos entrecortados y sibilantes.

Su corazón latía dolorosamente y miró con terror cómo el agua se acercaba, incapaz de escapar de las garras del hombre que la sujetaba.

Él se detuvo al borde del agua y la miró, con desprecio llenando sus facciones.

—Es hora de morir, detective Hunter.

—¡No, espera!

El dolor atravesó su cuerpo cuando el peso de Demiri cayó sobre ella, sus manos moviéndose del chaleco a su garganta mientras el agua cubría su rostro.

Un rugido llenó sus oídos, y un dolor llenó su corazón mientras se preguntaba fugazmente cuál de sus colegas tendría que informar a Adam sobre su muerte a manos de un hombre al que había estado persiguiendo durante casi dos años.

Podía sentir el agotamiento abrumándola, un cansancio que se estaba volviendo demasiado tentador para ignorar.

Sus pulmones ardían con el esfuerzo de contener

la respiración, su garganta aplastada por el agarre de Demiri.

Un sonido llegó a sus oídos: un chasquido amortiguado que atravesó sus pensamientos, y luego el peso sobre su pecho desapareció, y ella dio la bienvenida a la oscuridad que la envolvió.

CAPÍTULO 55

La niebla se disipó y, al enfocar la vista, Kay notó una figura familiar sentada en la silla junto a su cama, con la atención puesta en un libro sobre su regazo.

—¿Jefe?

La cabeza de Sharp se alzó de golpe antes de que su rostro se suavizara, arrugando la piel alrededor de sus ojos. No parecía haber dormido en un buen tiempo.

—Adam dijo que probablemente despertarías justo cuando él fuera a buscarnos un café.

—¿Dónde estoy?

—En el hospital de Folkestone. El más cercano al que pudimos traerte, dadas las circunstancias.

La luz brillante del sol se filtraba a través de las rendijas de las persianas blancas, bañando la habitación con un suave resplandor.

Kay pasó la lengua por sus labios, la punta haciendo contacto con una costra en el labio superior.

Frunció el ceño. —¿Qué día es?

—Jueves. Has estado inconsciente un par de días. Nada grave. Te mantuvieron sedada por precaución. Tienes un feo golpe en la cabeza y había preocupación de que pudieras estar sufriendo hipotermia.

Kay levantó su mano izquierda para tocarse la parte posterior del cráneo, confundida por el peso de su brazo hasta que se dio cuenta de que estaba cubierto de yeso.

Se estremeció cuando un recuerdo afloró.

—Tu médico dice que es una fractura limpia. No se necesita material quirúrgico —dijo Sharp—. Un poco de fisioterapia una vez que te quiten eso y estarás en camino a la recuperación.

—¿Demiri?

Él se aclaró la garganta. —Ya no te molestará más. Está muerto.

—¿Qué pasó?

—Harrison le disparó.

Kay parpadeó. —¿Qué?

Torpemente intentó incorporarse, hasta que Sharp se compadeció de ella, se levantó y acomodó las almohadas detrás de ella hasta que pudo sentarse cómodamente.

Su ceño permaneció fruncido mientras su mente intentaba procesar la noticia.

—¿Cómo…?

—Usó el arma de Demiri.

—O'Reilly. —Kay escupió la palabra y cerró los ojos, mientras el sonido de pasos llegaba a sus oídos.

—No es la reacción que esperaba.

Ella abrió los ojos y dirigió su atención hacia donde Sharp estaba de pie, mirando a través de las persianas.

Dejó que las láminas de plástico volvieran a su lugar con un chasquido, luego arqueó una ceja en su dirección.

Kay bajó la mirada y dejó caer su mano sobre la manta, luego exhaló. Le debía la verdad a Sharp, y nada menos.

—Cuando comencé mi propia investigación en primavera, antes de que atacaran a Gavin, me conecté a la base de datos. El registro del arma que había sido ingresada como evidencia antes de ser retirada había desaparecido. Logré usar mis derechos de administrador para averiguar quién lo había borrado, y apareció el nombre de O'Reilly. Cuando volví a verificar el sistema dos días después para continuar mi investigación, ese registro de administración también había sido eliminado. Era como si el nombre de O'Reilly nunca hubiera existido.

Sharp metió las manos en sus bolsillos. —¿Y no se te ocurrió mencionarme esto en su momento?

—¡No tenía pruebas!

Kay tragó saliva, su garganta aún áspera por el agua salada.

Sharp notó su incomodidad y llenó un vaso con agua de una jarra en la mesita de noche y se lo entregó.

—Gracias —dijo ella, y apuró el contenido mientras Sharp se acomodaba en la silla una vez más.

Él le quitó el vaso y luego se reclinó en el asiento, pasándose una mano por la cara.

—O'Reilly fue quien organizó el ataque contra Gavin para asustarte y que te retiraras.

—¿Qué? ¿C-cómo? ¿Él y Harrison estaban trabajando para Demiri?

—No. Gracias a Dios. Las consecuencias de esto ya van a ser bastante malas de por sí.

—Entonces, ¿por qué?

—Lo mismo que quitar el arma de las pruebas y echarte la culpa a ti, supongo. Ambición —dijo Sharp.

—Así que O'Reilly quita el arma de las pruebas, Harrison borra el registro de su existencia, y O'Reilly organiza la paliza a Gavin porque usé su ordenador para averiguar sobre el arma —dijo ella, y luego frunció el ceño—. ¿Qué ganaba O'Reilly con esto?

Sharp se había recuperado y se levantó de la silla, paseando por la habitación mientras hablaba.

—Un ascenso rápido a inspector jefe —dijo—. Harrison decidió que quería a Demiri para sí mismo. No quería que mi equipo fuera el que acusara a

Demiri. Habría arruinado sus planes de dirigir una importante investigación encubierta y arrestar a Demiri por una operación de drogas a gran escala. Harrison tenía prácticamente garantizado un ascenso a comisario jefe si lo lograba.

Kay parpadeó, la habitación le daba vueltas, y se desplomó contra las almohadas, con la mano temblorosa.

—¿Estás bien?

Ella negó con la cabeza, aturdida. —No realmente. Repítemelo otra vez.

—El inspector jefe Harrison afirma que estaba preocupado de que tu investigación estuviera a punto de exponer la posición de Gareth Jenkins dentro de la organización de Demiri, y en sus propias palabras "tomó medidas drásticas" para proteger a Jenkins. Las huellas dactilares de Gareth también estaban en esa arma, y si hubieras continuado tus indagaciones con la misma diligencia que habías demostrado hasta ese momento, habrías hecho añicos una operación encubierta de dos años.

Kay se llevó la mano a la boca, desconcertada. —Perdí a mi hija.

—Soy consciente de eso —dijo Sharp en voz baja—. Lo siento mucho, Kay.

—No es suficiente —espetó Kay, incorporándose. Miró fijamente al inspector—. ¿Tienes idea del estrés que me causó? ¿Sabes lo que es despertarse en medio de la noche llorando, porque el pequeño ser que llevabas dentro ya no está pateando? ¿Sabes lo que es tener que guardar toda la ropa y los juguetes de bebé que habías comprado porque los médicos dijeron que no habría más hijos? ¿Y luego tener que volver al trabajo sabiendo que ninguno de tus colegas confía en ti, aunque te hayan declarado inocente de cualquier delito?

Alcanzó una caja de pañuelos en la mesita de noche junto a ella, sacó dos y se sonó la nariz con uno antes de secarse los ojos con el otro, luego se volvió hacia Sharp.

Sus siguientes palabras murieron en su lengua.

Él parecía tan afligido como ella, su rostro pálido mientras le sostenía la mirada.

—Realmente no lo sabías, ¿verdad?

Él negó con la cabeza.

—Esas chicas… —Kay se aclaró la garganta—. ¿A Harrison no le importaba cuántas más murieran por sus acciones?

—Harrison sostiene que no sabía del club de asesinatos enfermizo de Demiri hasta que Jenkins nos lo dijo antes de morir.

—Entonces, ¿por qué disparar a Demiri? ¿Por qué no arrestarlo?

Se encogió de hombros. —Supongo que tendremos que esperar y ver qué averigua Asuntos Internos. Tal vez lo asustó saber que estaba a punto de perder a otro oficial bajo su mando.

—¿Adam sabe de esto?

Sharp asintió. —Arreglé que un coche lo recogiera en Heathrow en el momento en que la ambulancia te llevaba al hospital—explicó—. Carys me dijo que le habías mencionado que su vuelo se había retrasado, y quería traerlo aquí lo más rápido posible. Pensamos que te habíamos perdido, Kay.

Su voz se quebró.

Kay desvió la mirada, incómoda ante su genuina preocupación.

—No entiendo por qué Demiri simplemente no escapó del país —dijo finalmente—. Casi lo perdimos, jefe. ¿Por qué quedarse? ¿Por qué esperar para confrontarme?

—Solo podemos suponer que se obsesionó contigo —dijo Sharp—. Al igual que tú con él, queriendo verlo encerrado por lo que había hecho.

—¿Qué hay de las cámaras y dispositivos de escucha en mi casa?

—Definitivamente obra de Demiri. Harrison afirma que ni él ni O'Reilly tuvieron nada que ver con eso.

—¿Les crees?

—Parecían absolutamente aterrorizados cuando se les preguntó al respecto.

Kay suspiró y dejó que su cabeza descansara sobre las almohadas una vez más. Le dolía la cabeza, y no solo por los moretones que había sufrido cuando Demiri le golpeó el cráneo contra la arena dura y mojada.

Había demasiado que comprender.

Demasiada traición.

—Espera—dijo, incorporándose de nuevo—. ¿Por qué tú?

Sharp dejó de caminar. —¿Qué?

—¿Por qué Harrison ha estado apuntando a *tu* equipo? ¿Cuál es su problema?

Él no respondió, y Kay entrecerró los ojos.

—Qué…

Sharp levantó la mano para silenciarla cuando la puerta de la habitación se abrió y Adam entró, sus manos envolviendo dos vasos de café para llevar.

Casi los deja caer en su prisa por llegar a la cama, y se los entregó a Sharp antes de envolver a Kay en un abrazo.

Ella saboreó su abrazo, cerrando los ojos y alejando el repentino recuerdo del terror de ser sostenida bajo el agua por Demiri, segura de que iba a morir.

Aquí y ahora, estaba a salvo, y con la persona que más importaba en su vida.

Adam rompió su abrazo cuando Sharp se aclaró la garganta, y acercó una segunda silla de visita al lado de la cama, envolviendo sus dedos alrededor de la mano libre de Kay.

—Quería esperar hasta que ambos estuvieran aquí para hacer esto—dijo Sharp. Metió la mano dentro de su chaqueta y sacó un sobre blanco antes de extenderlo.

—¿Jefe?

—Tómalo.

Ella extendió una mano temblorosa, dándole la vuelta al sobre. Sus ojos se encontraron con los de Adam.

—¿Me ayudas a abrirlo?

Él pasó el pulgar por debajo de la solapa y sacó la página doblada del interior hasta que ella pudo agarrarla con su mano derecha.

Hizo una pausa por un momento, preguntándose si este era el momento en que toda su carrera se derrumbaría, una solicitud de su renuncia seguramente la única opción abierta para sus superiores después de los eventos de hace dos noches.

Sorbió por la nariz, luego desdobló la página y pasó los ojos por el texto negro.

Las palabras se volvieron borrosas, y se frotó los ojos antes de intentarlo de nuevo, y luego jadeó.

Su ascenso a Inspectora ha sido recomendado y aprobado.

Su mano temblaba mientras dejaba caer la carta sobre su regazo.

—No puedo aceptar esto, jefe.

Escuchó la repentina inhalación de Adam, pero mantuvo sus ojos en Sharp.

—¿Puedo preguntar por qué no?

—Se ha vuelto demasiado político. Todo lo que quería era ser una buena detective. Vi lo que estaba pasando entre usted y Harrison. La rivalidad. Con todo respeto, jefe, no quiero ser parte de eso. Solo quiero hacer mi trabajo.

—Al menos piénsalo— dijo, y luego se quedó en silencio cuando la puerta de la habitación privada se abrió una vez más.

Kay frunció el ceño; dos agentes uniformados entraron en la habitación, seguidos por el inspector jefe Angus Larch, con los ojos echando chispas.

—Debí imaginar que te encontraría aquí, Sharp. Oficial Hunter, lamento la intrusión. —No esperó a que ella respondiera. En su lugar, volvió su atención a su oficial superior —. Inspector Sharp, estoy aquí para relevarlo de todas sus funciones pendiente de una investigación de Estándares Profesionales sobre su conducta como oficial superior de policía.

El agarre de Adam en su mano se apretó antes de que una sensación de malestar invadiera el estómago de Kay, su corazón acelerándose mientras sus ojos se movían de Larch a Sharp. —¿Qué está pasando, jefe?

La mandíbula de Sharp trabajó, y se movió hacia donde había dejado su chaqueta en la otra silla de visitas. Se la puso sobre los hombros antes de levantar la mirada para encontrarse con la de ella. —Te lo explicaré cuando pueda. Pero tienes razón. La rivalidad y la política no lo hacen un trabajo fácil.

Larch observó cómo los dos agentes uniformados se llevaban a Sharp antes de volver a dirigirse a Kay.

—Esta vez te has superado incluso a ti misma en estupidez— dijo. Levantó una mano para evitar que lo interrumpiera, y señaló la página en su regazo —, y si crees que vas a aceptar ese ascenso, puedes olvidarlo. Hasta que yo diga lo contrario, serás *inspectora en funciones* mientras se aclara todo este lío que involucra a Sharp. De una forma u otra.

—¿Qué le pasará a él?

Larch frunció los labios, luego se encogió de hombros. —No estoy seguro. Obviamente, tiene un historial ejemplar de investigaciones exitosas, y eso se tendrá en cuenta.

Adam se desplomó en su silla, y se pasó la mano por la boca. —No puedo creerlo. Yo...—

Kay extendió la mano hasta encontrar la suya.

—Con el entendimiento de que esto no salga de esta habitación, Sharp estaba ayudando a Estándares Profesionales con una investigación sobre los métodos de Harrison para llevar los casos— dijo Larch. Contempló sus uñas —. Todo lo que estoy dispuesto a decir es que parece que Harrison usó algunos métodos poco éticos para concluir sus investigaciones. Por otro lado, Harrison ha hecho algunas acusaciones serias sobre Sharp, y esas acusaciones deben ser investigadas a fondo.

—Dios, qué lío— dijo Adam.

Kay no dijo nada, pero recordó la reunión que había tenido con Jonathan Aspley, y se preguntó si el periodista tenía algo que ver con la admisión de Larch.

¿Qué había pasado entre Harrison y Sharp para causar tal animosidad?

¿Aspley le diría alguna vez si había descubierto más sobre Harrison de lo que le había contado previamente?

Larch se aclaró la garganta, interrumpiendo sus pensamientos. —En fin, los dejaré para que tengan algo de privacidad.

Kay esperó hasta que la puerta se cerró detrás de él antes de hablar.

—¿Sharp te contó lo que hicieron O'Reilly y Harrison?

—Sí. Honestamente, Kay, pensé que ibas a descubrir que Larch era responsable de todo esto. Parecía el tipo.

Ella negó con la cabeza y logró esbozar una pequeña sonrisa. —No. Él es solo uno de esos imbéciles de carrera que hay en la vida.

Adam resopló.

—Escucha, no culpes a Sharp de nada de esto. Es mi propia culpa. Yo fui quien insistió en ir tras Demiri. Yo fui quien quiso ser parte de la redada en la playa.

—No hagas excusas por ninguno de ellos, Kay. No lo hagas. —Las lágrimas brillaban en sus ojos, y se las limpió con la manga de su camisa—. Después de todo lo que hemos pasado desde que te culparon por la evidencia desaparecida.

—Sharp es inocente, Adam. Sea lo que sea que

esté pasando, él tiene que ser inocente. Siempre ha cuidado de mí antes, siempre que ha podido.

Él extendió la mano hacia ella una vez más y negó con la cabeza, con una sonrisa triste en su rostro. —Esta vez abriste una caja de Pandora, Hunter.

Ella le apretó la mano, cerró los ojos y suspiró, exhausta.

—Sabía que habría consecuencias terribles.

FIN

BIOGRAFÍA DEL AUTOR

Rachel Amphlett es una de las autoras de ficción criminal y thrillers de espías con más ventas del USA Today; y muchas de sus obras han sido traducidas en todo el mundo.

Sus novelas están disponibles en formato digital, impresos y como audiolibros en bibliotecas y tiendas minoristas, así como en su página web.

Rachel, una viajera entusiasta e investigadora privada por accidente, tiene ciudadanía australiana y británica.

Para más información sobre los libros de Rachel entra en: www.rachelamphlet.com.